姫騎士様のヒモ

He is a kept man for princess knight.

3

ベアトリス・マレット
有力パーティ『蛇の女王（メデューサ）』のリーダー。通称ビー、双子の妹。気分屋。
「熱くぶち抜け！『炎の釘（フレイムニードル）』」
「『風の鎌（ウィンドシックル）』」
セシリア・マレット
有力パーティ『蛇の女王（メデューサ）』の参謀。通称シシー、双子の姉。キレると怖い。

ノエル
『戦女神の盾』のメンバー。ラトヴィッジの姪で、アルウィンに心酔。
「クソっ！」
ラルフ
『戦女神の盾』の年若い戦士。アルウィンに惚れている。マシューを敵視。

俺の目の前で、翡翠色の瞳が大きく見開かれる。
ゆっくり数字を十数えてから唇を離す。

「もう百回くらい言ったと思うけれど、
改めて言うよ。君が好きだ。愛している」

某国による『迷宮』に関する調査報告書

1

そもそも『迷宮』とはなにか？

『迷宮』の正体は、異世界の上位生命体『星獣』と呼ばれる怪物である。

我々人類のいる『世界』（星）の外には『星界』（宇宙）が広がっており、『星界』には巨大な『星獣』が何匹も漂い、たまに『世界』に取り憑く。

2

『迷宮』の成り立ち

迷宮が出来上がるには五つの段階を経る
【1】取り憑いた『星獣』は星と同化し、魔力などのエネルギーを吸い取っていく。

【2】吸い取ったエネルギーが一定量を超えると、大地に実体化する。

【3】実体化によって、自身の心臓である『星命結晶』まで実体化し、給気口の役割も持つ地上への『入り口』につながる。

【4】外敵（人間や地上の魔物）の侵入を防ぎ心臓部『星命結晶』を守るため、自身の体を拡張・変形させていく。

例1：階層を作り、各階ごとの通路を複雑化させ、落とし穴等のトラップも配置する。

例2：同時に外敵排除のために、免疫機能となる『魔物』を生み出す。

【5】体を階層・複雑化させた『星獣』内部は、『迷宮』として完成する。

3

『迷宮』の成長

『迷宮』は実体化以降も入り口周辺から周囲のエネルギーを吸い取っていく。吸い取られた大地は不毛の荒野と化す。草木も生えず、荒廃していく。対応が遅れて滅びた国もある。『迷宮』は成長を続けており、時として既に構築している階層すら変化させることがある。

4

『迷宮』攻略

土地荒廃の原因が『迷宮』にあると経験則から突き止めた人類（エルフやドワーフも含む）は『迷宮』攻略に挑む。当初は国家主導だったが、徐々に冒険者主導になっていく。

5

『迷宮』での死について

『迷宮』で死ぬと『迷宮』に吸収されて養分になる。骨も残らない。服や身につけているものは残る。その魂は『迷宮』に囚われ、攻略されるまで『冥界』（あの世）に行けないとされている。

6

『星命結晶』について

『迷宮』の最深部にある。『星命結晶』の前には番人がいる。彼ら番人は『眷属』もしくは『守護者』と呼ばれている。『星命結晶』は膨大な魔力（エネルギー）を取り込んでいるため、人間には不可能な現象も行使できる。

Ex.

スタンピードについて

魔物の大量発生事案のことで、魔物が餌を求めて大移動するか、恐慌に駆られて暴走することで起きると言われている。『迷宮』由来の場合は入り口の周囲に迷宮都市が形成されている場合が多いため危険度が跳ね上がる。また、前兆として地震現象が見られる。

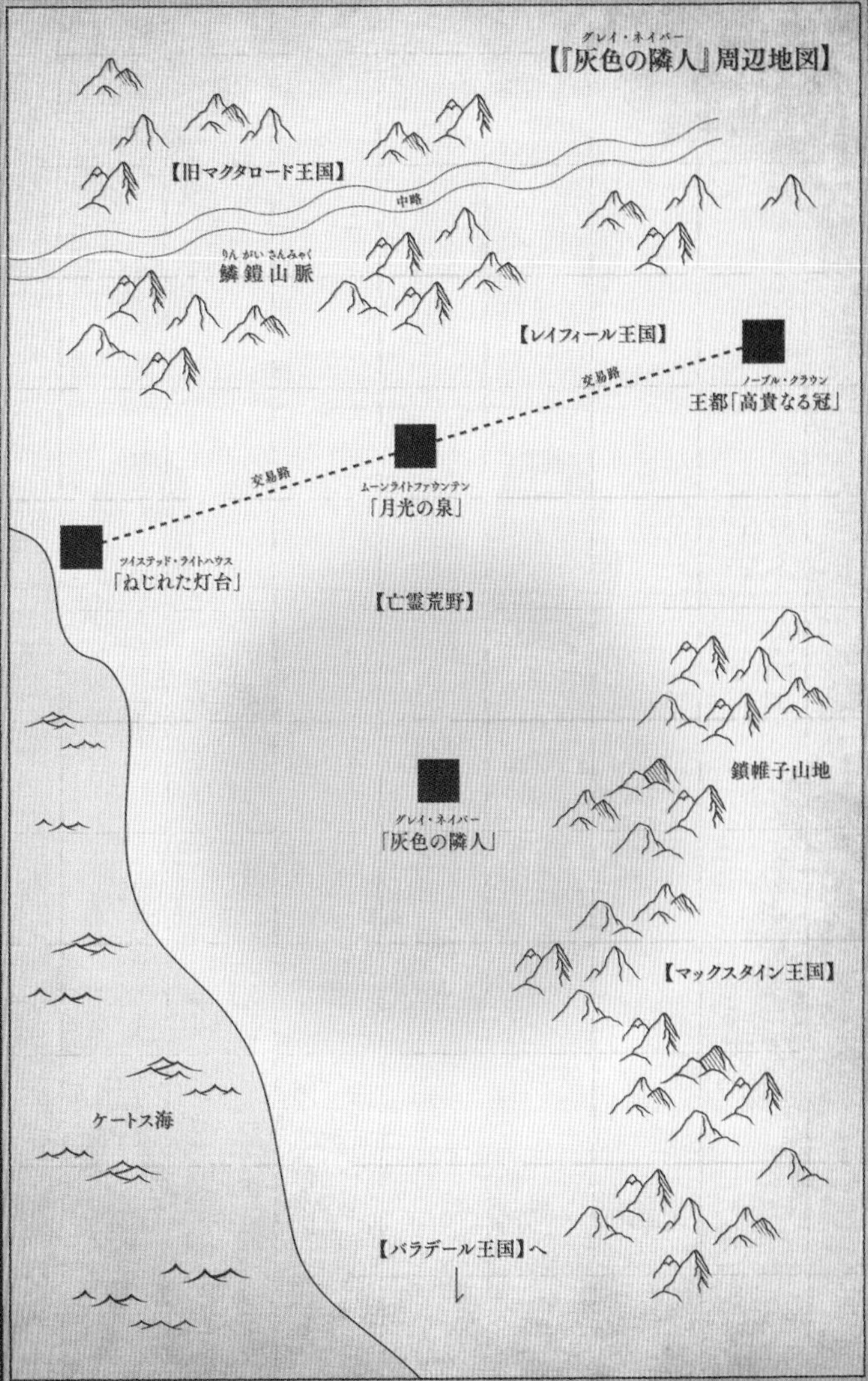

【『灰色の隣人』周辺地図】
グレイ・ネイバー
【旧マクタロード王国】
中略
鱗鎧山脈
りんがいさんみゃく
【レイフィール王国】
交易路
王都「高貴なる冠」
ノーブル・クラウン
交易路
「月光の泉」
ムーンライトファウンテン
「ねじれた灯台」
ツイステッド・ライトハウス
【亡霊荒野】
鎖帷子山地
「灰色の隣人」
グレイ・ネイバー
【マックスタイン王国】
ケートス海
【バラデール王国】へ

CHARACTER

アルウィン

ダンジョン攻略の急先鋒。マシューの前だけでは、子供っぽい一面を見せるらしい。

マシュー

経歴不詳の元冒険者。街では腰抜けとバカにされているが、ある秘密を抱えている。

デズ

ギルドの専属冒険者。気難しいドワーフ。マシューの過去を知る数少ない人物。

ヴァネッサ

ギルド所属の一流の鑑定士。アルウィンの秘密を知ってしまったことで、マシューによって殺される。

ヴィンセント

聖護隊の隊長。『灰色の隣人(グレイ・ネイバー)』の治安維持に務める裏で、妹殺しの犯人を捜索。ヴァネッサの兄。

エイプリル

ギルドマスターの孫娘。周りの大人からマシューに近づくなと言われている。

ニコラス

元太陽神教の神父で『伝道師』だったが、現在は太陽神の企てを止めるべくマシューに協力中。

グロリア

欠員を埋めるため別のギルドから引き抜かれた鑑定士。『贋作』集めが趣味。

He is a kept man for princess knight.

姫騎士様のヒモ

He is a kept man for princess knight.

3

白金 透 | Illustration マシマサキ

CONTENTS

序章　出動要請

「俺も『迷宮』に連れて行ってくれ」

　俺の頼みをギルドマスターのじいさまは鼻で笑った。

「自殺したいのなら首でも吊(つ)るんだな」

「俺は本気だよ」

「足手まといを連れていく余裕はねえ。テメエに何が出来る」

「俺が能なしのロクデナシだってのは、百も承知だよ。その上で頼んでいる」

　魔物の大量発生と暴走……『スタンピード』がこの街の『迷宮』で起ころうとしている。その前兆なのか、つい先程から『迷宮』内部で魔物の数がいきなり増えた。多くの冒険者が取り残され、行方不明になっているらしい。その中にはアルウィン率いる『戦女神の盾(イージス)』も含まれている。今から救助隊を送り込むそうだが、他人任(ひとまか)せにはしていられない。

　俺の勘が告げている。今回の『スタンピード』は危険だ。

　早く救助に行かないと、アルウィンの命も危うい。

俺の本気が伝わったのだろう。じいさまは面倒くさい、と言いたげにため息をつく。

「お前らは下で待っていろ。俺もすぐに行く」

そばに控えていたギルドの職員たちを一斉に下がらせる。

二人きりになったところでじいさまはパイプを取り出し、火を付けた。紫煙をくゆらせると、出来の悪い生徒を見るように俺をねめつける。

「こんなごろつきだらけの組織にだって規則ってものがある。冒険者でもギルド職員でもないお前を連れて行きゃあ、俺の首が飛ぶ」

「資格ならあるぜ」

こんなこともあろうかと持ってきて正解だった。小さく折りたたんだ紙を広げ、じいさまの目の前に突きつける。

ギルドマスターの孫娘・エイプリルの作った、誓約書だ。

じいさまに似ず、いい子なのだが何かにつけて俺を働かせようとする。つい先日も腕相撲勝負で冒険者ギルドの臨時職員にしようとしたばかりだ。運悪く負けちまったが、オトナの知恵で誓約書を取り上げ、食った振りをして袖の中に隠した。山羊(やぎ)じゃあるまいし、紙なんか食ったら腹壊しちまう。多分。食べたことないけど。

「こいつでは俺はデズの手下ってことになっている。デズの役目といえば『迷宮』で行方不明になった冒険者の救助だ。けどあいつはお休み中だ。だから俺が代わりに救助へ向かう」

「まさか、そんなしょぼい手品に頼るとはな」

じいさまはがっかりした様子で言った。

「お前も落ちぶれたもんだな、『巨人喰い（ジャイアント・イーター）』」

「あっそ」

別に驚きもしなかった。お姫様のアルウィンですら俺の正体にたどり着いたのだ。海千山千のギルドマスターであるじいさまなら俺の過去などとっくにお見通しだろう。知った上で泳がせておいたに決まっている。普段なら脅しの材料になるのだろうが、今の俺には通用しない。俺の正体や身の安全よりもアルウィンの方が大事だ。

当てが外れたのだろう。じいさまが耳元で虫が飛んでいるかのように苛立（いらだ）つ。

「心配する気持ちは分かる。テメエの女の窮地に駆けつけたいって気持ちも、まあ分からなくもない。けどな、世の中には分相応って言葉がある。『呪い持ち』のお前じゃあ、白馬の騎士にはなれねえ。だろ？」

七つ星の冒険者にして絶世の色男であるマデューカスならじいさまも発情期の犬ころみたいに腰振って「力を貸して下さい」と懇願するのだろうが、ここにいるのは金なし力なし仕事なしの三拍子揃（そろ）ったヒモ男だ。

「悪いことは言わねえ。おとなしくここで待っていろ。無事に戻ってきた姫騎士様を出迎えるのがテメエの役目のはずだ」

「ご忠告はありがたく頂戴するよ」

じいさまの言うことは正しい。オタンチン太陽神のせいで、日向(ひなた)以外では雑魚(ざこ)同然だ。戦えばゴブリンにだって負ける。真っ暗な『迷宮』の中では足手まといの役立たずだ。役割うんぬんの話も間違っていない。俺だってそう思う。

けれど、それだけだ。

「けど、もう決めちまったんだ」

なんたって、俺は姫騎士様の命綱(ヒモ)だからな。

深く潜りすぎたせいで届かないというのなら、もっと底まで綱を垂らすしかない。

彼女の手が届くところまで。

「ま、荷物持ち……にはならないが、いざという時にはオトリくらいにはなるはずだ」

じいさまは理解しがたい、と言いたげに顔をしかめた。

「別にテメエが野垂れ死にしようが知ったこっちゃねえが、あの子は悲しむだろうな」

「優しい子だからな」

俺なんぞに気にかけなくてもいいのに。

「そんなかわいい孫と大して年の変わらない娘を囲うとか、ちょいと張り切りすぎじゃないかな。エイプリルに知られたら嫌われちゃうぜ。『じーじ最低。大キライ』って」

「調子に乗るなよ、ヒモ野郎」

俺のモノマネがお気に召さなかったらしい。じいさまの言葉に怒気が混ざる。それだけで部屋の空気がひりつく。火花が飛び散っているみたいだ。おー、怖い。

「孫の遊び相手にゃあ、ちょうどいいってんで今まで見過ごしてきただけだ。今のテメエなんぞ飯食う合間に十回は殺せる」

「控えめだな」

昔の俺なら、百回はぶち殺せる。

「殺してもいいような男だったら連れて行ったところで問題ないだろ。違うか？」

じいさまはため息をついた。

「そこまで腹をくくっているなら好きにしろ」

説得を諦め、うっとうしそうに手を振る。

「あの子も年頃だからな。そろそろ周りをうろつくチンピラも目障り（めざわ）りになってきたところだ。そんなに死にたけりゃ死んでこい」

ありがたくって涙が出そうだ。

「で、さっそくだが臨時職員への初仕事だ」

じいさまは引き出しから紙を取り出した。つい最近、同じものを見たばかりだ。冒険者への召集状か。ギルドが冒険者を呼び集めるための文書だ。

「こいつがどういうものか、下の小娘どもに教えてやれ」

第一章　捜索開始

「だから止めておこうって言ったのに」

ぼやきながら俺が手渡した紙を金髪の女がひらひらさせる。一階のカウンター近くのテーブルに座っている。既にワインの瓶が半分ほど空になっている。

マレット姉妹のセシリアだ。五つ星の冒険者にして、『蛇の女王(メデューサ)』の副リーダー。『迷宮』攻略におけるアルウィンのライバルでもある。

「ビーがつまんない作戦考えるから、厄介事を引き受ける羽目になったじゃない」

セシリアが言っているのは、つい先日、ギルド職員をたぶらかして召集状を私的利用のために発行させた件だ。彼女たちは、ギルドの権力を利用してアルウィンたちを仲間に引き込もうとしたのだが、裏目に出て、大ゲンカの原因になった。

「何も変わらないって」

返事をしたのはビーこと双子の妹にあたるベアトリス・マレットだ。

「どうせ助けに行くのに変わりないんだから。でしょ？」

セシリアは返事の代わりにふて腐れたように頬杖(ほおづえ)をつく。

「あんなお姫様のどこがいいんだか」

「なに、シシーったらヤキモチ？」

両腕で姉の頭を抱え込むと、子供をあやすように髪を撫でる。

「こんなところでライバルが消えるなんてつまらないじゃない。それとも、シシーはここで待っている？」

「行く」即答だった。「冥界の果てまで付いていく」

「決まりね」

ベアトリスは満足そうにうなずいた。

「ほかの連中の意見は聞かなくていいのかい？」

『蛇の女王』は六人組のパーティのはずだ。ちなみに全員女だ。

「ビーが決めたのなら、それはもう決定事項よ」

当然でしょう、とセシリアはまるで俺が無知であるかのように言った。

「あとの連中はどうだ？　ほら、君らと同盟を結んでいる」

『黄金の剣士』に『金羊探検隊』もやはり『迷宮』攻略の急先鋒パーティだ。召集状に名前は載っていないが、協力してくれるなら戦力になるはずだ。

「あっちにはあたしから声かけておくから。まあ、イヤとは言わないはずよ」

「ありがとう」

「アンタのためじゃないわ。もちろん、姫騎士様のためでもないけど」

セシリアは景気づけとばかりに自分の顔を張ると、顔を引き締める。

「『スタンピード』となれば魔物の数は多くなるはず。一応、魔物よけの香草や結界石はいつもの倍は用意しておくけど」

「もうちょい用意したほうがいいね。数が増えるほど一回あたりの消耗が早い」

俺の忠告に、ベアトリスが鼻にしわを寄せる。

「『迷宮』に入ったことがあるの？」

「大昔にちょっとだけね。こことは違う場所だけど」

「攻略組とか言わないわよね」

「まさか。すぐ地上に戻ったよ」

『迷宮』に入ったのは、そこでしか生息していない魔物の角やら牙やらを取ってくるためだった。攻略したことは一度もない。『百万の刃（ミリオンズ・ブレイド）』にいた頃にはもう『迷宮』の数も残りわずかで、旨味（うまみ）が少ないと判断したからだ。『星命結晶（せいめいけっしょう）』なんて必要なかった。あの頃の俺たちにはなんでもできた。少なくともそう思っていた。今はそうじゃない。

「俺は戦いの役には立たない。君たちが頼りだ。アルウィンたちを助けてやってくれ」

頭を下げると、ベアトリスとセシリアは目を瞬（まばた）かせたあと、ほぼ同時にうなずいた。

救助隊の編成が決まった。

まず魔物対策としてマレット姉妹率いる『蛇の女王（メデューサ）』ら三つの合同パーティ。ベアトリスは救助隊のリーダーも兼ねている。この前見たときは姉妹揃（そろ）って小さな杖（つえ）を持っていた。が、妹の方は背中に巨大な杖（つえ）を背負っている。留め金で引っ掛けているらしく、いざという時には背中から外して使うのだろう。取り回しが悪い気がするのだが、魔法について素人（しろうと）の俺が口出しすることでもない。

それから荷物持ちや伝令役といったギルド職員ら補助役の非戦闘員が十五名、そしておまけの俺。総勢、三十三名だ。この手の救助隊としてはかなりの規模だ。普通、冒険者が戻ってこなくても助けになんか行かない。「残念でしたね」で、おしまいだ。

ここまでしてくれるのは、『スタンピード』に巻き込まれた冒険者が多いのと、現状把握のための調査、じいさまの厚意だろう。保身でもあるが。

元・お姫様でもあるアルウィンを見捨てた、とウワサされるのを嫌ったに違いない。

ギルドマスターのじいさまは、地上に残って指揮を執る。

俺たちは『迷宮』の入り口に集まり、準備の真っ最中だ。

あと少しすれば、地獄の底へ殴り込む。周囲には冒険者やら野次馬やら見物人でごった返している。アルウィンが戻っていない、という情報はもう広まっていた。

「マシューさん！」

人だかりの中から血相を変えて銀髪の少女が飛び出して来た。エイプリルだ。手にはくしゃくしゃになった紙を握っている。

「よう、おちび。見送りか？」

「本当にマシューさんも『迷宮』に行くつもりなの？」

よほど慌てていたのか、おちびと呼んだことにすら反応しなかった。

「ムリだよ、そんなの」エイプリルが身悶(みもだ)えするように首を振る。

「『迷宮』なんだよ。魔物がたっくさん出るんだよ。マシューさんじゃ、勝てっこないよ」

「まあ、その時はその時だ」

「ダメだよ！」

エイプリルが俺の腕をつかむ。

「行かないで！　アルウィンさんなら大丈夫だから、ね？　おとなしく待ってようよ、ね、いい子だから」

力ずくで食い止めるつもりらしい。心配してくれるってのはありがたいもんだ。

祖父も孫もそろって俺を行かせまいとする。理由は正反対だが。

「悪いけど、その頼みは聞けなくってね」

エイプリルの指を優しく引き剝がす。太陽の下だから外すのはたやすい。むしろ力加減を間違えて指を折っちまわないように神経を使った。

「俺も男だからね」

「……もしかして、ワタシのせい？」

エイプリルが泣きそうな顔をしながらしわだらけの紙を広げた。さっきじいさまに渡したはずの誓約書だ。

「ワタシが散々働けとか言ったから」

「誤解だよ」

エイプリルの作った誓約書を利用させてもらったが、こんなものがなくっても別の方法で参加した。

「誰かの命令でもなければ捨て鉢になったわけでもない。俺は俺の意志でアルウィンを助けに行くんだ」

「でもマシューさん、死んじゃうよ……」

「死なないよ」おちびの涙を指でぬぐってやる。「約束するよ。必ず、アルウィンと一緒にここに戻ってくる」

「……約束だからね」

泣いた子がもう笑ったか。これでますます死ねなくなっちまったな。

「準備はいいな」

『迷宮』の入り口の前でじいさまが救助隊に号令をかける。ちょっとした出陣式だ。

「お前たちの任務は行方不明になった連中の捜索と救助だ。ルートを確保しながら下の階へ降りていく。発見次第、地上へと運び出す」

短くて半日、長ければ数日かけての捜索になる。ムリはしない。二重遭難の元だ。

「それじゃあ、お前たち……」

「やあ、間に合ったようだね」

じいさまの声をさえぎって安堵の声が流れる。

振り返ると、初老の男が荷物を背負ってこちらに近づいて来るのが見えた。

ニコラス・バーンズだ。元は太陽神教会の神父だったが、太陽神にそそのかされ、悪魔の『クスリ』を作った。そうと知ったニコラスは奴の野望を食い止めるべく逃亡を続けている。つい先日、知り合いになり、匿っている。今では薬師として活動する一方で『解放』の解毒薬を開発中だ。

「先生、どうしてここに?」

しかも旅支度、いや冒険支度だ。近所の連中からは『先生』と呼ばれているので、俺もニコラスをそう呼んでいる。

「事情は聞いているよ。『スタンピード』の予兆で冒険者たちが取り残されているそうだね。どうだろう。一緒に連れて行ってくれないか」

話の腰を折られたからだろう。じいさまが不機嫌そうに近づいてきた。

「誰だお前は？」

「こういう者です」

ニコラスが取り出したのは、冒険者ギルドの組合証だ。かなり古めかしい。

「ニック・バーンスタイン……三つ星か」

偽名で登録していたのか。いつの間に。

「ヒーラーか。見ねえ顔だな」

ギルドマスターのじいさまが組合証とニコラスを見比べる。

「どこで何をしていた？　ずいぶん年食っているみてえだな」

「元々は南の方にいまして。こちらには引退するつもりで親類を頼ってきたのですが、その親類が行方知れずでして。あてのないところをそこのマシュー君と知り合ってね。色々と世話になったのです」

本当か？　とじいさまがにらんできた。俺はうなずいた。

「命がけだぜ」

「若い方が命を張っているのです。ワタシももう一踏ん張りしないと」

ニコラスは自嘲気味に肩をすくめる。

「見ての通り腕っぷしはさっぱりですが、『回復役』ならなんとかなると思います」

「治せるのは傷だけか？」

「『解毒』も少々。あとは『解呪』に『防壁』、『属性付与』も多少は」

いいだろう、とじいさまは首を縦に振る。

「戦力は多い方がいい。『迷宮』の中ではそいつらの指示に従ってくれ」

じいさまは許可を出すと、マレット姉妹を指さしながら戻っていった。

俺はニコラスの耳元に顔を寄せる。

「どうしてここに来た？」

ニコラスの身にもしもの事があれば、『解放』の解毒薬も作れなくなる。

「言っただろう。ワタシの目的は、太陽神の野望を食い止めることだと。今回の『スタンピード』もあれが関わっているとしたら放ってはおけないからね。それに一度、ここの『迷宮』の中も見ておきたかった」

「だからって今じゃなくても」

「君の大切な人が中にいるのだろう？　だったら、ワタシの出番が来るかもしれない」

大暴れする魔物の巣窟に取り残されているのだ。アルウィンたちが重傷を負っている可能性もある。そう考えれば『回復役』は一人でも多いほうがいい。

俺は説得を諦め、別の質問をする。

「組合証なんていつの間に用意したんだ？」

昨日今日入ったばかりでは、三つ星にはなれない。偽造でもしたのか？

「ワタシがまだ人間だった頃にちょっとね」

ニコラスはいたずらっぽく含み笑いを漏らした。

「教会運営は何かと物入りでね」

小遣い稼ぎも兼ねて冒険者登録していたらしい。近場で魔物を倒し、ほかの冒険者の傷を治して、その稼ぎで教会の修繕費に当てていたという。

「まあ、とっくの昔に死亡扱いになっているはずだから。偽物（にせもの）とまではいかないが、無効ではあるかな」

想定外の出来事もあったが、ついに救助へと向かう時が来た。

「いよいよ突入か」

よく勘違いされるのだが、『迷宮』は『灰色の隣人（グレイ・ネイバー）』の地下に埋まっているわけではない。この世界であって、この世界でない場所。それが『迷宮』だ。

大昔、お偉い方々が『迷宮』の入口を広げようと周囲を掘り返したことがあるらしい。地面を掘り返し、入口の下の土を取り除いても何も出てこない。ただ、何もない空間に黒い穴がぽっかりと浮いていたという。『迷宮』という別世界への入口がたまたま地面の上に空いている。それだけだ。

だから井戸から水も出る。地下室も作れる。『迷宮都市』に住んでいても知らない人間は案外多いので、隠れ家にはうってつけ、というわけだ。魔物が飛び出してこないように扉で塞ぎ、その扉ごとほこらのような石造りの壁で包み込んでいる。

入口には出入りしやすいように階段が据え付けてある。

俺はその暗い穴を今一度見つめた。

無事でいてくれよ、アルウィン。

期待と願いを込めながら俺は『迷宮』への一歩を踏み出した。


中に入ると、ほのかに薄暗い。真っ昼間というほどではないが、かろうじて視界は確保できる。天井自体が発光しているためだ。

黄昏時くらいといえば分かりやすいか。おかげで天然の洞窟と違って、ランタンなどの照明器具はほぼ無用だ。

場所にもよるが、天井の高さはだいたい俺の倍以上はある。だから飛び跳ねるのに支障はない。足場は固く、わずかにざらついている。走りやすい反面、転べば痛い。

雰囲気自体は、以前潜った『迷宮』と大差ないようだ。

その中を俺たちは六組に分かれ、距離を取りながら進む。冒険者を前後にして、間にギルド職員を挟む形だ。あまり固まりすぎると不意打ちを食らった時に全滅しやすくなる。かといって離れ過ぎれば、今度は隊列が分断しやすい。

『迷宮』の奥へ進むルートは途中まで判明している。進むだけなら新入りでもいける。ただし、途中には魔物がわんさか出て、奥へ進むほど強くなる。安全なルートを確保するために、冒険者は魔物よけのために石をばらまき、香草に火を付ける。これがあれば魔物は近づいてこない。無用の戦闘も避けられる。

ただ『迷宮』という魔物の巣窟(そうくつ)では、長時間は保てない。魔物の発する瘴気(しょうき)ですぐに効力が無くなってしまう。だから定期的に石を置いておく必要がある。

攻略に挑む冒険者が多いほど、道は太く頑丈になる。少なければやがて石の効力は消えて、安全なルートは絶たれてしまう。だから『迷宮都市』では攻略組と呼ばれるパーティの存在が欠かせない。

この『千年白夜(せんねんびゃくや)』では現在、十九階までのルートは確保されていた。そのルートまでたどり着ければ地上までは一直線のはずだ。けれど、『スタンピード』の場合、大量の魔物とその瘴気(しょうき)で、ルートを寸断してしまう。そうなると安全に帰ることができなくなる。場合によっては回り道を余儀なくされる。迷った冒険者はやがて力尽き、死に至る。

冒険者ギルドによれば今、『迷宮』に潜っている人数はアルウィンたちを含めて二十九人。そいつらの救助と生死確認が今回の任務、というわけだ。

「お前も酔狂だな。マシュー」

声を掛けてきたのは、運び屋のじいさんだ。本人の背丈ほどもある、でかいリュックを背負っている。『迷宮』から魔物の死体を引き上げるほかに、副業で野菜売りなんかもしている。

以前市場でチンピラに絡まれているところを助けてやったこともある。代わりに殴られただけ、とも言うが。

「なんだ、じいさんも来たのか」

これだよ、と指で金を形作る。

「じゃなかったら、こんな危険な時期に入りゃしねえよ」

報酬のため、か。お互い金欠は辛いな。

「お前こそ、わざわざ姫騎士様のために命捨てに行こうってのか？」

「ここのところ色々不義理しちまったせいで、姫騎士様がご機嫌斜めでな」

俺はつとめて冗談っぽく笑いかける。辛気くさいのは苦手だ。

「ここらで点数稼ぎしておかないと追い出されちまう」

「追い出されたら、ウチに来いよ。俺と一緒に野菜でも売ろうぜ」

そうなったら真っ先にアルウィンのところへナスビ山盛りで押しかけてやろう。けどそれも、彼女が無事に戻ってからの話だ。

「ま、気持ちだけ受け取っておくよ」

「悪いこたあ言わねえ。さっさと地上へ戻れ。今ならまだ間に合う。魔物はそこらのチンピラと違って、衛兵を見ても逃げだしちゃあくれねえぞ」

百も承知だよ。

「ま、これもアルウィンのためさ。ご用命とあらば、たとえ火の中水の中、魔物の腹の中にだって駆けつけるのが忠義ってもんだ」

「ヒモのくせに」

「だからこそだよ。彼女がいなくなったら俺はすかんぴんだからな」

「どうなっても知らねえぞ」

じいさんは始末に負えない、とばかりに首を振る。

俺も背中にリュックを背負って冒険支度だ。当然、『仮初めの太陽（テンポラリー・サン）』も持ってきている。全員の前でこれを使う羽目になるかもしれないが、緊急事態だ。アルウィンの命には代えられない。念のため、例のあめ玉も用意してある。ほかにもロープに水袋、火打石、干し肉に干しイモ、魔物よけの香草等など。

「あっちゃあ」

先頭から参った、と言いたげな声が聞こえた。理由はすぐに分かった。足元にある魔物よけの石だ。本来は白のはずだが、灰色になっている。効力が弱まっている証（あかし）だ。これが黒くなればただの石ころと変わりはしない。

まだ一階だというのに、もう安全なルートが消えかけている。

事実、ゴブリンやコボルトといった、一階に出てくる魔物が俺たちを遠巻きに見ている。石の効力が完全に消えたらすぐに襲ってくるだろう。舌なめずりしながら見られるのは気味が悪い。

「じゃぁ、手始めにこいつらを血祭りに……」

「無視しましょ」

ベアトリスの提案をセシリアが一蹴する。

「雑魚にかまっている時間も余裕もないわ。とりあえず、上に連絡してありったけの石用意してもらって。ルート確保が最優先。ここまでたどり着いた連中が自力で戻れるように。ギルドマスターにはルートの維持をお願いしておいて。帰りに迷子なんてゴメンだから」

セシリアの指示でギルド職員が一度上へ報告に戻る。

「……こんな感じでいいかしら、ビー」

「うん、まあ、だいたいそんな感じ。アタシもそういう風に行こうかと思っていたから」

本当かよ。

「ルートから外れた場所にいたらどうするんだ？」

自力でそこまでたどり着けたらいいが、そうでなければ死を待つのみだ。

「諦めるしかないわね」

セシリアは事もなげに言った。

「『迷宮』全部を探し歩くなんてこの人数じゃ不可能だし、自殺行為よ。あたしたちの方が全滅しかねないし、第一、下の階の救助が間に合わなくなるわ。危険度は下の方が高いのよ」

「……」

間違ってはいない。何のあてもなく探し回って見つけるなどデズでも難しい。

「あたしたちは一刻も早く下の階へ降りること。それに、姫騎士様がいるとしたら下の階でしょうからね」

「そうだな」

どこまで戻ってきているか分からない以上、俺たちに出来るのは下っていくことだけだ。

頼むぞノエル、ヴァージル、クリフォード、セラフィナ。アルウィンを守っていてくれ。

この際ラルフは見捨てても構わない。必要なら捨て駒にでもしてくれ。俺が許す。

「この分だと下の階からはもうルートは消えているでしょうね。確実に戦闘になるわ。気合い入れて行きましょ、ビー」

「オッケー、任せてシシー！」

ベアトリスは無邪気な様子で拳を振り上げた。

セシリアの予想は早くも現実になった。二階への階段へ向かう途中で魔物よけの効力が薄れ、子牛ほどもある犬が群れをなして襲ってきた。

ヘルハウンドだ。目は金色に輝き、肌には毛がなく、代わりにぬらぬらと油を塗りたくったように光沢がある。武器は普通の犬と同じで爪と牙だが、その力は倍以上だ。二十体以上はいるな。本来ならもう少し下の階にいるはずだが、『スタンピード』の影響で這(は)い上(あ)がってきたのだろう。一匹一匹はさしたる強さでもないが、集団となると侮(あなど)れない。

「さっそく来たわね」

喜々としてベアトリスが杖(つえ)を構える。呪文を唱えると、杖(つえ)の周りに無数の炎が現れる。

「熱くぶち抜け！　『炎の釘(フレイムニードル)』」

ベアトリスが旗のように杖(つえ)を振り回すと、矢のような速さで撃ち出される。『迷宮』の暗闇に赤い軌跡を描きながら次々とヘルハウンドたちを撃ち抜いていく。貫かれた黒い犬は傷口から噴き出した炎に焼かれ、逃げ惑い、その場に倒れていく。

「ま、楽勝ね」

「気を抜くな！　まだ終わってねえぞ」

俺が忠告すると同時に、討ち漏らしたヘルハウンドが炎を掻(か)い潜(くぐ)り、俺たちに迫ってくる。狙いは、先頭にいるベアトリスだ。

「バカね、アンタ」

だというのに、俺の方を振り返ってにやりと笑う。

「もう終わっているから言ったのよ」

言い終わるより早く、ベアトリスの横から杖(つえ)が伸びる。

「『風の鎌(ウインドシックル)』」

セシリアの杖から放たれたのは、風の刃だ。悲鳴が上がる。透明な刃がヘルハウンドの首や喉を的確に切り裂いていく。空気の流れや周囲の動きで判別することもできるが、この暗闇では難しい。

気がつけば二十体はいたヘルハウンドは全滅だ。

「ね、言ったでしょ？　シシーに任せておけば安心安全完璧完全ってね」

「お世辞はいいから、もう少し下がって」

ぐい、と妹を押すような仕草をする。

「リーダーなんだからあんな雑魚はほかの連中に任せておけばいいのよ。ムダに魔力を消費しないでと何回言ったら……」

「リーダーだからよ」

ベアトリスは胸を張って言った。

「景気づけに一発派手にやって、パーティの戦意を盛り上げた方が後が楽になるでしょ」

呵々大笑する妹に、セシリアはため息をついた。

「あんまり張り切りすぎないでね。勢いだけで乗り切ろうとすると、叔母さんみたいにぎっくり腰やっちゃうのよ」

「そのとおりだ。もう少し自重してくれないか」

姉妹の会話に割って入ったのは、『黄金の剣士』のリーダー・レックスだ。

「こんなところでお前たちの魔法を使っていたら後が大変だ」

「アタシは困らないけど」ベアトリスは平然と言った。

「そうだろう。お前にはセシリアがいるからな。けど、ウチは違う。小物相手に全力で戦っていたら肝心なときに力尽きる」

「そんなの、アンタたちが……」

「ビー」

何か言いかけたところでセシリアが妹の袖を引っ張る。

「目的を忘れないで」

「はいはい」

姉の忠告も適当に受け流し、杖(つえ)を肩に載せながら歩いていく。子供か、と思っていたら急に振り返った。

「アタシたちは先に降りて露払いしておくから。アンタたちは石でも撒(ま)いておいて」

行くわよ、と『蛇の女王(メデューサ)』の面々を連れて先へ進む。

「勝手な行動は」

慎め、と言いかけてレックスの足が止まる。俺も気づいた。いつの間にか、俺たちはたくさんの殺意に取り囲まれている。

レックスが警戒心をあらわにする。続いてほかの面々も武器を構え、周囲をうかがう。

「上だ！」

俺は叫ぶなり手近にいた運び屋のじいさんの首根っこをつかみ、倒れるようにして後ろに下がる。腕力はないが、体重はあるのでじいさんごと後退することができた。その直後、頭上から何十四という子鬼が飛びかかってきた。背丈は赤子くらい。どいつもこいつも目が異様に大きく、金色に輝いている。爪は長く、顔は老婆のようにしわだらけだ。頭はとがっていて、赤い帽子のようだ。

「『レッドキャップ』だ、気をつけろ！」

体は小さく力も弱いが凶悪な妖精だ。集団で人間に襲いかかり、歯や爪で、喉や目といった急所を切り裂く。

一階に出るような魔物じゃねえ。クソ、『スタンピード』の影響か。

冒険者たちに群れをなして次々と飛びかかる。

「じいさん、何をしている。もっと下がれ！」

「あ、足が……」

見れば、じいさんの足に一匹のレッドキャップがしがみついている。

「どけ！」

思い切り蹴り付ける。非力な俺だがレッドキャップは小柄だ。つまり軽量なので俺程度でも引き剝がすことができた。

「離れるぞ、じいさん。この程度ならすぐに片はつく」

一階に出るような魔物ではないが、凶暴なだけで強いわけでもない。熟練の冒険者が落ち着いて対処すれば、簡単に倒せる。俺たちは戦いの場所から距離を取り、安全なルート内に入る。石を撒いたばかりだからさすがに襲われる心配はないだろう。

「あ、ああ。助かったぜ、マシュー」

「いいって。困ったときはお互い様だ」

「また今度、野菜おごってやるよ。何がいい？」

「ナスビ」

俺をこんなに心配させた罰だ。山盛りで食わせてやる。

不意打ちはされたが、レックスたちもすぐに態勢を立て直し、反撃に出た。レッドキャップを次々と倒していく。

これなら安心か、というところで悲鳴が上がった。振り向けば、冒険者の頭にレッドキャップが何匹も引っ付いている。首や胸は血まみれだ。

「落ち着け、動くな！」

レックスが呼びかけるが、混乱しているのか火が付いたように暴れまわっている。自分でも引き剥がそうとはしているが、両手にもしがみつかれているのでうまく動けないようだ。

「クソ！」

ヤケクソとばかりにレックスはその冒険者に飛びかかり、レッドキャップたちを引き剝がしていく。床に落ちたそいつらはほかの冒険者たちが始末していく。あと二匹で全部、取り除けるかというところで冒険者の足がつれ、仰向けに転がる。その勢いで残りのレッドキャップも飛び退いた。

「大丈夫か、しっかりしろ。アル！」

返事はなかった。顔中血まみれの上に肉まであちこち引き裂かれ、食われている。頰骨は白く露出しており、鼻は潰されていた。

死んでいるのは明らかだった。

レックスは死んだ仲間の手を取り、目を閉じさせる。

早くも犠牲者が一人、か。

「まさか、『黄金の剣士』のメンバーがこんなところで脱落するとはな」

運び屋のじいさんが不安と失望をにじませた声でつぶやいた。

「まあ、今更だよ」

俺は言った。

「ここは『迷宮』、しかも世界最後の『千年白夜』だ。何があっても不思議じゃねえよ」

出鼻をくじかれはしたものの、救助隊はその後も『迷宮』の地下へと進む。冒険者どもが魔物をしばき倒し、ギルド職員たちが石を撒いてルートを形成する。魔物を掃討し終えたら、石を撒いて先へ進む。基本はその繰り返しだ。

俺ときたら石撒きの手伝いや、背が高いのを利用して魔物の接近に気を配るくらいだ。

あとは応援か。投げキッスは不評だったので、声援を送るくらいだ。

「ま、だいたい快調ね」

ベアトリスがお気楽な口調で言った。犠牲者が出たと、報告は受けているはずだが、忘れているようだ。案の定、レックスがすごい目でにらんでいるが、どこ吹く風だ。

「どうせならいつもこのくらいのパーティで潜りたいわ。いっそ騎士団とか引き連れて」

「そいつはムリだね」

「ムリなんじゃない」

俺とセシリアの声がほぼ同時に重なる。

「どうしてよ」

不思議がるベアトリスに、俺は呆れてしまった。

「『迷宮』は軍隊殺しだからだよ」

大昔には何十という『迷宮』が世界中に点在していた。『迷宮』は発生と同時に周囲の土地から養分を吸い取り、荒野に変えてしまう。土地は枯れ果て、民は飢えた。当時の為政者たちは『迷宮』攻略に全力を注いだ。それは失敗の連続だった。

そもそも歩兵にしろ騎士にしろ、薄暗い穴蔵の中での戦闘は不慣れだ。

場所によっては狭くて一人ずつしか通れない。おまけに、あちこちにワナが仕掛けられている。連携が取れず、大軍が大軍である利が生かせない。大昔にどこかの国が、とある『迷宮』に一万の軍勢を送り込んだものの半日と経たずに全滅した、なんて話もある。だから大軍をいきなり『迷宮』に送り込む作戦はすぐに廃れた。

代わりに流行ったのが、『遠征法』だ。まず比較的浅い階層に陣地を張る。そこを拠点にして奥へと攻略していき、安全を確保してから結界を張って陣地を確保する。その繰り返しで、最下層まで進む作戦だ。金と時間と労力はかかるが、安全な方法だった。

それが廃れたのは、まず金がかかりすぎるからだ。『迷宮』攻略だけが、国の仕事ではない。いくら『星命結晶』が手に入る、といっても願い事には限度がある。『迷宮』攻略にかまけて、内政をおろそかにした挙げ句、隣国に攻め滅ぼされ、攻略寸前で『星命結晶』まで横取りされたという、泣くに泣けない史実も残っている。

もう一つは、『迷宮』そのものが耐性を身につけたからだ。『迷宮』の中にあふれる瘴気が、安全だった陣地を不安定なものにした。確保したはずの安全な道は魔物によって寸断され、突如として現れたワナによって前線に送り込まれるはずの物資は消失した。

成功率は激減し、大金と人員を投じた挙げ句に成果なし、で反乱の原因にまでなってしまった。それから為政者たちが選んだ方法が二つ。攻略と共存だ。

『迷宮』を放置すれば土地は枯れ果て、草木も生えない荒野が広がっていく。けれど『迷宮』では、珍しい魔物の素材や鉱石、植物が採れることもある。うまくいけば、一財産を築くことも出来る。

災害にして鉱脈、それが『迷宮』の扱いを複雑にしている。

攻略にしろ共存にしろ、誰かしらを『迷宮』の中に派遣する必要がある。けれど、自前の兵隊を送り込めば、過去の二の舞だ。

その打開策が、専門家の育成と派遣だ。

少数精鋭でかつあらゆる荒事に即対応できる。何より死んでも誰も困らない。つまり、傭兵(ようへい)や冒険者って連中だ。そういうメンツを管理統括できるように組織されたのが『冒険者ギルド』ってわけだ。今でこそ仕事範囲は多岐にわたるが、元々は『迷宮』攻略のための組織だった。当初は各地の王国直属だったが、時を経て民間委託となり、今に至る。

世界の歴史は、『迷宮』と人間との戦いの歴史でもある。

「へえ、そうなんだ」

俺の長話に、ベアトリスが感心したように何度もうなずいている。

この手の話題は、ベテラン連中から酒(さけ)の肴(さかな)に何度も聞かされるものなんだがな。

「君、本当に五つ星?」

「試してみる?」

背中からでかい杖を抜こうとするのだが、どこかで引っかかったのか前に回らない。

「あれ、ちょっと待って！　おかしいわね、あれ？」

俺はため息をついた。

「君、もうちょい落ち着いた方がいい。遊びに来たんじゃないんだ……から……」

言いかけた途中で俺は口をつぐみ。両手を挙げた。

後ろから姉君が魔法の杖を突きつけているのに気づいたからだ。

「ビーを侮辱しないで」セシリアは苛ついた声で言った。

「二度は言わないわ」

「了解だ」

こんな『迷宮』の中で放り出されたら命がない。

「ねえ、ちょっと。シシー、これ外してくれる？　引っかかったみたい」

「慌てないの。お酒が切れたグランパみたいに震えた手じゃ、余計に時間がかかるわよ」

妹の背後に回り、杖を外してやる。

仲が良くて何よりだ。

「姫騎士様の次は美人の双子姉妹ってわけか」

話しかけてきたのは、俺より頭一つ小さな男だ。横幅は俺より広いが、可哀想に容姿の出来は半分以下だ。別に不細工と言っているわけじゃない。俺が人並み外れた美男子ってだけだ。

名前は忘れたが、『金羊探検隊(アルゴー)』のメンバーだったか。嫌みったらしく笑う。

「もう次の女探しているのか。いいご身分だな、おい」

「お前さんもやってみるといい。遠慮はいらない」

この手合いをいちいち気にしていたら身が持たない。

「お前さん向きのぺっぴんさんがわんさといる。ゴブリンでもオークでもゾンビでもよりどりみどりだ」

予想通り、ぶん殴られる。

「俺のことより周りに気をつけろ。そこ、魔物がひそんでいやがる」

頬をさすりながら忠告してやる。俺の指さしたところにはだだっ広い空間があるばかりだ。

魔物の影も形も見えない。

「何をバカな」

と、そいつが言いかけたところで地面が盛り上がった。黒い狼(おおかみ)のような獣だ。地面に擬態していたのだ。身構えるより早く、魔物は飛びかかってきた。

悲鳴が上がる。横合いから飛んできた火の玉が魔物を黒焦げにした。

ベアトリス・マレットだ。

魔物が確実に死んだのを確かめると、興味深そうに俺に近づいてきた。

「よく分かったわね」

「勘が働いたんだ」

昔から気配には敏感なので、隠れ潜んでいる奴（やつ）を見つけるのは得意だ。注目されるのは本意ではないが、これ以上味方が減るのは避けたい。クソ野郎であっても死なれては困る。

「その調子でお願いね」

「気づいたらね」

といっているそばからイヤなものを見てしまった。

「あれを見てくれ」

俺は柱の陰にある黒い影を指さした。

「死体だ」

安全地帯までもう少しというところで力尽きたのだろう。はらわたを食いちぎられている。もちろん、アルウィンではなかった。ほっとしながら顔を確認する。まだ二十二、三というところだろう。黒髪のごつい体で、そばには角の生えたカブトが落ちている。

「『豊穣の角（コルヌコピア）』のシルヴェスターだな」

ギルドで何度も見かけている。アルウィンに粉掛けようとして失敗した腹いせに酒ぶっかけられたこともあったが、こうなっては哀れなものだ。

死体はそれだけではなかった。全部で四体。『豊穣の角（コルヌコピア）』はこれで全滅か。実力はそこそこだったが、運がなかったな。

死体の回収はしない。地上まで運ぶには労力がかかりすぎる。

「失敬」

代わりに死体の懐(ふところ)から組合証を抜き取る。同時に金目の物も預かる。ちょろまかすためではなく、遺族に引き渡すためだ。あとで勘定が合わない、と文句を言われても困るので職員に渡して記録を付けておいてもらう。

「それじゃあ頼む」

全員の組合証を抜き取り、死体を一箇所に集め、炎で焼き払う。外で死んだやつはともかく、『迷宮』内部で死ぬとアンデッド化する可能性が高い。恨みや未練が強いと火葬にしても幽霊(ゴースト)や死霊(レイス)となってよみがえる。魂が『迷宮』という牢獄(ろうごく)に囚(とら)われているから、という話だが、正確なところは誰も知らない。さっき死んだ『黄金騎士(クリユサオル)』のアルも仲間の手で火葬されている。

念入りにやらないと後で悲劇を生む。さっきまで苦楽をともにしていた仲間が怪物となって襲ってくる。あの感覚は何度経験しても慣れない。

「行こうか」

黒焦げになったのを見届けてから先へ進む。

下へ下へと降りていく。どの魔物も殺気立っている。普段はこちらから攻撃しない限り手出ししてこないような魔物まで牙をむいて飛びかかってきた。それがあとからあとから湧いて出る。完全に『スタンピード』の兆候だ。

これまでに生存者が七人、自力で安全なルートまで戻ったのが九人、死体が五人。『スタンピード』発生中の被害としてはこれでも少ない方だ。生存者は回復魔法で傷を塞いだあとで自力で帰ってもらうか、ギルド職員がルートをつたって地上まで連れて行く。

見かけた連中に聞いて回ったが、アルウィンの安否を知っている奴はいなかった。

「いったんここで休憩にしましょう」

七階まで降りたところでセシリアが宣言する。

「想像以上に瘴気が濃くなっている。みんな疲れているみたいだし、下に降りると休憩場所の確保も難しくなるからね」

それでいいわよね、と何故か俺に尋ねてきた。俺はうなずいた。

一刻も早く駆けつけたいが、ムリをしても後が辛くなる。冒険者でもない俺が無理強いしても反感を買うだけだ。

魔物よけの香草と石で安全な陣地を作ると、小休止だ。

その間に俺は、冒険者連中にあめ玉を配って回る。疲れたときは甘いものが一番だ。しかも手軽に食える。

「ほいよ」

壁際に座っていたベアトリスに包みに入れたあめ玉を渡す。

「食べるといい。疲れているときは甘いものが一番だ」

「変なの入れてないでしょうね」

「砂糖と水だよ」

普段作っているものは薬草の汁も入れているが、『迷宮』の中では単純に甘いものの方が早く栄養になる。

ベアトリスはつまらなそうに鼻を鳴らしてあめ玉を口に放り込む。顔をしかめた。

「……しょっぱい」

「悪い。そっちは塩入りの方だった」

汗をかくと人間、塩気が欲しくなる。簡単に取れるようにあめ玉に混ぜてある。

口直しに甘い方を渡す。ベアトリスはそれを口の中で転がしながら杖の手入れに入った。

休憩中にも冒険者の性分や意識が如実に表れる。ただメシ食って休んでいればいいというものではない。現在位置や次のルートを確認し、装備の点検、記録を取る奴もいる。やることは多い。わずかな心がけの積み重ねが、致命的な差になる。さすがに救助隊に選ばれるだけあって、その点はしっかりしているようだ。

「ほかにおやつはないの？」

ベアトリスが俺の袖を引っ張ると、物欲しそうに見上げる。餌付けするつもりはなかったんだが。

「ビーに変なもの与えないで」

セシリアが俺を威嚇するようににらむと、ベアトリスにリンゴを差し出す。ご丁寧に皿に載せて、皮をむいて五つにカットしてある。

「それ食べたら出発するから」

「ほーい」

気の抜けたな返事をすると、パーティメンバーへ向かって皿を掲げる。全員で分けるつもりらしい。まるでピクニックだな。

「アンタも食べておいた方がいいわよ。多分、次の階は食欲失せるから」

セシリアがリンゴのかけらをかじりながら忠告する。

「アンデッドが出るんだっけ？」

あいつらは厄介だ。普通の生き物なら致命傷でもまだ動いて反撃してくる。

「ゾンビ見て戻しちゃう奴もいるから。食べないでおくのも正解かも」

「聖水って持って来てたっけ？」

ゾンビやスケルトンなら再生不能になるまですり潰す手もあるが、幽霊は神の力で浄化するのが一番だ。あるいは武器に魔力をまとわせて一時的に浄化の力を宿す方法もある。

「うちに僧侶が一人いるから」

セシリアはちらりとパーティの方を見る。

「でも今回みたいに長蛇の列だといざって時に動きづらいのよね。ひとかたまりになって進むのもムリだろうし」

「普通なら魔法か何かでぶっ飛ばしたところを一気に駆け抜ける、ってところだが、今回はアウトだな」

要救助者まで巻き添えにする恐れがある。

「あとは、『遠征法』かな」

四、五人でかたまって順番に進んでいく。最初の組に神の加護を掛けて進ませる。ある程度進んだら次の組にまた加護をかけて、進ませる。その繰り返しだ。で、最後の組になったら僧侶と一緒に進む。

「道は分かっているんだから最短距離で一気に進んだ方がいい」

「参考になったわ」

ぽんと、手を打つ。

俺はその仕草を冷ややかに見ていた。

「さっきから気になっていたんだけど」

俺はセシリアに釘(くぎ)を刺す意味でも聞いてみた。

「何故(なぜ)、いちいち俺に質問する？　いや、意見を取り入れてくれるのはありがたいが、ほかに聞くべき人間はいるだろ？」

『蛇の女王(メデューサ)』の仲間や、同盟を結んでいる『黄金の剣士(クリュサオル)』や『金羊探検隊(アルゴー)』の連中もいる。全員、この『迷宮』に何度も潜っている。ひとかどの冒険者たちだ。ラルフみたいなお子様とは訳が違う。

「そりゃあアンタが一番、経験値高そうだから」

「冒険者だったのは昔の話だよ。現役には敵わない」

「隠さなくてもいいわよ。『戦女神の盾』の本当のリーダーはアンタなんでしょ」

　セシリアは意味ありげに微笑んだ。

「この前のケンカの時だってそうじゃない。おちびちゃん……ノエルだっけ？　あの子を助けに飛び込んできたし、地震が起きた時だって、真っ先に指示を出していた」

「焦って体が先に動いただけだよ。指示だって適当なもんだ」

「アンタのウワサは聞いているわ」

　セシリアは俺の胸をつついた。

「口先だけの見かけ倒し。貧弱ヘタレのヒモ男……とても本当とは思えないのよね。あたしの印象とかけ離れすぎている」

「気のせいだよ」

　俺の過去は極力知られたくない。厄介事が列をなして転がり込んでくる。

「これだけは言っておく。『戦女神の盾』のリーダーはアルウィンだ。本当もウソもない」

　今更ラトヴィッジのマネをするつもりも成り代わるつもりもない。

「なら本人に聞いて確かめましょうか」

出発するわ、と号令を出すと冒険者たちが次々と腰を上げる。ゆっくりしすぎるとかえって疲れる。体が冷えないうちに出発するのが一番だ。

捜索を再開する。休憩後もなんやかんやとトラブルが起こった。魔物の出現場所もそうだが、強さも通常より上がっている。ミノタウロスは一回りも大きく、ゴーレムは固く、グリフォンは速かった。

捜索隊も被害が出ている。先程のアルに加え、ギルド職員が二名、『金羊探検隊（アルゴー）』のメンバーも一名命を落とした。

まずいな。疲れや戦力ダウンもそうだが、気持ちの疲弊の方が大きい。特に冒険者連中の士気が低下している。

仲間を失ってまでよそのパーティを助ける意味や価値などあるのか？

言葉にはしないが、表情は明らかにそう言っている。

よそのパーティがどうなろうと知ったことか。冒険者は命がけの商売だ。他人に構わっている余裕などない。死のうと生きようと自己責任だ。ギルドからの依頼でなければ、絶対に来やしなかった。

誰もが自分と身の回りの範囲で手一杯だ。

痛みを知る人間が、みんな優しくなれるわけではない。

気持ちは分かるが、大事なことが一つある。

助けを待つ人間にも、大切な家族や仲間がいるって事実だ。だから俺はここにいる。

十三階まで降りてきたが、肝心のアルウィンは未だに見つからない。もう残っているのは、アルウィンたち『戦女神の盾』とほか二名だけだ。異変は感じているはずだから地上へと引き返しているだろう。もうそろそろ出くわしてもいい頃だ。

冒険者たちもさすがに疲労の色が濃い。先に進むか、一度戻るか。

「どうする?」

「今考え中」

姉からの問いに、ベアトリスは頭を抱える。

みんな気づいている。戻ってしまえば、次に来られるのは『スタンピード』が終わった後だ。救助どころか遺品回収すらおぼつかないだろう。これが最初で最後のチャンスだ。

「もう引き上げた方がいいんじゃねえか」

寝言をほざいたのは、さっきの『金羊探検隊』の男だ。

「もう死体になっている頃だぜ。今頃、ゾンビになってそこのウスノロの代わりにミノタウロスでもヒモにしているだろうさ」

「世界一くだらないジョークを聞いちまったな」

俺は顔に手を当て、静かに首を振る。

「忠告だ。アンタに笑いのセンスはない。金輪際、ジョークも諧謔も皮肉も口にするな。無知と無能と恥をさらすだけだ。酒場で飲んだくれてゲロ吐きながら『小便』だの『クソ』だのと喚いているのがお似合いだよ」

「無能はテメエだろうが」

俺の肩をつかんでにらみつける。俺は噴き出した。

「やめてくれよ。おちびちゃんにすごまれても俺どうしていいか分からない。とりあえず泣いとけばいい？『えーん、このおじちゃんがいじめるー』ってさ」

「コントがしたいのなら地上でやってくれる？」

セシリアが面倒くさそうに止めに入った。

その時だ。

足下に白いものが音もなく漂っているのに気づいた。誰かが気づいて声を上げるより早く、俺たちを取り囲み、更に広がっていく。

「なんだこれは、煙か？」

「いや、こいつは霧だな」

「『迷宮』の中で霧だと？　バカな」

冒険者たちが口々に言い争っている間にも霧は濃くなっていく。

いつの間にか、白い霧が俺たちの視界を閉ざしていた。

「何これ……どうなっているの？」

「落ち着いて、ビー」

霧の中からマレット姉妹の声がした。何度も十三階を行き来している二人も知らないのか。

魔物の中には霧や煙を吹き出すのもいるが、その手合いではなさそうだ。

何かが近づいてくる気配がした。石をこするような爪音に、吠える音が重なる。

「気をつけろ！」

尾を引くような悲鳴が、獣の唸り声とともにかき消された。喉笛をかみ砕かれたか。それを合図に乱戦が始まった。霧の中で剣戟の音と悲鳴が響く。

バカどもがあわてやがって。

「うかつに剣を振り回すな！　同士討ちになるぞ！　声かけ合ってお互いの位置を確認しながら戦え。やばいと思ったら退け！」

また柄でもない指示を出す羽目になっちまった。

だが、効果はあったようで、互いの名前を呼ぶ声が聞こえるようになったのと反比例して悲鳴は減った。この辺りの対応力はさすがだ、と感心している余裕は俺にはなかった。

魔物は俺の方にも向かってきた。気配と足音だけで目には見えないが、気配と大きさと鳴き声で察しは付いた。

ネメアーレオか。岩のように硬い毛皮を持った獅子だ。打撃に強く、殴っても叩いても平気な顔をしている。弱点は首と脇腹だったはずだが、今の俺では餌食になるだけだ。何とか霧の中から脱出しようと這々の体で逃げ出す。ここにいても足手まといになるだけなので、上の階に避難しようと思ったが、回り込まれてしまった。

霧の中から現れたのは、予想どおりネメアーレオだった。茶色い岩石のような体で俺の前に立ち塞がる。物欲しそうに紫色の目を光らせ、たてがみを揺らし、唸り声を上げてにじり寄ってくる。今日の晩餐を俺に決めたようだ。おまけに霧は更に濃くなっている。これでは鼻をつままれても誰かは分かるまい。

悪いな、大将。

食われて毛皮になるのはお前さんの方だよ。

俺は冒険者たちの方角に背を向け、同時に『仮初めの太陽』を取り出す。太陽の光を浴び、全身に力がみなぎると同時にネメアーレオが飛びかかってきた。鉄の鎧ごとかみ砕くという牙をかわし、喉笛をわしづかみにする。分厚い肉ごと首の骨を握りつぶして、はい終了。

目の前で崩れ落ちるネメアーレオを見下ろしながら手を拭き、『仮初めの太陽』を解除する。念のために振り返ったが、霧が濃いので見られた様子もない。

ほっとして十二階に避難しようとして、足が止まる。

かすかだが、声が聞こえた。

今のは、アルウィンの声か。

「アルウィン、いるのか？　返事をしろ！」

返事はない。こちらに来る気配もない。なら俺から向かうしかない。周囲の気配を探りながら壁伝いに進む。

「おーい、どこだー。愛しのマシューさんが助けに来たぞ！」

大声で呼ぶ。下手をすれば魔物まで呼び寄せてしまうが覚悟の上だ。今は身の安全を気遣っている場合じゃない。

「いるのか？　返事をしろ！　誰でもいい。ヴァージル、クリフォード、セラフィナ、ノエル、ラルフ！　アホのラルフ！」

やはり応答はない。そこかしこで戦っているので、気配を探るのも容易ではない。

聞き違いだったか？

「ん？」

いささか自信を失いかけた時、つまさきに何かが当たる。反射的に飛び退きながらその正体を見て、俺は目をみはった。

黒髪の魔法使いが目を見開いて倒れていた。

『戦女神の盾』のメンバーにして魔術師のクリフォードだ。

心臓に大穴が空いている。背後から一撃で殺されたようだ。

「……バカやろうが」

お前が死んじまったらアルウィンを守れなくなるだろうが。

クリフォードの目を閉じると、組合証を抜き取る。だがこれではっきりした。アルウィンはこの階にいる。そして何か危険な目に遭っている。

アルウィンの性格上、死体をそのままにしておくはずがない。だとすれば、そうできない状況にあるってことだ。

不意に奥の方で戦いの音が聞こえた。

空を切る音、慌ただしい足音、そして麗しき姫騎士様の掛け声だ。

霧はまだ濃くなっていた。不意打ちを食らう可能性もあるが、ためらっている時間はない。

俺は戦いの音と気配のする方へと走る。音を頼りに右へ左と角を曲がり、『迷宮』の奥へ向かう。

開けた場所に出る。ちょうど十三階の中心部あたりだ。

霧の中で激しく動き回る影が見えた。シルエットは二人。

一人はアルウィンで、もう一人は誰だ？

その時、近くで爆発の音がした。魔法か何かだろう。当たりはしなかったようだが、風が吹いてわずかに霧が晴れる。

視界が開け、そこに見えたのはアルウィンと謎の怪物だった。

第二章　転落

巨大な金色の目玉が頭の横に二つ、顔は茶色い卵のようにつるつるだが、口の辺りには口の横から生えた牙が折り重なるようにして伸びている。服のようなものは着ておらず、灰色の胴体から伸びた黒い手足は、昆虫のように細長い。

二の腕のところに付いているのは、太陽神の紋章だ。

まさかあいつ、『伝道師』か？

『伝道師』らしき怪物はアルウィンの攻撃を右に左にとかわしながら時折、剣を腕で捌いている。見た目は柔らかそうだが、かなり硬いようだ。何度か切りつけてはいるが、攻撃が通用していない。まずい。『伝道師』が相手ならアルウィンでも荷が重い。

迷っているヒマはねえ。秘密がばれるとかは二の次だ。『仮初めの太陽』を取り出し、呪文を唱えようとしたところでズボンの裾を引っ張られた。

「ま、待て……」

壁にもたれかかるようにして座っているのは血まみれになったヴァージルだ。その横にはセラフィナも倒れているが、首から血を流している。すでに事切れているのは明らかだった。

「マシューか。どうして、お前が……」

説明しているヒマはない。ヴァージルの傷も深い。俺はしゃがみ込んで傷の手当てをしてやる。といっても俺に出来るのは、血止めくらいだ。助かるかどうかは生命力次第か。

「何があった？」

「……分からない。いきなり襲われた。クリフォードがやられて、セラフィナも……」

何故(なぜ)『伝道師』が『戦女神の盾(イージス)』を狙う？　何か理由があるのか？

続きを聞こうとしたら、苦痛にうめいて歯を食いしばる。これ以上はムリか。

「今すぐ応援を呼んでやる。だから大人しく待っていろ」

呼笛を吹き鳴らす。冒険者ギルドから渡されたものだ。魔物を呼び寄せるリスクもあるが、今は一刻を争う。

ヴァージルは首を振って俺の手を取る。

「……逃げろ、いや、アルウィンたちを逃がしてくれ。頼む」

そうだ。ノエルとラルフはどうした？

あいつらもやられたのか？

振り返って見れば、アルウィンの背後にラルフとノエルが倒れていた。ノエルは頭から血を流し、それをラルフが抱きかかえながら逃げようとしている。だが、足を負傷しているらしく、ミミズみたいにしか動けないようだ。

　肝心なときに足引っ張りやがって。

　俺はヴァージルの手当を終えて、走り出す。

　呪文を唱えると『仮初めの太陽（テンポラリー・サン）』がまばゆい光を放つ。

「首だ、首を狙え！」

　叫びながら手近な石をひっつかみ、『伝道師』めがけてぶん投げる。俺の怪力なら当たれば牽制（けんせい）くらいになるはずだ。

　すさまじい勢いで頭にぶつかるかと思った瞬間、『伝道師』が陽炎（かげろう）のようにゆらめいた。

　俺の投げた石が通り抜け、壁にぶち当たって砕け散る。

　また妙な力を使いやがって。

　アルウィンが目をみはった。

「マシュー？　何故（なぜ）ここに？」

「そいつの弱点は首だ。首を切り落とせ！」

「……話は後で聞く！」

　俺に念押ししてからアルウィンは一気に距離を縮め、一閃（いっせん）する。目の覚めるような一撃だったが、首どころか体のどこを切っても幻影のように通り過ぎる。そこに『伝道師』の黒い腕がカウンターで振り払われる。アルウィンの体は軽々と吹き飛び、壁に激突する。

「クソが！」

横合いから俺が殴りかかっても『伝道師』は動かなかった。殴りかかってもまた体を素通りする。手応えがない。

こっちの攻撃は通用しねえのに、向こうの攻撃だけ当たるなんぞ、反則だろう。

「わざわざ、『迷宮』の中まで姫騎士を助けに来たのに、残念だったな」

『伝道師』があざける口調で言った。くぐもった声だ。

「この街は滅びる。地上の愚か者たちも全て死に絶える。そして、我が神が再び地上へと降臨される」

「ウジ虫の卵太陽神のパシリが寝言をほざくじゃねえか」

「今の魂では理解出来まい。だが修行を積み、魂を向上させれば自然と気づくようになる。受け入れろ、マシュー」

狂信者の説教みたいな喋り方に、反論しようとして俺は気づいた。

「もしかして、お前が『教祖』か？」

太陽神信仰のカルト集団『神聖なる太陽』には別の『伝道師』も深く関わっていた。『教祖』自体が『伝道師』でも不思議ではない。

「……逃げるなら今のうちだ、お前を殺すには忍びない」

『伝道師』は否定も肯定もしなかった。まあいい、たとえ違っていようと、アルウィンに害をなす奴は殺す。それだけだ。今すぐ地獄に送ってやる、と言いかけて視界の隅に動くものをとらえた。

「お前がどこの何様だろうと関係ない」

アルウィンは立ち上がり、再び剣を取る。

「私の仲間の命を奪った報い、必ず受けさせる。そこに直れ、下郎！」

不意に『伝道師』がたじろぎながらわずかに身をかがめたところで止まる。

奇妙な動きだ。何かの作戦か？　それとも術の発動体勢か？

何事かと身構えると、『伝道師』はそこで体を震わせ、拳を握りしめた。アルウィンをにらみつけると、腕を突き出す。手のひらの周りにバチバチと青白い稲光が巻き起こる。まだ力を出す前だというのにその余波だけで、肌がひりつく。まずい。何かとんでもないものをぶちかますつもりだ。

「……俺に、命令するなあっ！」

何かが奴(やつ)の逆鱗(げきりん)に触れたらしい。激高した様子で必殺の一撃を放とうとしている。

「させるか！」

アルウィンはその前に倒そうと斬りかかる。

「逃げろ！」

忠告しながら俺は地を蹴った。『仮初めの太陽（テンポラリー・サン）』の光を浴びながら体ごと突っ込む。拳を固め、目の前に迫った『伝道師』めがけて振りかぶる。体のどこかに当たれば吹き飛ばす自信はあったし、殺せなくても攻撃は外せる。最悪、代わりに攻撃を受けるつもりだった。

だが俺の拳は……体は『伝道師』の体を空気のようにすり抜ける。何の手応えもなく、体が重なり合った瞬間、目が合った気がした。愉悦か歓喜か嘲笑か。巨大な目に映った感情に舌打ちしながら勢い余って壁に衝突する。

一瞬目がくらんだが、すぐに立ち上がる。

その時だった。

『伝道師』の腕から電光が細い光の筋となってひらめいた。爆音が空気をつんざき、一瞬で彼女の先祖伝来の剣を破壊し、アルウィン自身の胸を貫いた。

世界から色が消えた気がした。

折れた剣の落ちる音が二度聞こえた。中程が吹き飛ばされた剣の先端と、アルウィンの手から滑り落ちた柄の音が。

アルウィンは口から赤黒い血を吐き、信じられないものを見たような顔をすると、俺の方に手を伸ばしながら仰向けに倒れた。

「アルウィン！」

すぐに彼女のマントで胸の傷を押さえるが、血は止まらない。

「ま、しゅ、すまな、い」

「いいから喋るな。傷が開く」

「『深紅の姫騎士』も最後はあっけないものだな」

あざけるような口調で肩をすくめると、『伝道師』は体内から黒い球体を取り出した。黒曜石のようなそれに、何事かを唱える。

「『さあ、神様。宴の時です』」

球体に不可思議な文字が浮かび、宙に浮いて『伝道師』の頭上を回る。

「『我らの祝祭に恩寵を』」

やがて足元に飛び込むようにして『迷宮』の床に落ちる。一瞬、波紋のように広がったかと思うと、音もなく吸い込まれていった。あとは何事もなかったかのような床が広がるばかりだ。

「これで終わりだ。もう誰も『スタンピード』は止められない」

さて、と『伝道師』がこちらを振り返った。俺たちに向けた手がまた明滅しながら輝きを放つ。さっきの光か？

「苦しかろう、それではトドメをさし、て」

途中まで優越感たっぷりに話していた『伝道師』が急に声をつまらせる。苦しげに自分の胸を摑み、呼吸を荒らげる。何が起こった？

「クソ、もう少しだというのに……」

そこで俺たちをちらりと見ると、鼻で笑った。

「まあいい、その傷ではどうせ長くあるまい。せいぜい苦しむといい」

高笑いを上げるとあいつの周囲が霧に包まれる。やがて霧が晴れた時には、『伝道師』の姿はどこにもなかった。

「……逃げたのか？」

あのままなら俺ごとアルウィンも殺せただろうに。『受難者』だから見逃したのか？

俺の思考は苦痛の声で途切れる。考え事なんかしている場合じゃねえ。

「……ま、しゅ」

「謝罪も礼もお叱りも全部、後だ。今は傷を治さないと。気をしっかり持つんだ！」

「わ、たしは、ここまで、か」

真っ赤に染まった手で俺の腕をつかむ。

「い、やだ、しに、たくな。まだ」

「ああそうだよ、こんなところで死になんかしない。故郷に錦を飾るんだろ。故郷の魔物を全部消して、王国を再興するんだろ」

傷は深い。背中まで突き抜けている。さっき魔術師のクリフォードがやられたのと同じか。

まずい。このままでは百も数えないうちに死んじまう。

周囲の霧は薄くなっている。あの『伝道師』がいなくなったせいだろう。霧もあいつが生み

出していたに違いない。

「まっ、くらだ、ましゅ、どこ、だ……」

アルウィンの腕から力が抜ける。

「おーい、誰かいないか、ケガ人だ。早く来てくれ！」

魔物なんぞ来たところで俺が全部片付けてやる。だから、早く助けてくれ。

またなのか。また、俺は大切なものをいくつ失えばいい？

絶望的な思いに打ちひしがれている中、足音が近づいてきた。

「大丈夫かい？」

ニコラスだ。ほかの冒険者の面々もいる。

「こっちだ。先生、早く来てくれ。アルウィンが重傷だ！」

ニコラスは駆けつけるなり、傷を見て首を横に振る。

「……残念だが、これはもう助からない」

目の前が真っ暗になりそうなったのをかろうじて踏みとどまる。

「おい、ふざけるなよ！」

「ウソだと思うのならほかのヒーラーにも聞いてみるといい。魔法でもどうにもならない。まだ生きているのが奇跡だ」

淡々と告げるニコラスに俺はつかんでいた手を放した。

このままアルウィンを失えば、全てが終わる気がした。マクタロード王国再興はもちろん、『スタンピード』で揺れるこの街も、俺自身も。

「……一つだけ、助かる方法がある」

俺ははっと顔を上げた。ニコラスはただし、と神妙な顔で続ける。

「それは彼女に重い枷を背負わせる事になるだろう。もしかしたらこのまま死なせたほうが楽になるかも知れない」

ただでさえアルウィンは重大な使命を背負っている。『迷宮』を攻略して故郷を再興する、という気の遠くなるような重荷だ。その上、『迷宮病』に『解放』と、他人に言えない苦しみを抱えている。それが更に増えるとなれば、どれほど彼女は苦しむだろうか。助けるどころか更なる地獄へ突き落とす。そんな結果になってもおかしくない。

いっそ死ねば全ての苦痛から解放されるだろう。

どうする？　とニコラスは問いかけてきたが、俺の答えは決まっている。

「問題ない。どれだけ沈もうと俺が引き上げるさ」

アルウィンが死ねば、路頭に迷うだとか、今までやってきたことの全てがムダになるとか、打算も理屈もどうでもいい。アルウィンが「死にたくない」と言ったからだ。いや、もっと簡単な理由だ。

俺は、アルウィンに死んで欲しくない。それだけだ。

俺の手前勝手な動機で生き延びさせるのだ。責任なんかいくらでも取ってやる。

「分かった」とニコラスは重々しくうなずいた。覚悟を決めた男の目だ。

「今からイチかバチかの秘術を試してみる。危険だから離れていてくれ」

アルウィンから俺以外の人間を下がらせる。

「何をするつもりだ？」

ニコラスはにやりと笑った。

「神の力におすがりする」

そう言って胸に手を当てると体の中から小汚い布を取り出した。『ベレニーの聖骸布』だ。馬のケツより態度のでかい太陽神の血が付いているとかで、過去に奇跡を体現してきた聖遺物だ。ニコラスが人の姿を保っていられるのもこの布のおかげらしい。

ニコラスは胸から取り出した布を半分に引き裂いた。胸に戻し、残り半分をアルウィンの胸の上に置く。

そして彼女の胸の上に手を広げる。いくつか呪文のようなものを唱えると、ニコラスの手のひらから半透明の粘液が滴り落ちる。

「何をするつもりだ？」

「ワタシの血肉で彼女の傷を塞ぐ。聖骸布を媒介にしてね」

「そんな芸当までできるのか？」

「伝説どおりならね」

伝説によれば、何もないところからパンまで生み出した。傷を治すくらいは訳もない、か。

「実践するのも初めてだ。まあ、見ていなさい」

聖骸布の上に落ちた粘液はアルウィンの傷口に入り込んでいく。粘液の量が増えるに従って傷口ふさがっていく。出血も止まったようだ。それだけではない。聖骸布までだんだんと小さくなっている。

「さっきも言っただろう。聖骸布は媒介だと」

聖骸布が仲立ちとなってニコラスの血肉をアルウィンのものと適合させているらしい。

どれだけの時間が経ったただろう。

「終わったよ」

アルウィンの傷はすっかりふさがっていた。痕跡一つ残っていない。聖骸布も消えていた。

呼吸も確かだ。

「まだ意識は戻らないようだが、安静にしていれば目覚めるだろう」

ニコラスは、疲れたとその場に腰を下ろす。

「ぶっつけ本番だったが、うまくいって良かったよ」

「ありがとうよ、先生」

俺はニコラスの手を握った。

「アンタのおかげだ」

俺が成功を告げると、ノエルとラルフが駆け寄ってきた。

「姫！」

「姫様！」

こいつらは軽傷で済んだため、ほかのヒーラーの手で治療してもらっていた。すでに傷も癒えている。

「ヴァージルは？」

俺が問いかけるとノエルは首を振った。そうか、助からなかったか。

行方不明だったほかの要救助者も死体で見つかったらしい。

「とりあえず、これで全員か」

クリフォード、セラフィナ、ヴァージル、と六人中三人が死亡した。これで『戦女神の盾(イージス)』は半壊だ。

アルウィンのヒモになって一年と少し。死んだ三人も大半を『迷宮』の中で過ごしていたので、付き合いはさして深くなかった。話せば小馬鹿にされていたし、侮(あなど)られ、軽蔑されていたのも知っている。特にラトヴィッジがいなくなってからは、内輪もめを繰り返し、やくざ者とトラブルまで起こした。

正直に言えば、アルウィンを守り切れなかった無能、と腹立たしさすら感じている。

それでも何度も一緒に酒を飲んだし、他愛のない話に興じたこともある。守り切れなかったのも、相手が『伝道師』でしかも不意打ちだ。こいつらの手に余っただけの話だ。

だから今までのことは全て水に流してやろう。冥界で一足先に待っていろ。

生きている人間はこれからのことを考えなくちゃあならない。差し当たってはアルウィンたちの治療と、『戦女神の盾（イージス）』の立て直しだ。

またラトヴィッジに新しいメンバーも連れてきてもらうとしても、来たら来たでパーティのコミュニケーションや連携もこなさないといけない。問題は山積みだ。

早く戻りたいところだが、全員ここまでの戦闘で疲弊しきっている。

少し休憩してから地上へ戻ることになった。

俺はもちろん、アルウィンの看病だ。

ノエルとラルフは地上へ戻る準備だ。ほかのパーティの連中と一緒に、少し離れた場所で死んだ冒険者の後始末をやっている。死んだヴァージルたちの遺品を整理し、組合証を回収し、亡骸（なきがら）を燃やす。今頃は無力感や後悔でいっぱいだろう。何故（なぜ）、助けられなかったのか。何故（なぜ）、自分は生きているのか。気持ちは痛いほど分かるが、乗り越えてもらうしかない。冒険者は死と隣り合わせの商売だ。

ところで、とほっとしたら別の疑問を思い出した。俺は隣にいるニコラスに話しかける。

「さっき話した怪物だが、やっぱり」

「『伝道師』だろうね」

ニコラスは仇敵のような響きでその言葉を口にする。

「おそらく目的は『スタンピード』の活性化だろう」

スタンピードの兆候が起こってもいつ爆発するかは『迷宮』次第だ。一年以上かかることもある。焦れたあいつはそれを早めに来たのだろう。それは理解できる。

「あいつは途中で俺たちにとどめを刺さずに帰っちまった。その理由が分からねえ」

「おそらく時間切れだろう」

「どういうことだ？」

「『迷宮』の中ではね、太陽神の力が届かないんだよ。だから『伝道師』も長時間活動できない」

それで途中で逃げ帰ったってわけか。同時に『受難者』を集める理由も理解した。『迷宮』へ送り込むための兵隊か。

「あんな怪物を量産できるくせに、普通の人間を欲しがるなんざおかしいと思ったんだ」

「量産、というわけでもないよ」

ニコラスは首を振った。

「ワタシの経験から言っても『伝道師』の数は多くない。時間か力か、一度に生み出せる人数に限りがあるのだろう」

しかし、そうなると別の疑問が出てくる。

「アンタは平気なのか？」

ニコラスの正体は裏切り者の『伝道師』だ。条件はさっきのと同じだろう。だが、ニコラスが特別苦しんでいる様子はない。

「これがあるからね」

と、ニコラスは自分の胸を指さす。『ベレニーの聖骸布』はそれ自体が太陽神の力を放っている。しかもほぼ無尽蔵だ。だから『迷宮』の中でも効果を発揮する、らしい。

「だったら、どうしてあのクソボンボン太陽神は……あ、そうか」

量産したくても出来ねえんだった。ほかの神々の手で封印されているから。だからジャスティンに聖骸布の奪還を命じたのだろう。

そんなものが今、アルウィンの胸に入っている。もし『伝道師』に知られたら、アルウィンの胸を裂いて取り出そうとするだろう。新たな厄介事を抱え込んだのは間違いない。それでも、あの時黙って死なせる選択肢はなかった。少なくとも、俺には取れなかった。

「既に血肉と同化しているはずだからね。胸を切り裂いたところで取り出すのは不可能だよ」

ニコラスがなだめるように言うが、不可能であってもやろうとするのが人間だ。後先考えずに、やる奴(やつ)はごまんといる。もし知られたら今度はアルウィンが狙われる。

それでも後悔はしていない。すでに山ほど厄介事を抱え込んだ姫騎士様の『命綱(ヒモ)』になってしまったのだ。今更一つ二つ増えたところで構いやしない。

「ん……」

頬に手を当てていると、彼女の目が開いた。

「気がついたかい？」

呼びかけると、アルウィンは寝たまま俺の方に目を向ける。

ノエルたちにも教えてやるとネズミみたいにすっ飛んできた。

「姫！」

「姫様！」

無事を祝う言葉や自分の不甲斐(ふがい)なさを恥じる言葉を洪水のように浴びせかける。

あとにしろ、そんなの。

「やあ、気分はどうだい？」

アルウィンに呼びかける。

「君が大ピンチだって聞いてね。艱難辛苦(かんなんしんく)を乗り越えて駆けつけた。君の王子様が、はるばる迎えに来たんだ。ここは抱きしめてキスのひとつでもするところだよ」

返事はなかった。代わりに首に腕を回して抱きついた。

これには俺も驚いた。まさか本当にやってくれるとは。

ラルフやノエルも目を丸くしている。

「せっかちさんだね。お楽しみなら帰ってからたっぷりと……」

戸惑いながらも冗談めかして肩を抱こうとして、手を離す。その肩が異常なほど震えているのに気づいたからだ。

「アルウィン？」

覗(のぞ)き込めば、顔が青い。血の気が完全に失(う)せている。

もう一度、呼びかけた瞬間、急に喚(わめ)きだした。

「どうした、アルウィン。しっかりしろ！」

何度呼びかけても子供のように暴れる。その顔は完全に恐怖に染まっている。俺は悪い予感が当たったのだと悟った。

間違いない。『迷宮病』が再発したのだ。死線をさまよった冒険者が心に恐怖を抱え続ける病だ。重度ならば冒険どころか日常生活もままならない。アルウィンも本来なら戦える状態ではなかった。それを禁断の『クスリ』である『解放(リリース)』にすがり、かろうじて症状を抑え、戦い続けている。ここのところ落ち着いていたはずだが、瀕死(ひんし)の重傷を負ったショックで一気に悪化したのだろう。

「落ち着いてくれ。みんな味方だ。誰も君を傷つけたりなんかしやしない」

「イヤだ！」

アルウィンは俺を押しのけると、壁の隅に逃げ込んだ。髪を振り乱し、涙を流し、なだめようとする俺を突き飛ばし、殴り飛ばし、はね除ける。

騒ぎを聞きつけたのだろう。ほかの冒険者たちも集まってきた。

「おい、お前も手を貸せ！」

アルウィンを好奇の視線にさらしたくない。だが、今のへなちょこ状態では取り押さえることもできない。断腸の思いでラルフに協力を呼びかけるが、麗しき姫騎士様の豹変ぶりに腰でも抜かしたのか、加わる気配はない。

ノエルが真っ青になりながら取り押さえようとするが、やはり遠慮があるのか、手を払いのけられ、近づけないでいると、不意に脇から魔法の杖が突き出される。

「『眠り』」

呪文と同時にアルウィンの体が揺れる。まぶたに重しでものし掛かったように目を閉じていく。やがて床に倒れると、眠りこける。

セシリア・マレットが事もなげに言った。

「こっちの方が手っ取り早いわ」

俺はアルウィンを抱え、髪の毛を整える振りをして首の後ろにある斑点を覆い隠す。『解放』中毒者の証だ。

「……なんてこった」

「ムリもない。死にそうな目に遭ったのだからね」

ニコラスは他人事のように言った。俺は反射的にその胸倉をつかんでいた。

「どういうことだ？　治ったんじゃなかったのか。それともこれが、アンタの言っていた重い枷って奴か？」

「治療とは関係ない。これは彼女自身の問題だ」

ニコラスは諭すように言いながら俺の手を静かに外す。

「胸の傷は間違いなくふさいだ。だが、心の傷まではふさげなかったようだ」

「上手いこと言った気になっているなら零点だぜ、先生。俺が聞きたいのはただ一つ、この病気が治るかどうかだ」

そこで俺はアイデアを思いついた。

「さっきの力でどうにかならないのか？　今度は心の方も」

ニコラスは残念そうに首を横に振った。

「人の心は神の力だろうと、どうにもならない」

残酷な事実を平然と告げる。ああ、やっぱりこのおっさんは聖職者だ。神だの運命だのとでかいものを語る時だけ得意満面になりやがる。

「それで？」

冷ややかな声に振り返ると、セシリアが杖（つえ）で肩を叩（たた）きながらアルウィンを見下ろしていた。

「姫騎士様は誰が運ぶの？」

あの様子では、起こせばまた暴れ出すだろう。寝かせておくしかなさそうだ。つまり、誰かがアルウィンを地上まで担（かつ）がなくてはならない。

「そうだな……」

俺では文字通り力不足だ。仮に俺の過去がばれるのを覚悟で『仮初めの太陽（テンポラリー・サン）』を使ったところで、時間がまるで足りない。業腹（ごうはら）ではあるが、別の奴（やつ）に任せた方がいい。傷も治ったようだし、ノエルが適任だろう。頼もうと腰を浮かせた時、手を引っ張られる感触がした。

誰だ、と振り返って俺は目を見開いた。アルウィンの人差し指が、いつの間にか俺の袖に引っかかっていた。顔を覗（のぞ）き込んでみたが、まだ眠っているようだ。眠る寸前まで泣き叫んでいたせいか、目の端から透明な滴がこぼれ落ちる。目を閉じながらも苦しげに歯を食いしばる。その表情は、悪夢にうなされているようにも親とはぐれた迷子のようにも見えた。俺はアルウィンの指を袖口から外し、代わりに手を握った。

「それなら俺が運ぶ……」

「いや」

ラルフの言葉をさえぎって俺は手を挙げる。

「俺が運ぶよ」

「はあ？」

ラルフが白けたような目を向ける。

「お前の出る幕じゃない。引っ込んでいろ、ヒモ男」

「そりゃこっちのセリフだよ、ケガ人」

ラルフとてここまでの戦闘で疲弊しきっている。傷は回復魔法で治っても体力までは回復していない。自分一人で精一杯、というところだろう。

「大体、お前の力で姫様を運べるのか？　腕相撲で女の子に負けるようなお前が。途中で泣き言並べて『代わってくれ』とギブアップするのが関の山だ」

「誰に向かってもの言ってやがる」

女の一人や二人、小指でだって担（かつ）いでやったさ。昔の俺ならな。

「でしたら、わたしが……」

ノエルが手を上げる。俺は首を振った。

「申し出はありがたいけどね。帰り道にも魔物は出るはずだ。アルウィンを運べば、そいつは戦えなくなる。だったら俺の方が適任だろう？」

ここまで必死に確保してきたルートだが、魔物の数が予想以上に多い。場所によっては途中で寸断されている可能性もある。もしもに備えて戦える人間は多い方がいい。少なくとも今の俺よりラルフの方がまだ戦える。

状況を理解したのか、小声で分かった、と言った。それから俺をにらみつける。

「万が一、落としたらお前をぶち殺してやるからな」

「その賭けはお前の負けだよ、坊や」

俺が手を放すだなんてあり得ないからな。

「話は決まった？」

退屈そうにセシリアが横から話しかけてきた。彼女にとっては誰が背負おうと関係のない話だろう。むしろ一刻も早く地上に戻りたいはずだ。

「すまない。俺が背負うよ。ちょっち手を貸してくれ」

眠らせたアルウィンの鎧(よろい)を外してから負ぶう。剣や装備の類は、情けないが、ほかの連中に運んで貰(もら)おう。

俺は四(よ)つん這(ば)いになり、その上からアルウィンを背中に乗せてもらう。膝を突きながら立ち上がろうとする。一瞬、バランスを崩してよろめきかけたが、どうにかこらえた。気をつけろ、とラルフのありがたい罵声を浴びながら前屈(まえかが)みになる。同時にアルウィンの膝の下に腕を回し、太股(ふともも)を抱え込む。これでよし。

この時点で結構辛(つら)い。早くも汗が額から流れ落ちる。地上まで運べるかどうか、ではない。運ぶしかない。運ぶだけだ。

「少しの間だけ、我慢してくれよ」

背中のアルウィンに話しかける。返事はなかった。

「それじゃあ、戻りましょう」

ベアトリスの合図で俺たちは地上へ戻る。

角を曲がる途中、振り返ると黒焦げの死体が見えた。ヴァージル、クリフォード、セラフィナ。先程、ラルフたちが始末した死体だ。後ろを歩いているラルフから洟をすする音がした。あいつらも決して弱くなかった。実力や経験もそれなりに積んでいた。だが、運がなかった。ノエルやラルフにはあった。それだけだ。

アルウィンは……幸運だった。そういうことにしておく。


ほかの冒険者に守られながら十二階への階段を上る。昔ならば女の一人くらい、一日中だって抱えていられたのに、ちょっと歩いただけでこの体は音を上げやがる。情けねえ。

「お前、すごい汗だぞ」

見かねた様子でラルフが声を掛けてきた。

「見ての通りのガリヒョロなんでね」

明日は筋肉痛かな？　立ち小便太陽神のせいで貧弱になっちまったが、変わらないこともある。どうも俺は人様よりもニブチンに出来ている、らしい。そのお陰で拷問には強い。傭兵時代、敵に捕まって味方の場所と作戦を白状しろと、思う存分に責め立てられた。『聖護隊』のお遊戯会などかわいいものだ。ほかの傭兵が悶絶しながら『殺してくれ』と泣き叫ぶような痛みでも割と平気でいられた。

「やはり俺が運ぶ。代われ」

ふらふらのくせに生意気言うな。

「俺の心配よりも周りの警戒を怠るなよ。地上に出るまでが冒険だぞ」

行く途中より帰り道にやられる奴の方が多い、なんて話もあるくらいだ。気を抜けばあっという間に足下をすくわれちまう。

「重くないの？」

今度はベアトリスが聞いてきた。

「鳥の羽くらいにはね」

重いだなんて口が裂けても言えない。後で成敗されちまう。名誉のために言っておくが、俺が軟弱だからであって、アルウィンが太っているわけではない。まあ、鍛えているから同じ体格の女より体重はある、とは思うけれど。

「交代しろ、マシュー」

運び屋のじいさんが親切めいた声で手を差し伸べるが、俺は首を振る。

「俺、こう見えてすっごいヤキモチ焼きでね。ほかの男に抱かれている姿なんて見たかない」

ずしり、とまた重さが増したような気がした。ベラベラ喋ったせいで、気が抜けちまったせいか。耐えろ、マシュー。お前は無敵の『巨人喰い(ジャイアント・イーター)』だろ。

気が遠くなってきた。それでも下ろすだの見捨てるだのという選択肢はなかった。

俺はアルウィンの命綱だからな。俺が切れちまったら誰がアルウィンを支えるってんだ。

階段を上る。歩く。階段を上る。その繰り返しだ。単調な上に、まるで泥沼を歩いているように足が進まない。意識がもうろうとしてきた。

「今、どのあたりだ」

ただでさえ薄暗い上に、目には汗が入るし、薄暗い場所なので位置がつかめない。

「十階に上がってきたところだ」

誰かが返事をした。

アルウィンを見つけたのは十三階だから地上までまだまだ先だ。余計なことは考えなくていい。一歩だけ考えろ。一歩先に進む。それが終わったらまた一歩。細かいことはほかの連中に任せればいい。足を動かせ。

「おい、早くしろ！」

前から急(せ)かす声がした。いつの間にか、列から後れを取っていたらしい。

悪いね、後ろからキスをせがまれちまったものだからつい遅れちまった。

いつもの『減らず口(ワイズクラック)』で返事をしたはずだったが声にはならなかった。体力は早くも限界に近いのだろう。視界もぼやけて、声も聞こえなくなってきた。けれど、それだけだ。俺が倒れたらアルウィンまでひっくり返っちまう。前の方では戦いの気配がする。

案の定、ルートが寸断されて魔物がこちらに向かってきている。マレット姉妹をはじめ、ラルフもノエルも必死に戦っている。だからアルウィンを守るのは俺の役目だ。ただでさえ体力がないのに、物陰に隠れたり足を止めたり駆け足で歩いたり、と余計に消耗が激しい。けれど、それだけだ。

とにかく、歩け。前へ進め。限界だの死ぬなんてのは、後から考えればいい。

何度か止まっては戦闘を繰り返しながらも地上への道を突き進む。幸いにも死者は出ていないようだ。

「今はどれくらい？」

「六階だ」

この声はラルフか。もう半分は過ぎたってわけね。俺にしては頑張っている。

相変わらず体はきつい。全身汗みずくだ。座ると二度と立ち上がれそうにないので、さっきの休憩の時も立ちながら水を飲ませてもらった。

列の最後尾近くを歩く。後ろにいるのは、ラルフとノエルか。忠義者なのは結構だが、ちゃんと周囲の警戒も怠るなよ。

と思っていると、視界の端に奇妙な影が横切るのが見えた。

「ぼんやりするな」

俺の足が遅くなったからか、ラルフが肘で俺の腕をつつく。

「お前みたいなロクデナシの最低男に姫様を任せるなんて……」

ぶつくさ文句を並べ立てるバカに対し、俺は諫言というものをしてやる。

「おい、あそこの柱の陰に気をつけろ」

「バカ、あれはただの石像だ」

「バカはお前だ。ポースの変わる石像なんてあるか。あれは……」

気づかれたと悟ったのだろう。そいつは石像から一瞬にして、紫色の小悪魔に姿を変える。

石像悪魔だ。

背中の翼をはためかせ、頭上から高速で突っ込んでくる。

「危ない！」

ノエルが叫びながら投げたナイフはすべて硬い体にはじき返される。続いて斬りかかったラルフの横をすり抜け、ガーゴイルは俺の背後に回り込む。白い爪を伸ばし、命を刈り取るべくピッチフォークのように振り下ろす。

衝撃とともに一瞬、目がくらむ。額が切れて視界が赤黒く染まる。

倒れそうになるのをかろうじて踏みとどまる。アルウィンは……無事か。ガーゴイルは愉快そうに俺の頭を傷つけていくと、柱を一周して再びこちらへ迫ってくる。

「マシューさん！」

赤くにじんだ視界に、ノエルが駆け寄ってくるのが見えた。

「かすり傷だ。それより気をつけろ、次が来る！」

予想通り、ガーゴイルは不規則な動きで宙を舞い踊る。俺たちの隙をうかがっているのだろう。

「クソっ！」

ラルフが剣を振り回して追い払おうとするが、ガーゴイルは遠巻きにしながらも諦めようとしない。

「デタラメに振り回しても倒せるわけねえだろ。もっと引きつけてから狙え！」

「うるさい、黙ってろ！」

俺の忠告を無視してガーゴイルを追い回す。あのバカ、完全に頭に血が上ってやがる。いらだちをぶつけるように追い回す。気がつけばガーゴイルは壁とラルフに挟まれていた。

「もう逃げられないぞ」

天井が低くなっているので、ラルフの頭上を飛び越そうとしてもその前に刃が届く。

「おい、よせ！　そいつはワナだ！」

お前は追い詰めたんじゃない。誘い込まれたんだよ。

「とどめだ！」

とラルフが必殺の勢いで剣を振り上げる。その瞬間、もう一体のガーゴイルが横合いから突っ込んできた。完全に不意を突かれ、体を折り曲げながら吹き飛ぶ。手放した剣が乾いた音を立てる。ラルフは立ち上がろうとするが、体が動かないようだ。言わんこっちゃない。

魔物が一体だけだと誰が決めた。

バカな獲物が引っかかったと、二体のガーゴイルが宙を飛びながら愉快そうに笑ってやがる。そのままとどめを刺すのかと思ったが、何度かラルフの上を旋回すると、二体まとめてこちらへと向かってきた。もう戦う力は残っていないと判断したのだろう。

俺はアルウィンを抱えている上にケガをして視界が悪い。このままでは二人もろともガーゴイルの餌食だ。見捨てる選択肢はない。仮に逃げたところで寿命が少しばかり延びるだけだ。後悔抱えて死ぬのはゴメンだ。だから何もしない。アルウィンを背負いながら立っているだけ。目の前にガーゴイルどもの爪が迫っても、突っ立ったままだ。

その方が彼女も動きやすい。

「動かないで下さい！」

声と同時に俺たちの頭上を越えて巨大な刃が飛んできた。二つに折れ曲がったそれは、回転しながらガーゴイルどもの翼を無残に薙ぎ払う。二体まとめて地面に叩き付けられたところで今度は、黒い影が柱を蹴るのが見えた。ノエルだ。手甲から取り出した刃でガーゴイルの背中を刺し貫く。奇怪なうめき声が上がる。腹まで刺し貫かれ、腕を伸ばした格好のまま元の石像に変わり、粉々に砕け散った。生き残ったガーゴイルは飛ぶことも出来ず、地面を四つ足で駆けるようにして逃げ出す。

「逃がしません！」

ノエルの手甲から今度は鉄の糸が飛び出した。先端が分銅になっており、ガーゴイルの首に巻き付く。首を引っ張られ、仰け反るような形で足が止まる。

こうなると後は力比べだが、軽量のノエルでは綱引きは不利だ。踏ん張ってはいるが、ずるずると引きずられていく。

「言ったはずです。逃がさないと」

ノエルが腰の後ろから取り出したのは、金色の針だ。裁縫用にしては長すぎるし、太すぎる。何より金属製ではないようだ。ノエルはナイフ投げの要領で金色の針を投げつける。過たずガーゴイルの後頭部に突き刺さるが、それだけだ。致命傷にはほど遠い。

ガーゴイルは一瞬動きが止まったが、すぐにまた動き出そうとする。その時だ。急に苦しみだした。刺された後頭部をかきむしりながら悲鳴なのか命乞いなのか判別の付かない声を上げる。紫色の血を吐き、地面に倒れる。何度か痙攣していたようだが、すぐに動かなくなった。

後に残ったのは、粉々になった石塊と、金色の針だけだ。

俺は床に落ちているそれを見下ろしていると、ノエルがそれを引ったくるように回収する。

「ご無事ですか？」

俺の頭を布で拭いてくれる。傷の手当てのつもりだろうけど、血はもう止まっている。それより気になることがあった。

「今のって、マンティコアの毒針だよな。この前、君が倒した」

「内密にお願いします」

ノエルは俺の顔を見ずに言った。

「別に恥ずかしがることじゃない」

冒険者の中には、魔物の持つ性質を生かした武器や道具を使う者がいる。代表的なのが、毒だ。殺すだけでなく、眠りに麻痺に魅了に混乱、狂気。火傷に凍傷に石化とありとあらゆる状態異常を引き起こせる。使い方次第では、必殺の武器にもなる。『忌毒術』とか『魔毒法』とも呼ばれている。

「姫のパーティにふさわしい技ではありません」

有効だが忌み嫌う者も多い。毒を使う、という行為自体、陰湿な面を持っている。その上、魔物に頼ったおぞましい力、と嫌悪感を持つ奴は少なくない。そもそも魔物の毒自体、扱いが難しい。戦闘中に毒が漏れてパーティが全滅しました、なんて話もある。

だから『忌毒術』を使うのは、ごく一部の冒険者に限られる。たとえば、斥候や野伏出身で主に単独行動を取る奴とか。

「御名に傷がつきます」

「アルウィンは気にしないと思うけどね」

道を踏み外した、というのなら彼女も同じだ。

「体面にこだわって肝心なものが守れないんじゃ本末転倒じゃないかね」

さっきの毒だって、あの『伝道師』に喰らわせていたら今もアルウィンは無事だったかもしれない。

「……」

ノエルは押し黙る。

「それより、あっちで死にかけているアホは放っておいていいのかい？　俺は構わないけど」

そこではっと慌てふためきながらラルフの方に駆け寄っていった。

その背中を見ているうちにどっと疲れが押し寄せてきた。

ただでさえ少ない体力をごっそり削られちまった。散々だ。

しばらくすると、肩と腕に包帯を巻いたラルフが駆け寄ってきた。見た目よりも軽傷だったらしい。肩をやられたが、傷は浅いようだ。

「姫様は無事か？」

その一貫性はむしろ好きだよ、俺。

俺の背中を見てほっと息を吐く。続いて俺をにらみつける。

「何故、逃げなかった。姫様を危険にさらすつもりか」

「逃げられなかったんだよ」

あの状況で避けようものなら背中のアルウィンに当たる。ぶっ倒れたら、眠り姫が目を覚ましかねない。

「それより前の連中はどうした？　もしかして、俺たち置き去りにされたんじゃないだろうな」

「そんなわけが……」

「あるよ」

足手まといに構っているほどの体力は、誰も残っていないはずだ。見捨てられても不思議ではない。

「おーい」

追いつこうと五階への道を歩いていると、ニコラスたちが手を上げて駆け寄ってきた。

「いや、さっき魔物の襲撃があってね。片が付いたと思ったら君たちの姿が見当たらないから、冷や冷やしたよ。いや、無事で良かった」

ほっとした様子で次々と回復魔法で傷を癒やしてくれる。

「これ料金取られる？」

「ツケにしておくよ」

「請求はそこの間抜け坊やに頼む」

抗議するラルフを無視して先に進む。あともうちょいだ。

ほっとした途端、また重くなった気がする。ああクソ。

マシュー、と前から呼びかけられた。顔を上げると、三十過ぎの男が俺の肩に手を置いた。

「ここまでよく頑張ったな。あとは俺たちに任せろ。ここまで来ればあとは一本道だ」

褒め称えながら話しかけてきたのは、『黄金の剣士』のレックスだ。

「いや、いい」

アルウィンに伸ばそうとした手をはらいのける。

「ここまで来たんだ。最後まで俺が運ぶ。気持ちだけありがたく受け取っておくよ」

「大事な姫騎士様を触らせたくないってんだろ。うちの女性陣に運ばせるさ。それでいいな」

勝手に決めるなよ。

「油断は禁物だ。後ろのラルフみたいに油断して大ケガするアホもいる」

「俺たちはそんなドジは踏まねえよ」

どうだかな。そうやって自分だけは特別だと思っている奴から死んでいく。証人は俺だ。

「意地を張るな。お前の足に合わせると予定より遅れるんだ」

「本音が出たな」

最初っからそう言えばいいんだ。親切ごかしに褒め言葉なんぞ使いやがって。

「もうちょい早足で歩けってんだろ。オーケー、了解だ。今から全速力で地上まで駆け上がるから付いてこいよ」

「威勢がいいのは口だけだな」

レックスは鼻で笑った。

「自分の姿を見ろ。全身が震えてもう限界だろう」

「アホ抜かせ」

限界なんてとっくに越えている。

「いいからおとなしく姫騎士をこっちに……」

たまりかねた様子で強引にアルウィンに手を伸ばす。細い肩を担ぎ、抱え上げようとかがんだところで動きが止まった。

「……」

レックスが青ざめた顔で後ずさった。多くの魔物を屠ってきた五つ星の勇者が、子ネズミのように怯えている。

「どうした、俺の顔に何か付いているのか？」

「あ、いや……」

うろたえた様子で首を振る。

ヒモににらまれたくらいでビビったと認めたくないのだろう。腰抜け。だったら最初から汚い手で触るんじゃねえよ。

「どうしたの？」

騒ぎを聞きつけたのか、マレット姉妹が戻ってきた。

「いや、マシューの奴が、遅れてな」

口ごもりながら言い訳する。金玉付いているのか、この野郎。

「ふーん」

と、ベアトリスが俺をためつすがめつ見る。

「予想以上に魔物の動きが活発化しているわ。ギルドの連中の話だと、もうルート維持も限界だって」

「みたいだね」

俺たちが通ってきたルートもすでに消え失せている。時間が経つほど、維持は困難になる。

「遅れたらアルウィン共々見捨てるけど、それでもいい？」

「了解」

その程度の覚悟もなしに自分で背負うとは言わない。

「あっそ」

それで興味をなくしたかのように背を向ける。

「それじゃ、先に行くから。殿はよろしくね」

ベアトリスは姉と一緒に地上への階段を先に向かう。既にルートもあちこち寸断されているはずだから露払いのつもりだろう。レックスも気まずそうに俺を見た後、小走りで姉妹の後を追った。入れ違いにラルフが寄ってくる。

「お前、いいのかよ」

「ぶつくさ言ってねえで、お前は後ろを警戒しろ。アルウィンを守れ」

ラルフ坊やに期待はしない。先にこいつが死んだらそれだけ俺たちが逃げ延びる可能性も高くなる。

目の前には階段。しかも山道のように急で段差も大きい。登るのは一苦労だが、宣言した手前、やるしかない。

「では、わたしが後詰めを務めます」

ノエルが俺たちの背後に回った途端、前につんのめる。アルウィンの背中を押したようだ。

「これなら文句はないでしょう?」

ノエルの声はどこか得意げだった。

「まさか、協力するなとは言いませんよね」

俺は笑った。

「助かる」

途中からラルフにも押して貰い、俺たちは地上へと上がる。

戦闘もなく、時折魔物の死体を踏み越えながら先へ進む。

目の前が明るくなってきた。ちらちらと心許ない明かりが見える。

「出口だ」

ラルフが助かった、とばかりに大声を上げる。アルウィンを押す力も勢いづく。

「バカ、アルウィンを押し潰すつもりか？　それよりも周囲を警戒しろ」

『迷宮』の一階で死ぬ人間は多い。

弱い魔物ばかりだからと油断しきったバカや、もうすぐ地上だと気を抜いた間抜けが忍び寄ってきたゴブリンやコボルトやスライムといった低級の魔物に気づかず、不意を突かれ、命を落とす。何より今は『スタンピード』が起こりつつある。さっきのヘルハウンドやレッドキャップのように、想定以上の魔物が湧き出してもおかしくない。

「マシュー、おい！」

ラルフが生意気に俺の肩を叩(たた)く。理由は振り返るまでもない。これだけ足音をさせていれば気がつくに決まっている。

ゴブリンやコボルトの群れが、俺たちの背後に迫っていた。押し合いへし合い、ひしめき合いながら俺たちをなぶりものにしようと近づいてくる。まるで黒い津波だ。

「走れ！」

追いつかれたらアウトだ。俺は最後の力を振り絞って走る。『仮初めの太陽(テンポラリー・サン)』を出す余裕もない。

時折、ノエルが振り返ってナイフや武器を投げつけるが、足止めにすらならない。仲間の死体を踏み越えるのに躊躇しないからな。

「無視しろ、それより走るのに集中しろ」

「お前こそ速く走れ！」

ラルフが俺の前を走りながら呼びかける。言われるまでもない。さっきから必死で走っている。ただ足が動かないだけだ。もう感覚もねえよ。

「お前たちで最後だ、早く来い！」

出口ではギルド職員たちが必死に声を張り上げている。俺たちが出たらすぐに扉を閉められるよう、何人も待機している。

「早く！」

ノエルが階段の途中で止まり、俺たちに呼びかける。

もうゴブリンどもは背後に迫っている。

「先に行け！」

立ち止まっていたらノエルやラルフまでやられちまう。

まずノエルが、続いてラルフが地上へと出る。俺はその背中を見ながら階段を駆け上がる。

あと五歩、四歩、三歩、というところで不意に後ろに引っ張られる。反射的に振り返った。

先頭を走っていたゴブリンの爪が、アルウィンの裾に引っかかっていた。

ゴブリンの腕力にすらあがらえず、俺の体はアルウィンごと仰け反っていく。まずい。ここで足が止まったらほかのゴブリンどもも追いついてくる。そうなれば後は二人まとめて地獄行きだ。だが、それに抵抗するだけの体力はもう残ってなかった。

「クソッタレ！」

「アンタがね」

地上から巨大な杖が伸びてきた。槍のように背後にいたゴブリンの爪を払い、続けてその体を階段の下へ突き落とした。

「遅かったわね。もう死んだかと思ってた」

ベアトリス・マレットはそう言い捨てたときには、杖に巨大な魔力が集まっているのを感じた。俺たちが地上へ出ると同時に、『迷宮』へ向けて魔法を放つ。

「吹き飛べ！『爆発』！」

背後からわずかに熱風を感じる。阿鼻叫喚が爆音にかき消されていく。爆風に背中を押され、よろめいて膝を突く。

「今だ！　早く閉めろ！」

俺たちが出ると同時に、ギルド職員たちが総出で扉を止める。特別製の扉に加えて魔法で強化してある。普通はまず壊されない。

「ご苦労さん」

ベアトリスは興味なさそうに言うと、セシリアの方に歩いて行く。

「ありがとうよ」

礼を言うと、手を上げて応じた。

地上では、捜索に参加した冒険者たちが腰を下ろしていた。

みな、疲労困憊かと思ったらにぎやかに談笑する奴や、さっそく酒宴としゃれ込んでいる奴らもいる。元気だね。俺はもう気絶しそうだけど。

そこで初めて今が夜だと気がついた。『迷宮』に入ると昼夜の区別がおかしくなる。酒場や宿屋の明かりも乏しい。もう深夜のようだ。おちびも眠っているだろう。風が気持ちいい。ほっとしたら体から力が抜けていく。その場に座り込みかけて、アルウィンを抱え直す。落っことすわけにはいかない。

名前を呼ばれた。振り返るとノエルが寄り添うようにアルウィンの背中をなでさすっていた。まだ起きる様子はない。

「マシューさん、姫を」

「いや、このまま帰るよ」

俺は首を振る。

「冒険者ギルドの固くて臭いベッドじゃ安心して眠れないからな。君も今日は疲れただろう。詳しい話は明日また。それじゃあな」

何か言いかけたノエルを置き去りにしてそのまま歩き続けた。

いつもより倍の時間を掛けて家にたどり着いた。最後の難関とばかりに二階への階段を上がり、彼女のベッドへと寝かせる。アルウィンはまだ眠っていた。

何とか帰ってきた。犠牲は大きく失ったものも多い。それでも何とか、アルウィンの命だけは無事に取り戻した。ほっとしたらまた力が抜けてきた。今度は抵抗できなかった。ベッドの横に座り、背を預ける。やるべきこと、やらなくちゃいけないことは一杯ある。けれど今くらいは寝かせてくれ。疲れた。目を閉じると意識を失った。

第三章　消失

家に戻った翌朝、さすがにムリがたたったらしい。目が覚めると全身筋肉痛で動くだけで激痛が走ったが、肉をたらふく食って寝たら次の日にはだいたい痛みも引いていた。後遺症のようなものもない。傷の治りが早いのは昔と変わらない。

アルウィンを救助してからはや五日。

助け出した翌朝には意識を取り戻した。ケガは問題ない。穴の空いた胸も今は傷跡すら見つからない。だが、彼女の心はまだ治っていない。暴れるようなことはなかったが、子ネズミのようにガタガタと震え、時折過呼吸で苦しそうにしている。

当然、冒険など出られるはずもなく自宅で静養中だ。ベッドで寝ているか、部屋に閉じこもってばかりだ。食事も自室まで俺が運んでいる。外には出ない。一度出ようとしたが、青い顔をしてまた家に閉じこもってしまった。

アルウィンが『迷宮病』を発症したという話はすでに広まっているようだ。

冒険者ギルドでは『戦女神の盾（イージス）』はもうダメだとか、パーティを解散するとか、解散して街を出て行ったなどとウワサされているらしい。

実際、六人中三人も死んだのだ。そう思われてもムリはない。

生き残ったノエルは毎日、顔を見せにやって来る。アルウィンとしばらく話しては、土産を置いて帰っていく。何をしているのかと聞けば、自分の未熟さを痛感し、街の外で鍛錬をしているそうだ。鍛錬と言えば、あのラルフもそうだ。ギルド所有の訓練場でひたすらに剣を振り回している。

伯父様ことラトヴィッジには伝書鳩で連絡済みだという。そのうち、新たな補充メンバーも到着するはずだ。だが、新たなメンバーが来たところで、肝心のアルウィンが戦えなければ、同じ事だ。

もっとも、出し抜かれる心配はない。冒険者ギルドやほかの冒険者もそれどころではないからだ。

ギルドマスターことグレゴリーのじいさまは『迷宮』の一時閉鎖を決定した。扉を閉め、補強もしているが時折、内側から爪でひっかくような音や体当たりするような振動が響くという。『迷宮都市』で『迷宮』に入れなくなれば、街の趨勢に関わる。鉱山で石が採れなくなったようなものだからな。待っているのは衰退だけだ。気の早い冒険者は街を出ていく。残っている連中も街の外で石や薬草集めと、しょぼいシノギで糊口をしのぐ有様だ。脳天気な冒険者連中が再開するようにせっついているそうだが、じいさまはすべてはね除けている。かといってこの状況が続けば冒険者はいなくなり、街の衰退につながる。じいさまも痛し痒しというところだろう。

街にも不安は広がっている。実力パーティの『戦女神の盾(イージス)』が瓦解(がかい)し、『迷宮』が閉鎖された。その不安につけ込んで例の『神聖なる太陽(ソル・マグニ)』が暗躍しているという。

一時は大人しくなったと思ったが、またひそかに信者を増やしている。時には誘拐同然で強引な勧誘をする者もいる。逃げ出そうとした者を処刑したり、あるいは汚れなき少女を生贄(いけにえ)にしているというウワサまである。もはや悪魔崇拝だ。

ウワサを裏付けるかのように、ここのところ、子供や若い男女の死体が街のあちこちで発見されている。

拷問や心臓をくり抜かれたような痕跡すらあったという。

衛兵や『聖護隊(せいごたい)』は『ソル・マグニ』を邪教団体と認定し、取り締まりを強化している。いくつかの拠点を潰しはしたが、逮捕できたのは、末端の信者ばかりだ。『教祖』とやらが生きている限り、勢いは止まらないようだ。ヴィンセントもまたしかめっ面(つら)をしていることだろう。

出来るなら俺も協力したいところだが、今のアルウィンから目を離すわけにはいかない。

洗濯ものを終えて二階に上がると、俺の部屋から物音がする。

「何をしているんだい？」

アルウィンが振り返った。気まずそうに目を伏せる。

「今日の分はもう渡しただろ」

「頼む。もうあれしかない」

「ダメだ」

俺は医者でも薬師でもないが、その手の中毒者は山ほど見てきた。そいつらがどんな風に破滅していったのかも。

「君は今少しずつ量を減らしている状態だ。そんな時にいきなり大量に摂取すれば、症状は一気に進む。そうなれば君はもう戻れなくなる」

この一年間やってきたことが水の泡だ。それどころか、彼女の命すら危うい。

「構わない。私にはもうあれしかない」

「ダメだ」

「頼む、マシュー」

俺は首を振った。

みっともない。どこに気品がある。ただの『クスリ』の中毒者だ。今なら股だって開くかもしれない。

「君が欲しいのはこれだろ」

懐(ふところ)から取り出した小さな袋。そこから緑色のあめ玉を取り出すとアルウィンの目が輝く。

「頼む、マシュー」

発情期の犬だって。もうちょい理性ってものがある。

「欲しけりゃあげるよ」

放り投げる。空中で受け取ると、手でつかみそのまま口に放り込む。口の中で転がしてから奇妙な顔をした。

「薬草入りだよ。お砂糖は控えめだからちょっち苦めだけど」

「違う、これじゃない！」

吐き出すなり俺につかみかかってくる。抵抗しようとしたが、難なく壁に叩き付けられる。

「どこだ、どこにある！」

「君の部屋だよ」

床を這うようにして自室へ戻ると、引き出しや棚を部屋の中を乱雑に荒らして回る。

「違う、これでもない。どこに隠した！」

忌々しそうに服やら小物やらを窓から外に放り出す。

「慌てなくても今、用意するよ」

そんなに欲しけりゃ好きなだけ食うといい。

「ほら」

俺は小さな鏡を掲げ、彼女の真正面に向けた。

「こいつはおまけ」

机の引き出しから取り出したペンダントを彼女の首にかけてあげる。

先祖代々伝わる大切なものだが、彼女は『クスリ』欲しさに一度は手放した。

アルウィンの目が絶望的に見開かれた。

そこで何を思ったかは本人に聞かないと分からない。ただ急に呻くと顔を背け、床に小間物をぶちまけた。ここ数日あまり食べていないせいか、ほとんど胃液だけだ。

背中をさするとすすり泣く声が聞こえた。

悪かった、とその背中にささやきかけたが背中を震わせるだけだった。

身支度を調え、ベッドに寝かせる。

「慌てなくていい。少しずつ立ち上がればいいんだ。急ぎすぎるとつまずくだけだ」

「……」

「どこか痛むところは？」

一度は死にかけたのだ。どこかで後遺症が出ている可能性もある。アルウィンからの返事はなかった。

「休んだほうがいい。今は休息の時だ」

青白い顔をしたアルウィンの頭を撫でて落ち着かせる。いつもなら子供扱いするな、と頬を膨らませるところだが、その元気もないようだ。

「マシュー」

代わりに、助けを求めるように手を伸ばしてきたので、俺はそいつを握り返す。

「大丈夫だよ」

何が大丈夫なのかは、俺にも分からない。けれど言わずにはいられない。

その場しのぎの言葉ではあっても、込めた気持ち自体にウソはないからだ。

「何かあったら呼んでくれ。おやすみ」

部屋を片付けてから扉を閉めた。武器や防具は倉庫にしまっておいたのは正解だったようだ。

「参ったぜ、おい」

いつまで続くんだろうな、おい。

ちくしょう、早く戻ってこいよ、デズ。今はお前さんだけが頼りだ。


一階に降りて庭に出る。さっき落とした荷物が散乱している。さっさと拾わないと盗人にかすめ取られちまう。

「なあ」

服や本を回収していると、頭上から声がした。顔を上げると、塀の上から女が身を乗り出している。首元辺りまで伸ばしたアッシュブロンドの髪にヘーゼルの瞳、二十歳くらいだろう。なかなかの美人だ。

「これ、落ちてた」

ぶっきらぼうな口調で渡されたのは、本だ。道まで飛んでいったようだ。

「ああ、悪い」

頭をかきながら受け取っても、彼女はまだ塀から降りようとしない。

「アルウィン……様はどうしてる？」

と、二階の窓を見上げる。それが聞きたかったようだ。

「悪いが面会謝絶だ」俺は手を振った。「サインならまた今度にしてくれ」

「そっか」

やはり、と目を伏せる。興味本位でのぞきに来たわけではないようだ。

「君は？」

「……アタシのことならフィオナでいいよ」

フィオナと名乗った女は器用にウィンクをする。

「アンタは、マシューだったよね。ありがとうな」

何者かと尋ねる前に礼を言われてちょいと戸惑う。

「この前、『迷宮』でね。助かったよ。おかげでまた地上に戻ってこられた」

「ああ」

救助隊にはいなかった顔なので、冒険者の方か。見れば、手のひらには剣を握った跡があるし、腕の筋肉は戦士のそれだ。俺が助けた奴(やつ)らの中にはいなかったので、ほかの連中に助けられたのだろう。あるいは自力でルートまで戻ってきたか。

「君はアルウィンの知り合い？」

「前に色々世話になってね。あの後どうなったか気になってたんだ」

「命は無事だ」

心はまだ『迷宮』の中をさまよっている。

「それでアンタが、家事やっているわけ？」

「いつものことだよ」

彼女はきれい好きなのに、片付け方を知らないからね。最初に来たときはひどかった。

「治りそう？」

「さてね」

治るかもしれない。治らないかもしれない。

「あれこれ手は尽くしているけどね。今のところ休養中」

「その傷も？」

彼女の視線の先には、腕についた血だ。さっきアルウィンがつかみかかってきた時に引っかかれたのだろう。

「かすり傷だよ」

騒ぐほどでもない。家に女連れ込んで剣の柄で頭ぶん殴られたときの方がよっぽど痛かった。

フィオナはそこでうらやましそうに目を細める。

「そうやって、あ(丶)の(丶)子(丶)を治そうと頑張っているんだ」

「そいつは違う」

俺はきっぱりと言った。

「頑張っているのは、アルウィンもだよ。彼女も戦っている」

結局のところ病気を治すのは病人の体力と気力だ。あめ玉を欲しがったのも彼女なりに現状を打開しようとした結果だ。方法は完全に間違っているが。いつもそうだ。

あの子はいつも、手を出してはいけない方法に手を出そうとする。

フィオナは一瞬呆(ほう)けたように眼(め)を瞬(まばた)かせた後、満足そうにうなずいた。

「ロクデナシの最低男って聞いたけど、なかなかやるじゃない」

「そいつはデマだ。嫉妬深い奴(やつ)らにウワサされて困っているんだよ。君も機会があったら訂正してくれないか。『マシューさんは、真実至誠赤心で裏表のない三国一の色男』ってね」

「『減らず口(ワイズクラック)』は達者みたいだけど」

失敬だな。

「いい治療薬でも知っていたら教えてくれよ」

「見つけたら、いの一番に教えに来るよ」

「頼む」

おかしな『クスリ』でなければ、試したい。

「良かったら中でお茶でもどうだい？」

「また今度にしとく」

それじゃあな、とフィオナは音もなく飛び降りるといずこかへと姿を消した。

盗人の下見、というわけでもなさそうだな。

妙な連中が近辺をうろついている、と見舞いに来た大家に教わったばかりだ。姫騎士様が病気と知って泥棒が盗みに入る機会をうかがっているのだろう。強い者にはこびへつらい、弱った者をムチで叩くのがこの街の……世界の常識だ。倫理や道徳で腹は膨れない。

片付けを再開し、玄関でゴミをまとめていると、さっきフィオナが拾った本が目に入った。

表紙に見覚えがある。パーシー・モルトハウスとかって詩人の詩集だ。前にアルウィンに読ませてもらったが、歯の浮くような美辞麗句に笑い転げたっけ。普段なら手に取ることもないが、気分の滅入っている時だ。少しでも笑いが欲しい。

「ふーん」

気恥ずかしい文句ばかりだが、要するに騎士道物語のようだ。本を読むのは苦手なので飛ばし飛ばしになるが、あらすじはつかめた。

由緒正しき生まれの騎士は諸国を放浪しながら正義のため、民のため、魔物を倒し、敵国の軍勢と勇ましく戦っていた。

激しい戦いの中傷つき、癒えぬ傷は増えていく。

やがて騎士は二目と見られぬ姿に変わってしまう。

自らの姿を恥じた騎士は闇の国にある地底の奥深く閉じこもってしまう。

そこへ現れるのがお姫様だ。とある王国のお姫様は命と民を救ってくれた騎士のために、危険を冒して魔物の巣窟にある魔法の薬を取りに行く。そして単身、騎士の閉じこもった地底に乗り込み、騎士と再会する。

そこでこの前読んだ気恥ずかしい文句になる。

魔法の薬で傷の癒えた騎士は再び立ち上がり、悪を倒すと故郷への凱旋を果たす。

そして騎士とお姫様は結ばれる……かと思いきや、騎士はまた世のため人のためにあてのない放浪の旅に出る。お姫様は騎士の帰りを待っている間に、王国は敵国に攻め滅ぼされ、瀕死の重傷を負う。天に召される寸前、戻ってきた騎士と再会する。そしてお姫様は騎士に愛を伝えると短い生涯を終えるのでした。ジ・エンド。

「くっだらねえ」

もう少し笑えるかと思ったが、くすりともしなかった。むしろ気が滅入っちまった。うまくいかないことだらけだ。舌打ちして俺は家に戻った。

　それから数日が経過したが、アルウィンの容態は一向に良くならない。あめ玉あさりは控えているようだが、一日一個のあめ玉ではやはり満足できないようだ。俺があげるときもあげた方ではなく、手元にある袋の方を物欲しそうにしている。

　奪われてもいいように、彼女の部屋に持ち込むのは一個だけにしている。あとは普通のあめ玉だ。最初から一個だけだと信用されていないのか、とアルウィンが落ち込むからだ。面倒な子だよ、まったく。

　下に戻ると扉を叩(たた)く音がした。用心しながら扉へと向かう。姫騎士様が戦闘不能と知ってつい一昨日も賊が忍び込もうとしたばかりだ。そいつは死体に変えて『墓掘人(グレイヴディガー)』のブラッドリーに片付けてもらった。おかげで金はかかるし、『仮初めの太陽(テンポラリー・サン)』も日光浴の真っ最中だ。一度切れたら半日はかかっちまうからな。

　念のため鍵も二重にしてある。

　扉の隙間からそっとのぞくと、銀髪の少女がぎこちなさそうに微笑(ほほえ)んでいた。

「マシューさんがね、『迷宮』からずーっと背負ってきたんだって。覚えてる？」

　見舞いに来たエイプリルはアルウィンのベッドの側に座り、大げさな身振り手振りで興奮気味に話しかける。

「ワタシに腕相撲で負けるくらい弱っちいのに、アルウィンさんのピンチになったら自分から『迷宮』に行ったんだよ。感激しちゃった。あれだよね、普段はあんなに怠け者なのに、いざ

って時にはやるんだから。いつももっと頑張ればいいのに」

　余計なお世話だ、おちび。

「ワタシ言ったんだよ、絶対にムリだって。そうしたらさ、マシューさん『愛するアルウィンのためならたとえ火の中水の中、地獄の底へだって迎えに行くさ』って」

　捏造するな。

　ほかにも養護施設での面白エピソードや失敗談を面白おかしく語ろうとする。

「……」

　けれどアルウィンは無言のままだ。たまに眩しそうにまばたきしたり、一瞥するばかりだ。

　そうと察したエイプリルは立ち上がって、踊るようにして話し出すのだが、完全に逆効果だ。

　何とか励まそうと空回りしているのが明らかで、まるでお寒い道化師か芸人だ。

　結局、ろくな会話もなく大した反応も得られず、時間だけが過ぎていった。もう夕暮れだ。

　エイプリルもお家に帰る時間だ。

「悪いな。せっかく来てくれたのに」

「ううん、いいの」

　エイプリルは健気に言った。泣かせてくれるぜ。

「アルウィンさん、ずっとこのままなのかな。『迷宮病』って治らないって……」

「治ることもある」

実際、そういう話も聞いている。軽ければすぐに治る。再び『迷宮』に潜る奴もいる。『迷宮』がダメでも外でなら普通に戦える奴もいる。けれど重症になれば普通の生活すらままならなくなる。残念なことにアルウィンのはかなりの重症だ。

「ねえ、マシューさん」

エイプリルがおびえた様子で話しかけてきた。知りたいけれど答えを聞くのが怖い。そんな感じだ。

「……」

俺は待った。問いかけるとかえってジャマする気がした。

エイプリルはしばしためらっていたが、やがて意を決したのか、拳を握りながら口を開いた。

「……アルウィンさんのこと、見捨てないよね？」

冗談で言っている様子ではない。瞳は不安そうに揺れているし、顔も強張っている。

俺は微笑した。

「どうしてそう思ったんだい？」

「だって、前に付き合っていた人いたでしょ。その人と別れてアルウィンさんと」

ポリーのことだろう。一度そうしたから、また別の女と引っ付いても不思議ではない。ましてアルウィンはあんな感じだ。そんじょそこらのヒモ男なら見捨てて別の女のところに走るか、姫騎士様を娼館にでも売り飛ばすか、だろう。

「捨てられたのは俺の方だよ」俺は言った。「そこを慈悲深い姫騎士様に拾われたってわけ」

男と女の関係なんて儚いものだ。当事者は永遠だとか一生あなただけとか本気で語るが、熱が冷めればそれまでだ。

「でもアルウィンさんはもう戦えないし、そうしたらお金だって……」

「金なんかどうとでもなるさ」

マシューさんの甲斐性をなめてもらっちゃあ困る。闘鶏バクチは得意だし、デズにたかる手もある。そもそもアルウィンが苦労しているのも親戚連中が無能だからだ。あいつらに出させりゃあいい。俺たちは、金や体だけでつながっているような、そこいらのヒモと飼い主とは違う。少なくとも、都合が悪くなったらポイ捨てできるほど自由な関係ではない。

「あんな美人の姫騎士様とお付き合いできるチャンスなんてこれが最初で最後だよ。この程度で転がり込んだ幸運をドブに捨てるほど俺は酔狂じゃない」

「でも、もし、アルウィンさんより美人のお金持ちから誘われたら？」

「その時はこう言うさ。『あいにくと当分は予約でいっぱいなんでね。まあ、百年くらいしたらまた声かけてよ』ってね」

「でも……」

「それにだ」

俺はかがみ込んで、頭を撫でてやる。

「アルウィンはまた元気になるさ。君がこんなに心配してくれているからね」

「それじゃあ……」

「もちろん見捨てないよ、最後までね」

エイプリルが破顔する。

「本当に？」

「本当に本当」

「絶対だよ」

「ああ」

「よかったあ」

エイプリルがほっと胸をなで下ろす。

ずっと気に病んでいたのだろう。

「ゴメンね」

「いいよ、気にしていない」

ポリーの前にも付き合っていた女はいた。俺は身持ちの固い男ではないからそう思われても
まあ、不思議ではない。自業自得だ。

「じゃあね。マシューさん、アルウィンさんのことよろしくね」

走って行った。元気な子だ。できればじいさまに似ないで健やかに成長して欲しいものだ。

その背中を見送り、家に戻ろうとして悲鳴が聞こえた。

今のは、エイプリルの声だ。

あわてて声のした方に向かう。

日の沈みかけた裏通りで、黒い覆面を被った連中がエイプリルを抱きかかえて、近くの幌馬車に連れ込もうとしていた。

「待ちやがれ！　変態野郎ども」

急いで駆け寄るが、俺の拳はあっさりかわされカウンターで殴り倒される。

「マシューさん！」

くぐもった声が聞こえた。倒れた俺の視界でエイプリルが馬車の中に放り込まれ、遠ざかっていくのが見えた。

どこのトンチキだ。よりにもよって冒険者ギルドのギルドマスターの孫娘を誘拐するとは。だいたい護衛はどうした。エイプリルにはあのおっかないじいさまが常に影の護衛を付けているはずだ。

と、見ればぶっ倒れている男と女。見覚えのある顔だ。どうやら後ろから不意を突かれて殴り倒されたらしい。また息はある。女の方が何か握っている。取っ組み合いにでもなったときにつかみ取ったのだろう。これは、『ソル・マグニ』の紋章じゃねえか。とち狂いやがって。

こうしている間にも馬車は遠ざかっていく。

護衛付きのお嬢様を狙ったところを見ると、計画的な犯行のようだ。金目当ての誘拐、あるいはじいさまに圧力をかけるための人質だろう。目的はともかく問題は、連れ去られたおちびがどうなるか、だ。

この街では連れ去られる子供も少なくない。

目的を果たした後で素直に人質を返すようなお行儀のいい連中なら、邪教認定などされたりはしない。

「仕方がねえ」

俺は自分の部屋に舞い戻り、窓際(まどぎわ)に置いておいた『仮初めの太陽(テンポラリー・サン)』を取ると、そのまま窓から身を投げだした。着地するより早く、呪文を唱える。

「『照射(イラディエーション)』」

呪文と同時に水晶玉が宙に浮き、まばゆい光を放つ。力が全身にみなぎるのを感じながら俺は雨樋(あまどい)に手をかけ、屋根の上に登る。

そのまま追いかけたのでは警戒もされるし、人目にもつく。屋根瓦を踏み砕きながら馬車を追いかける。走りにくいが、距離は縮まっていく。街中を全速力で走る馬車など目立つことこの上ないので必ず減速するからだ。

気がつけば馬車は俺の真下を走っていた。一気に飛び上がると、馬車に飛び移る。幌(ほろ)馬車の幌(ほろ)をぶちぬき、片膝をついて着地する。『仮初めの太陽(テンポラリー・サン)』のまばゆい光が狭い車内を照らす。中にいたのは四人。エイプリルは目を布で塞がれ、猿ぐつわまで噛(か)まされている。ひでえことしやがって。だが好都合だ。

黒覆面の目ん玉が驚愕(きょうがく)に染まる。

「何者だ」

返事の代わりにそいつの顔をぶん殴った。覆面の中で鮮血がはじけた。鉄錆(てつさび)の臭いが馬車に広がる。崩れ落ちる仲間に動揺した様子もなく御者台から別の覆面が飛びかかってきた。腰の短剣を抜き放つ。さっき俺をぶん殴った奴(やつ)だ。

二、三度フェイントを掛けた後、滑るように俺の胸元へ刺そうとする。左胸に当たる寸前、体を横に傾けながら拳を放つ。短剣は俺の胸元をかすめて流れていく。カウンター気味に繰り出した俺の拳は、そいつの顔を熟しすぎたトマトみたいにへこませていた。

勝てないと悟ったか、残りの二人が幌(ほろ)馬車から逃げ出そうとする。いい判断だ。けど遅すぎたな。背中を向けたそいつの後頭部に拳を振り下ろし、残った一人の首に腕を回し、一気にへし折った。

全員を死体に変えたところで、俺は御者台に飛び乗り、馬を止める。見ればここは街の北西部にある通称『赤鯨通り』だ。

この近くにアジトがあるのかとも思ったが、探るのは後回しだ。

荷台に戻り、エイプリルを見た。身動きが取れない状態で毛虫みたいに身悶えしている。事態がつかめずにおびえているようだ。姿を見られないよう、後ろから革袋を頭にかぶせ、馬車の外に出す。

かわいそうだが、もうちょい我慢してくれよ。

エイプリルは抵抗を止め、全身をダンゴムシのように丸めて体を固くしている。

肩に担いで周囲を見回す。どうしたものか。

このままでは俺が誘拐犯と勘違いされちまう。このままじいさまのところに連れて帰りたいところだが、説明が面倒だ。

誰か預けられそうな奴は、と大通りを見れば手頃なのがいた。『聖護隊』のちょびひげと色黒だ。あいつらならエイプリルの顔も知っているからちょうどいい。手柄をくれてやろう。感謝しろよ。拘束を外すとエイプリルをあいつらの通る場所に座らせ、素早くその場を離れる。

振り返って物陰からのぞけば、ちょびひげと色黒が、あわてふためきながらエイプリルに駆け寄っていくのが見えた。これでいい。

もう夜だ。まったく、余計な手間を食っちまった。お陰で『仮初めの太陽』も時間切れだ。腹も空いたし、喉も渇いた。どこかでつまみでも食いながら酒でも飲みたいところだけれど、今のアルウィンを長い間放置しておくのは気がかりだ。

さっさと帰るか。

急いで家に戻る。

アルウィンも寂しくて待ちかねているだろう。何とか食欲の出るものでも、とそこで家の扉が開いているのが見えた。おかしい。俺は閉めて出たはずだ。家の中を見れば俺やアルウィンとも違う足跡が階段の上に続いている。しかも複数だ。

全身が総毛立つのを感じながら俺は二階へと駆け上がった。

階段を駆け上がり、アルウィンの部屋に飛び込む。

ごろつきのような連中が部屋にいた。全部で四人。全員でアルウィンの手足を押さえつけ、寝間着を引き剝がそうとしている。

アルウィンは泣き叫ぶばかりでろくな抵抗も出来ない。本来ならば素手だろうと屁でもねえってのに。

「テメエら！」

飛び込もうとして後ろからぶん殴られた。激痛にぶっ倒れながら見上げれば、扉の横に隠れていた男が木の棒を投げ捨てた。まだ仲間がいたのか。そいつは床に転がった俺をロープで縛り上げる。

痛みと怒りでくらみそうな視界の端に見慣れたものが映った。冒険者ギルドの組合証だ。

そうだ、こいつら冒険者だ。ギルドで何度か見かけたことがある。いつも隅っこでアルウィンやほかの冒険者たちの活躍を恨めしそうに見ては陰口を叩くしか出来ない。ゴミ以下の連中だ。

「お前はそこで見てろよ、ヒモ男」

クズどもの一人が俺に奇妙な液体を無理やり飲ませる。

「痺れ薬だよ。魔物用だからちょいとキツイが死にはしねぇはずだから安心しろよ」

言われたとおり、ただでさえにぶい体の動きがよけいにきつくなってきた。

アルウィンは青ざめた顔で止めろと口にするばかりだ。

「姫騎士様が戦えなくなったってのは本当みてえだな。おい」

「心配するなよ、殺しやしねえ。お相手してもらったら街から出て行くさ。俺たち全員でかわいがってやるよ」

ズボンを下ろす。形容するのもバカバカしいほど貧相な代物をまるで魔剣かのように見せびらかす。

薄汚えものを見せるんじゃねえ。

悲鳴が聞こえる。

「助けて、マシュー」

アルウィンの声を平手打ちの音と、嘲笑がかき消す。

「助けてだってよ、このでかぶつに何が出来るんだよ」

ああ、そうだ。こちとら腕っぷしもからっきしの弱虫マシューさんだ。

お前らと百回戦っても勝ち目なんかありゃしねえ。

けど、我が姫騎士様のご指名だ。

戦うしかねえだろ。おい。

「姫騎士様もお前なんか捨てて、俺のに自分からくわえ込むようになるんだからよ」

「ああ、残念だぜ」

呼吸を整える。全身にまとわりついた鎖を頭の中で引きちぎる。

ゆらりと立ち上がる。

俺を縛っていたロープがちぎれてすとんと落ちた。

「テメエらをなぶり殺しに出来ねえのがな」

俺の『意地』だ。クソミソ太陽神の呪いでまともに動かない体ではあるが、ほんの短時間だけ本来の力を出せる。百の力が使えたのに今は一しか使えない。だから一万の力を出せば一時的に百の力が出せるって寸法だ。その代わりに使い切れば反動でまともに動けなくなる。

俺はアルウィンに群がるゴミどもに飛びかかる。背後から頭をかち割り、首をへし折り、両手それぞれに頭を握ると互いの頭をかち合わせる。

俺をぶん殴った奴が青ざめた顔で背を向ける。俺は木の棒を拾い上げ、階段を降りようとするそいつの頭に振り下ろした。頭蓋骨が陥没し、木の棒が脳天に食い込む。悲鳴一つあげることなくそのまま階段を滑り落ちていった。

「大丈夫か、アルウィン」

気絶しているようだ。ほっとした。同時に暗澹とさせられる。アルウィンがここまで抵抗できないとは。今の彼女はそこいらの娘以下だ。恐怖に駆られた人間は、戦力にならない。言い換えれば、それほど『迷宮病』が深刻というわけだ。

全身に激痛が走り、ベッドの側でしゃがみ込む。切り札を使った反動だ。これで当分は動けねえな。

この死体、どうすっかな。とりあえず、また『墓掘人』のブラッドリーに頼んで始末して貰うしかねえか。こんなクズどもならいなくなったところでギルドも詮索はしねえだろう。問題はアルウィンへの言い訳をどうするかだな。大ピンチに正義のヒーローが現れてこいつら全員ぶち殺していった、って筋書きで納得するかな。しねえだろうな。

なんだったら俺も気絶した振りをしていっそ全部すっとぼけるか。

そこまで考えた途端、階段を誰かが上ってくる音がした。しかも複数だ。まさか、まだ仲間がいたのか？

まずいぞ。この状況だと反撃できない。なんとか一撃だけでも、と立ち上がるまもなく、そいつらは部屋に飛び込んできた。

見覚えのない連中ばかりだったが、まとっている雰囲気はカタギではない。冒険者かやくざ者、あるいはそれに類した連中だ。

そいつらは部屋の死体を見ると、うめき声を上げた。

「マジか。全滅じゃねえか」

「けど、毒は効いているみてえだな。見ろよ、あの顔色。まるで死人みてえだ」

なるほど、さっきの冒険者どもをけしかけたのはこいつらか。あのしびれ薬もこいつらが用意したのだろう。

一体何者だ？

その答えはすぐに分かった。もう一人、階段を登ってくる音がした。

そいつは部屋に入ると、口笛を鳴らした。

「やっぱりオメエはただ者じゃなかったか」

「お前は……」

見覚えのある男だった。『三頭蛇(トライ・ヒドラ)』のレジーだ。忘れもしない。一年ほど前、子供の誘拐と人身売買に手を染めた男だ。俺とアルウィンが首突っ込んだせいで、人身売買は失敗。組織は壊滅した。

「生きてやがったのか」

ウワサではよその街に逃げたと聞いていたが、いつの間にか舞い戻ってきたのか。

「で、何しに来たわけ？　サイン会は明日の予定なんだよ。近頃のファンは過激すぎて困る」

「決まっているだろ、復讐だよ。お前と、そこの姫騎士様へのな」

レジーは愉快そうに笑った。

「あのチンピラどもはお前の差し金か」

「念には念を、ってやつだよ」

アルウィンが戦えなくなったと聞きつけて動き出したってわけか。ご丁寧にチンピラ冒険者どもを焚き付けて。

「言っておくが、俺は嫌がる女を手込めにするような下品な連中とは違う」

アルウィンに平手打ちをかまして、目を覚まさせると、無理矢理ベッドから引きずり下ろす。

おびえて縮こまる彼女の目の前に剣を放り投げる。

「どうした、抵抗しろよ。アンタなら俺たちを八つ裂きにするくらい造作もねえはずだ」

「やるんだ、アルウィン。君ならできる」

「お前のヒモはああ言っているが、どうする？」

アルウィンは首を横に振る。

レジーは彼女の髪の毛を引っ張り、起き上がらせると床に叩きつけ、背中を踏みつける。

それでも彼女はただおびえて震えるばかりだ。

「くっだらねえな」

興味を失ったのか、レジーがつまらなそうにつぶやいた。

「まあいい。とりあえず、姫騎士とヒモの首をいただく。まずは、姫騎士様の方だ」

その方が楽しめそうだ、と笑う。

「クソ、放せ！」

助けに行こうにも、しびれ薬の影響に加えて切り札の反動、おまけにレジーの手下どもに取り押さえられて身動きが取れない。たった三人ぽっちしか乗っかっていないというのに。

何をやっているんだよ、マシュー。お前の大切な女が目の前で死にかかっているってのに。のんきにお昼寝か？　そんなに体が痛いのか？　手足をもがれたわけでもあるまいに。限界がどうした？　あとで体が動かなくなろうと、死のうが生きようが知ったこっちゃねえ。アルウィンの危機なんだぞ。何度も叱咤しながら体を動かそうとするが、ダメだった。根性や意思の力だけでどうにかなるなら、誰も神になんか頼りはしない。

「まずは、目ン玉からだ」

刃物を振り上げる。

「止めろ！」

「喚いたところで、助けに来るような物好きはいねえよ」

「ゴメン、ここにいるんだけど」

涼しげな声とともに窓が吹き飛んだ。続いて炎の玉がいくつも飛来し、レジーの手下どもを燃え上がらせ、黒焦げにしていく。上に乗っていた連中が飛び退いた隙をついて立ち上がり、激痛の走る体をムリヤリ動かしてアルウィンに覆いかぶさる。振り返れば、生きているのは俺とアルウィン、そして間一髪で火の玉をかわしたレジーだけだ。

部屋の中で炎が燃え広がっていく。焦げ臭い匂いが充満、俺の下にいるアルウィンが咳き込む。

「おっといけない」

続いて飛んできた水の玉が炎を消していく。鎮火し、白い煙が部屋の中にいくつも上がる。あちこち焦げ目や焼死体だらけだ。

「夜分遅くに失礼」

俺は目を見開いた。

飛び散った窓の破片の上に着地したのは、黒衣の魔術師だった。

「いきなり現れたからびっくりさせちゃったみたいね。用事が済んだらすぐに帰るから。お風呂上がりの叔父さんみたいに固まらなくってもいいわよ」

歌うように言い放ったのは、セシリア・マレット。『蛇の女王』のセシリア・マレットだ。

「何だ、テメエは」

自分以外の闖入者にレジーは、殺意をみなぎらせる。

「アンタにかみつく毒蛇ってところ？」

セシリアは杖から稲光を放った。レジーはギリギリのところでよけると同時にセシリアに向かっていく。だが、彼女はもう次の呪文を完成させていた。

「『浮遊』」

レジーの体が宙に浮く。抵抗しようとするが、空中で手足をばたつかせるだけで、逃れる気配はない。レジーの体はそのまま壊れた窓を通り過ぎ、空中で静止する。

「ここなら平気よね」

セシリアがもう一本の杖を取り出し、その先端から特大の火の玉を放った。

レジーが豪炎に包まれる。悲鳴を上げ、消し炭になって家々の向こう側へと飛ばされていった。

「ボロボロね」

セシリアは苦笑しながら俺に杖を向ける。淡い光に傷が癒えていく。回復魔法も使えたのか。おかげでしびれ薬の効果も消えたようだが、全身の激痛はまだ残っている。筋肉どころか骨まで軋みを上げている。ラルフならば気絶しているところだろう。まだ寝ていたいところだけれど、痛いのは慣れっこだ。

万全とはいかないが、少しは動くようになった。

「無事か、アルウィン。怪我はないかい？」

肩を揺すると、アルウィンは俺の胸にすがりつく。顔色も真っ白だし、呼吸が荒い。

「わ、わたし」

「かわいそうに、よっぽど怖かったんだね。もう心配ないよ。悪い奴らはみんな黒焦げだ」

背中をなでさする。不意にアルウィンの体が震えた。次の瞬間、俺の胸に小間物をぶちまける。

「ああ、いいよ。気にしないで。好きなだけ出すといい。辛かったね」

出すだけ出すと、またぐったりと突っ伏す。気を失ったようだ。

彼女を着替えさせ、俺のベッドで寝かせる。

「ゆっくりお休み」

部屋の外に出ると、セシリアが階段のところで座っていた。

「さっき衛兵たちが来たけど、適当に言っておいた。冒険者同士の揉め事だって。お姫様のことはナイショにしておいたから」

『深紅の姫騎士』様がチンピラ相手に何も出来ず手込めにされかけました、なんて恥以外の何物でもないからな。

気遣いまでしてもらって感謝の極みだ。俺は深々と頭を下げる。

「助かったよ。君が来てくれなかったら、俺もアルウィンも殺されていた。本当に感謝する」

でかい借りが出来ちまった。

「大した礼は出来ないが、今度おごるよ。好きな酒飲んでくれ」

「そうね」

セシリアは興味もなさそうに言った。俺は彼女の横に座る。少々窮屈だが、文句は出なかった。

「君はどうしてここに？」

「宿に戻ろうとしたところで冒険者っぽい奴(やつ)に声かけられたのよ。アンタと姫騎士様がピンチだから助けてほしいって」

「どんな奴(やつ)だった？」

「金髪の女だったかな。見たことのない顔だった」

金髪？　誰だ？

「でもあの雰囲気は多分……」

セシリアは不思議そうにつぶやいてから首を横に振る。

「忘れて。あたしも忘れるから。ただの偶然ってことで」

言いたくないのか、強引に話を打ち切ってしまう。おそらくセシリアは本当のことを言っている。ウソやごまかしならもっといい言い訳がある。それこそ「偶然通りかかった」でもいいはずだ。俺たちを助けてくれた冒険者について正体を隠さないといけない理由でもあるのだろうか。

「なんか仕返しみたいね。人気者は辛いわね」

話題を変えたということは、もうその件について話すつもりはないのだろう。俺も追及を諦め、そちらの話に乗っかる。

「ああいうアンチは願い下げだけどね」

追い払うのも一苦労だ。

「妹ちゃんは？　今日は一緒じゃないんだ」

「ビーなら『夜光蝶通り』の方。今日は二人まとめて、とか言ってた」

娼館が軒を連ねる歓楽街だ。数は少ないが、男娼を置いている店もある。

「ここのところ機嫌悪かったからね。あの子、そっちで解消しようとするから。手荒にしないといいんだけど」

個性的な嗜好の持ち主のようだ。ツラとイチモツだけの連中にはちょっち厳しいかもな。

そこでセシリアは挑発するように笑った。

「もしかして、女には性欲ないとか思っているクチ？」

「俺の商売、全否定だよ、それ」

男だろうと女だろうとあるものはある。そういう風に出来ている。それだけだ。

そうだったわね、とセシリアは天を仰ぐ。

「あたしとビーは最高の姉妹だけど、そっちの趣味だけは合わないから。それで一人で飲んでたんだけど、明日は朝早いからもう帰ろうと思ってね」

「何かあるの？」

「ビーのお迎え。明日、依頼人と会う約束なんだけどあの子、絶対に忘れているから」

『迷宮』に入れなくなって、冒険者は街の外に出て魔物退治や薬草採取といった野良仕事で糊(こ)口(こう)をしのいでいるが、『蛇の女王(メデューサ)』まで、とは。想像以上に懐(ふところ)具合が厳しいようだ。『迷宮』閉鎖がこたえているのか、リーダーの金遣いが荒いせいか。

「妹のお守りも大変だね」

「あの子が『蛇の女王(メデューサ)』のリーダーだもの」

「でも実際は君が仕切っている。だろ？」

冷静だし、頭も回る。妹のことになるといささか切れやすいようだけど。

救助隊でも作戦立案から方針、撤退の判断まで全部サブリーダーであるセシリアが仕切っていた。

ベアトリスといえば、魔法をぶっ放すばかりだ。アルウィンのように先陣切って導くカリスマとも違う。強いのは間違いない。陽気だし、勢いはあるから盛り上げ役にはうってつけだろうけど、リーダー向きかと問われたら疑わしい。

ベアトリスを旗頭にして、セシリアが実務を仕切る。以前の『戦女神の盾(イージス)』に近いパーティなのだろう。

「妹の手綱はきっちりつかんでおいた方がいい」

そこで俺は口をつぐんだ。セシリアが目の前に杖を突きつけていた。

言っておくけど、と不機嫌そうに目を光らせる。

「『蛇の女王』のリーダーはビーよ。間違いなくね」

「君じゃダメなのかい」

「あたしは内向きだから」

「どういうこと？」

そこでセシリアは自分たちの昔話を始めた。


セシリアとベアトリスは、とある辺境にある小さな村で農家の長女と次女として生まれた。

双子で顔立ちはそっくりだったが、中身は正反対だった。

セシリアの方が素直で真面目。優秀で勉強も走り回るのも全て上だった。反面、ベアトリスは学業も運動神経も平凡。落ち着きがなく、思いつきで行動する。思慮や忍耐に欠けていた。

「正直、子供の頃はビーのこと見下していたわ。同じ顔なのに、出来が違うって」

どちらも家族にも愛され、平凡で穏やかな生活だったが、彼女たちが八歳の時に状況が一変する。

村に、占い師が訪れたのだ。

村外れに住まうと、予知と称して飢饉や災いを察知し、たちまち村長ら村の有力者の信頼を集めた。

「その占い師が言ったのよ。ここ数年の水不足は、古い土地神の怒りだって」

神の怒りを鎮めるためには、毎年一人の子どもを『生贄』を捧げるしかない。その風習が生まれて四年目、占い師のお告げで選ばれたのがセシリアだった。

その頃にはセシリアの家族も占い師の信者になっていた。

「ママが泣きながら言うのよ。『村のためだから我慢して、愛しているわ』って。訳の分からない占い師の言うこと信じて、娘を死なせる母親のどこに愛があるのかしらね」

セシリアの言葉は皮肉っぽいが、母親に見捨てられた娘の嘆きと絶望が見て取れる。

「けど、あたしも親の言うことに逆らうなんて考えもしなくってね。死ぬしかないと夜中ベッドで泣いていたら、ビーがベッドに潜り込んできて言うのよ。『シシーを生贄にしたがる占い師も神様も絶対におかしい』って」

二人は協力して占い師の正体を探ることにした。

占い師の正体は隣の国から逃げて来たカルト宗教の幹部であり、生贄は全て人買いに売り渡されていたのだ。

姉妹の告発で占い師は正体を現して村から逃走したが、売り飛ばされた子どもの行方は分からず、誰ひとり帰ってこなかった。

　セシリアも生き残りはしたが代償も大きかった。家族との間に決定的な溝ができてしまった。結果的に、カルト宗教の信者に騙されて娘を売り飛ばそうとしたのだ。おまけに村長たちからも白い目で見られるようになった。お前が余計なことをしたばかりに、俺たちまであいつの仲間のように見られてしまう。どうしてくれる。

　誰も信じられなくなったセシリアは孤立した。

「で、そこでまたビーが提案したのよ。『村を出よう』って」

　いらないというのなら出ていってやればいい。ここだけが世界のすべてではない。前から世の中を見てみたかった。占い師退治に協力したことで、ベアトリスも肩身が狭くなっていた。

　二人は夜中に書き置きを残して村を出た。

「で、その後通りすがりの魔術師に弟子入りして、魔術を身に着け、今に至るってわけ」

「なるほどね」

　真っ先に声を上げて理想や夢を語り、仲間を引っ張っていく。確かにリーダーの資質と言えるだろう。

　セシリアにとって、妹は命の恩人であり生きる道を指し示してくれた勇者様ってわけね。

　けれど、理想だけではどうにもならない。食料や物資の補給に交渉、夢を実現させるためには退屈な現実も必要になる。

　そのための参謀役を姉が買って出ているわけか。うらやましいね。アルウィンのところは、色気に迷った童貞の聖騎士様だぞ。

「今度はあたしからいい？」

退屈な話を打ち切りたいかのような響きだった。

「あなた何者？　あたしが乗り込む前にも何人か死んでいたけど、あれは姫騎士様じゃないわよね」

「仲間割れだよ。誰が一番乗りするかケンカして最後には殺し合いさ」

「頭が潰されたり、首の骨をへし折られたり、どれもこれも普通の人間にはありえない力よ」

「あの中にオーガとオークのハーフがいたんだよ。ほら、豚っ鼻のやつ」

俺の理路整然とした反論にもセシリアは信じた風ではなかった。

「だいたい、そんな怪力があるのならヒモなんかやってないよ。普通に働くか冒険者でもやっている」

「それよ」

セシリアはそれが言いたかった、とばかりに杖で俺を指し示す。

「これからどうするつもり？」

「どうって？」

「気づいているでしょ。もうあの姫騎士様はダメよ」

あっさりとした口調だった。今さっきゴミを捨ててきた、とでも言うかのように。

「自分の身を守るどころか戦う意思すら持てないようじゃ冒険者失格ね。『迷宮病』だかなんだか知らないけれど、故郷に帰って静養した方が……って、もうないんだったわね」

小さく笑う。マクタロード王国は、今はもう魔物の巣窟だ。昔の俺とて、踏み込めば生きていられるかどうか。

「あの様子じゃ、冒険者以外でも稼ぐのも難しいでしょ。せいぜい体を売るくらいね」

ヒモってのは養ってくれる女がいてこそだ。今のアルウィンでは戦って金を稼ぐなど出来やしない。自然、食いっぱぐれる。

そこでセシリアが俺の顔を覗き込んできた。

「良かったら、あたしが養ってあげてもいいけど」

「遠慮しておくよ」

見捨てない、とさっきエイプリルとも約束したばかりだ。それがなくても見捨てる選択肢はない。

「ここで見捨てるくらいなら『迷宮』まで助けになんか行きやしないさ」

「あっそ」

どこまで本気だったのか、セシリアは満足気にうなずいた。

「あたしもコロコロご主人様を替えるようなのは、こっちから願い下げだからね」

そう言って立ち上がると階段を降りていく。

「それじゃ、あたしは失礼するわ」

そこでくるりと、振り返った。

「それではまた、次の出会いに」

扉が閉まった。

静まりかえった家の中で、がっくりと床に座り込みため息をつく。

今日は色々ありすぎて疲れた。一寝入りしたいところだが、やるべき事は残っている。アルウィンの部屋はボロボロだし、死体の始末もいる。それに新しい寝床も探す必要がある。ここに居続けるのは危険だ。またさっきみたいなアホどもが襲ってくる可能性も残っている。

夜が明けたらノエルたちのいる宿に避難しよう。

明日にでも掛け合ってみるか。アルウィンの様子を見ようと立ち上がりかけたとき、扉をノックする音がした。心臓が跳ね上がる。

これ以上、揉め事は勘弁してくれ、と思ったがこの叩き方には聞き覚えがある。俺は扉を開けた。

「お前、一体何やらかした？」

俺の顔を見るなりひげもじゃが上を指しながら腹立たしげに言った。

「どうして二階が黒焦げなんだ。火事でもやらかしたのか、おい」

旅姿のデズが怪訝そうに眉をひそめていた。

その夜の間に、俺とアルウィンはデズの家に避難した。デズの家がある『金鎚通り』は顔見知りで威勢のいい職人ばかりで、筋者が入り込めば目立つ。おまけに天下のデズさんもいる。デズの家は二階建ての三室。うち一部屋を貸してもらった。アルウィンをベッドに寝かせ、俺は床で眠った。

「そうか、大変だったな」

翌朝、一部始終を簡潔に話すと、デズは深々とうなずいた。アルウィンはまだ上の部屋で寝ている。奥方にはアルウィンに必要な小物や雑貨類の買い出しに行ってもらっている。息子殿は小さなベッドでまだ睡眠中だ。

「まあ、飲め」

年代ものの蒸留酒を差し出す。朝っぱらから高い酒を勧めるのは、こいつなりに同情しているからだ。デズとはそういう奴だ。

「それより、お前、一体どこに行っていた？」

こいつが仕事を休んで遠出とは穏やかではない。

俺の質問に、デズは見覚えのない剣を差し出した。

幅は細いが肉厚で、銀色の刀身に金色の装飾が入っている。翼の形をした鍔に赤い布を巻いた柄。布には奇妙な文様がびっしりと書いてある。

今の俺には振り回せるものではないが、業物のようだ。

「ナタリーの親父(おやじ)さんから譲ってもらった」

「ほう」自然と笑みがこみ上げる。

「あいつと会ったのか？　だったら誘ってくれりゃあ良かったのに。元気だったか？」

「会ってもねえし、元気も何もねえよ」

デズは寂しそうに言った。

「あいつはもう、墓の下だ」

その瞬間、剣の柄を握りしめた。

俺とデズは昔、冒険者をしていた。俺たちを含めた七人で『百万の刃(ミリオンズ・ブレイド)』なんて名前のパーティを組んでいた。全員七つ星まで達するくらいには強かったし、成果も上げていた。

その一人がナタリー。『暴風(テンペスト)』ナタリーだ。

短い黒髪に、黒い切れ長の瞳。寝たことはなかったけど、なかなかの美人だった。七人の中で一番若い、腕のいい剣士だった。大陸でも有数の剣士だったと思っている。

俺は背もたれに背を預け、天井を見上げる。

喉が異様に渇いたので、酒を飲み干してから聞いた。

「……『呪い』のせいか？」

「ああ」

俺やデズ同様、ナタリーもあの汚物食い太陽神の『呪い』を受けた。

ナタリーが奪われたのは、『利き腕』だ。左腕の握力がなくなり、剣どころか、コップ一つ持てなくなった。心血を注いで磨き上げてきた剣技を失い、失意の中、大陸の端にある故郷の村に帰った。その後は父親のところに身を寄せていると聞いていたが。

「自分の剣で喉をかっ切ったってよ」

魔物や悪党どもをばったばったと切り捨てて、最後に切り裂いたのが自分の首とは笑えない。

ナタリーの亡骸は父親が発見し、村の共同墓地に埋めたという。

あのゴミバエ太陽神のせいで、とうとう仲間まで失っちまった。いつかこうなるかという予想はしていたが、まさか真っ先にあいつが逝ってしまうとはな。クソッタレ。

ナタリーの父親とは一度会ったことがある。家具や調度品を作る職人だったので、デズと妙にウマが合っていた。デズがナタリーの死を知ったのも、父親からの手紙だった。

「それで遠出していたってわけか」

仲間の墓参りとあれば文句も言えない。間が悪かっただけだ。誘われたとしてもどのみち断っただろう。今回のことがなくてもアルウィンを放ってはおけない。

「けどこれ、あいつの剣じゃねえよな」

ナタリーの愛剣はもっと細かったし、こんな装飾は付いていなかった。予備の剣も何本か持っていたはずだが、あいつの好みではない。

「墓参りもあるが、目的はそいつだ」

と、俺からナタリーの剣をひったくる。代わりにテーブルの上に出したのは、手紙だ。

「あいつの親父(おやじ)からの手紙に書いてあった。『娘のコレクションの中に、見覚えのない剣があった』ってな」

手紙には、ご丁寧に絵まで書いてあった。

「それがどうかしたのか？　あいつは剣が好きだったから持っていても……」

見ろ、とデズは俺の言葉をさえぎり、剣の柄頭(つかがしら)を見せる。胸糞(くそ)の悪さがこみ上げてきた。そこに刻まれていたのは、牛糞(ぎゅうふん)太陽神の紋章だ。

「前にお前と話しただろう。『受難者(俺たち)』向きの武器があるって話。それだ」

なるほど、こいつがナタリー向けの『神器』ってわけか。どこで手に入れたかは父親も分からないらしい。剣の使えなくなったナタリーに剣の『神器』とはな。皮肉を通り越して敵意すら感じる。

「名前は『暁光剣(ドーンブレード)』。銘が彫ってあった」

「で、こいつはどう使うんだ？　呪文でも唱えたら飛んでいってイボ痔(じ)太陽神のケツの穴にぶっ刺さるのか？」

「見ろ」

デズが剣を握り、何事か唱える。上手(うま)く聞き取れなかったが、異国の言葉のようだった。次の瞬間、剣が鼓動のように跳ね上がったように見えた。手の甲に赤いものが動いた気がした。菱形の、赤い鱗のようなものが指の隙間や鍔元から湧きだし虫のようにデズの腕を這いずり回っている。

「おい！」

とっさに声を掛けると、デズは手を放した。剣が床に落ちた。赤い鱗のようなものは塵となって消え去った。

「何なんだ、今のは、おい。無事か？」

太い手を取り確かめる。ケガをした様子はない。

「触るんじゃねえ」

鬱陶しそうに払いのける。心配してやったのに。恩を仇で返すもじゃだ。

「別に痛みはねえ。ただ、ちょいと力を吸い取られたような感じだった」

持ち主の命を吸い取る代わりに、力を発揮するタイプの魔剣か。

「さっきの赤いのはなんだったんだ？」

「この手のゲテモノは好きじゃねえ」

デズは武器には詳しいが、魔剣とかマジックアイテムの類いは苦手なのだ。

「多分、剣の力に関わるんだろうが、うまく動かせねえ」

デズ向きじゃねえから、か。試しに俺もやってみたが、虫みたいに這い回るのが気持ち悪くてすぐに手を放してしまった。なるほど、こいつは確かに俺向きでもねえ。

「使い方も分からない魔剣か」

妙なものを残してくれたよ、あいつも。こんなもん、便所掃除のブラシ代わりにでもしておけばいいものを。

「あるいは太陽神の信者じゃねえとムリとか、か？」

デズが寝言をほざいた。止めようとしたら更に聞き捨てならない失言を放った。

「『太陽神はすべてを見ている（ソル・ニア・スペクタス）』か」

「止めろ！」

俺は叱りつけるように怒鳴った。何が悲しくて男の中の男から、クサレ外道への阿諛追従（あゆついしょう）を聞かなくちゃならねえんだ。

「お前がもじゃひげに埋もれたそのでかい口で言わなくちゃいけねえのは、麗（うるわ）しき奥方と愛すべき息子への感謝と愛情だよ。死ぬまでに一回でも一言でも多く『愛している』って言ってやることだ！」

「……」

デズはそっぽを向いて黙り込んだ。こいつ、想像して照れてやがる。子供まで作っておきながら何を今更。

「そんなんだと、奥方と息子に愛想（あいそ）尽かされちまうぞ。今のうちに飽きるほど言っておけ。別にひげも口も減りゃしねえよ」

「うるせえよ！」

デズが拳を振り回したが、事前に距離を取っていたので空振りに終わった。

「お前の方こそどうなんだよ」

デズがふてくされたようにイスに座り直す。

「姫さんのこと、これからどうするつもりだ？」

デズのせいで脇道にそれたが、ようやく本題に入れる。

現状を整理する。

『スタンピード』とあの『伝道師』のせいで『戦女神の盾』は六人中三人が死亡。

アルウィンも重傷を負ったがかろうじて生き残った。だが代わりに『迷宮病』は悪化し、戦いどころか日常生活もままならない。『迷宮病』に特効薬はなく、治す方法は見つかっていない。一時しのぎで『解放』入りのあめ玉を食べさせてもムリだった。かといって多量に与えれば確実に死を招く。おまけに醜態をさらした、と冒険者ギルドでの評判もがた落ち。生き残ったラルフもノエルも自分の失敗に落ち込むばかりで、我らが姫を支える使命すら果たせずにいる。

挙げ句の果てに昨夜は頭のおかしなチンピラどもが大挙して押し寄せ、危うく命を落とすところだった。仲間も名誉も誇りも戦う気力も失い、かろうじて生きているだけ。

これが『深紅の姫騎士』様の現状だ。

お先真っ暗といったところだろう。じり貧と言ってもいい。

「あのニコラスとかいう薬師にでも診せるのか？」

「いや」

真っ先に頼み込んで断られた相手にもう一度お願いしたところでムリに決まっている。そもそもあの先生が開発しているのは、『解放(リリース)』の解毒(げどく)薬であって、『迷宮病』の治療薬ではない。

「ちょっち旅に出ることにした」

どうすればアルウィンを助けられるか。足りない頭でずっと考え続けていた。俺だけで行こうとも考えたが、今回のことではっきりした。やっぱり彼女は置いていけない。

危険ではあるが、連れて行くしかなさそうだ。

「どこに行くつもりだ？」

返事の代わりに、ありがたい教えの書いた本を放り投げた。必要な道具や着替えのほかに、これもついでに持ってきた。

デズは表紙を読みながら太い眉毛をひくつかせる。

「こいつは？」

パーシー・モルトハウスの詩集を眺めながら不機嫌そうに聞いてきた。デズは俺と一緒で本なんか読まない。

「先人に倣うことにした」

奇跡にすがるなんぞ柄ではないが、もうこれくらいしか思いつかない。

「少しばかり遠出になるんでな。お前さんにも付いてきて欲しい」

「どこに行くつもりだ？」

デズが同じ質問を繰り返す。

「彼女の故郷だよ」

俺は言った。

「マクタロード王国。その王宮だ」

第四章　一時中断

デズは顔をしかめる。怒りたいのか呆れているのか、本人にも分からないのだろう。

「お前、正気か？」

「知っているクセに」

俺の頭がイカレているなんぞ、先刻承知のはずだ。

「何のために？」

「もちろん、アルウィンのためだよ。この街じゃあ、落ち着いて静養なんかムリだからな。どうせなら故郷の方が落ち着くかと思ってね。ちょうどいい機会だ。一緒にバカンスとしゃれこもうぜ」

「本音を言いやがれ！」

デズがテーブルを叩いた。

「そんな理由でお前が、今の姫さんを危険にさらすわけねえだろうが！」

「……」

「言え。マクタロードに何がある？　何をするつもりだ」

やはりデズはごまかせないか。長い付き合いだからな。ラルフなら絶対騙(だま)されてくれるのに。

「言ったとおりだよ。アルウィンの治療のためだ」

俺はため息をついて言った。

「ちょっち特効薬でも取ってこようかと思っただけだよ」

「特効薬？」

「アルウィンの忘れ物だよ」

今のアルウィンは色々なものを見失っている。『迷宮』攻略を続けるにしろ諦めるにしろ、復活には彼女の戦う動機(オリジン)が必要だ。以前、俺に語って聞かせてくれた、『強くなりたい』という願いを支え続けてきた、その思いが。

「王宮の庭に『キャメロンの大樹』とかいうでかい樹(き)があって、そいつが彼女のお気に入りらしい。子供の頃から拝んでたってよ。そこが旅の終着点だ」

さすがに引っこ抜くのはムリだが、出来ればついでに枝の一本でも持って帰りたい。

デズが信じられないって顔をする。こいつの驚く顔を見るのは楽しくって仕方がない。

「そいつがあれば、姫さんは治るのか？」

「さあな」

まっとうな治療法では何年かかるかも分からない。だからまともではない方法を試す。ゼロか百かの賭けだ。それに『迷宮病』も不治の病というわけではない。ふとしたきっかけで快方に向かうこともある。そのきっかけにでもなればいい。

「それがダメでもまあ、励ましくらいにはなるかと思ってね」

魔物に蹂躙され、ずたぼろになってもなお力強く大地に根を張って生き残っている証を見せれば、何かが変わるかもしれない。

「マクタロードの王宮っていやあ、一番魔物がうようよいる所だろうが。そんなところで樹が今も無事だと思うのか？」

「分からん」

魔物のど真ん中に何年も放置されているのだ。なぎ倒されるか、かじり倒されるか、毒の体液で枯れるか。いずれにせよ、まともな形では残っていないだろう。根っこが残っているだけでも奇跡ってところか。

「そこらへんの枝拾って……ってわけにはいかねえか」

「そりゃそうだ」

子供の頃から見続けてきたアルウィンの目をごまかせるとは思えない。そもそも俺は『キャメロンの大樹』がどんな樹かも知らないのだから。

「今の姫さんが、そこまで行けると思っているのか？」

「だから俺一人で行く」

マクタロード王国を語るとき、滅亡だの崩壊だの全滅だのという言葉がよく使われるし、俺自身そういう使い方をしてきた。けれどノエルの話では、マクタロード王国で壊滅したのはあくまで王都や主要都市、そして王家といった政治体制に過ぎないという。国境付近では蹂躙や破壊を免れた土地や村がいくつも残っており、そこでは今も村人たちが細々と暮らしている。けれど、以前よりは魔物の数も多い上に、ほかの集落との交流も寸断されている。

崩壊後のノエルの役目は、そうした村々をめぐり、隣国への脱出や生活物資などの支援、あるいは魔物を始末し、魔物よけの香草を植えて、住民の安全を守ることだという。国も王家も騎士団も瓦解してなお、民のために尽力するなど、騎士の鑑だ。

ノエルが巡回していた集落の一つにユーリアという山間の村がある。王都まで半日もかからないという。そこまで連れて行く。他人任せで何日も放置するのは色々と危険すぎる。

「マクタロードまで何ヶ月かかると思っている?」

ここから亡霊荒野を渡り、険しい山々をいくつも越えなくてはならない。健脚のノエルならいざ知らず、今のアルウィンにはとうてい耐えられないだろう。

「だからドワーフのお前さんに頼んでいる。今度もそれを通って帰ってきたんだろ」

デズはそこではっと目を見開いた。

「まさか、『大竜洞』を使わせろって言うつもりか?」

「ご明察」

ドワーフってのは地下に穴を掘って住む種族だ。地面の下にはこいつらの掘ったトンネルが大陸のあちこちに伸びている。当然、人間の作った国境なんぞ関係なしだ。そのトンネルをドワーフたちは『大竜洞』と呼んでいる。だが、何百年も昔、どこかの国の王様がそいつを自分のものにしようとしてドワーフの集落に攻め込んだという。

人間に利用されることを嫌ったドワーフたちは自らの手で『大竜洞』を破壊し、すべて使えなくした、ということになっている。だが、壊したのはほんの一部で、いくつかのルートはまだ大陸中に伸びている。使えるのは集落の長や許可を得た特別なドワーフだけ、だそうだが。

「どうしてお前がそいつを知っている」

「お前さんは同族を買いかぶりすぎだ」

デズのような筋の通った男ばかりではない。頑固一徹に見えてドワーフにも口の軽い奴だっている。酒飲ませておだてたらベラベラ喋ってくれた。その中にはデズの昔話もある。

「当然、お前なら使えるよな？　救国の英雄なんだからよ」

その昔、デズの故郷である自治区に巨大なアリが大量発生したらしい。人間ほどの大きさもあるアリどもが何千何万と押し寄せた。さしものドワーフたちも苦戦を強いられた、地上へ逃げるにしても出口も塞がれ、あわや全滅かというところで一人のドワーフが立ち上がった。

地味で無口で目立たない存在だったそいつは手製の武具と鎧で単身、巨大アリの大群に向かっていった。そして七日七晩の激戦の末、女王アリを含めた巨大アリどもを全滅させた。小細工も何もない。単純に強かった、それだけだ。

デズはその功績で英雄と呼ばれ、あれこれ褒美を与えられた。『大竜洞』の使用権もその一つだ。自治区の頭の娘を嫁にもらって、次期区長なんて話もあったそうだが、細工職人になりたかったデズはその地位を捨て、人間の世界にやってきた。で、なんやかんやあって『百万の刃』に加わった。そして今に至る。

「話を戻すが、『大竜洞』の一部がマクタロード王国の国境沿いまで延びているそうじゃねえか。そいつを使えば三、四日。そこに行くまでの旅程も含めれば十日前後ってところか。だろ？」

「人間のお前に使わせろってのか？」

「ああ」

過去の歴史から人間は原則、使用不可だ。けれど、あくまで原則であって、ドワーフの手下ということで前例もあるらしい。こいつの手下など御免被りたいのだが、アルウィンのためだ。涙をのんで尻尾を振ろうじゃねえか。

「地上と違って明かりも少ない。『迷宮』よりも暗い道を何日も進まないといけねえんだぞ。今の姫さんに耐えられるのか？」

「そっちは俺が何とかするよ」

「王国に出てからはどうする？　地上は魔物の巣窟だぞ」

「ちょうどいい道案内がいるじゃねえか」

つい最近まで王国中を駆けずり回っていたレディがよ。

「夜中や日陰で魔物に出くわせば終わりだ。今のお前なら一瞬でおしゃかになっちまう」

「だろうな」

「勝算は？」

「五分五分だな」

無事に残っているかどうか、だからな。二つに一つだ。

「話にならねぇな」

デズは鼻で笑った。

「バカだバカだと思っていたが、今回のはとびっきりだな。正気の沙汰じゃねぇ」

「知っているクセに」

まともだったらとっくの昔に墓の下だ。

「それでも行くんだな？」

「まあね」

アルウィンと出会って以来、色々厄介事に首を突っ込む羽目になったが、デズの言うとおり今回のはとびっきりだ。さすがの俺も自信がない。死ぬ可能性の方が高いだろう。けれど、それだけだ。死ぬつもりはないが、死んで惜しい命でもない。

もし命ってのに使いどころがあるのなら、今がそうだ。

女のために命張るなんざ、男冥利に尽きるってもんだ。

デズはため息をついた。

「姫さんも厄介な男に目を付けられちまったな」

「向こうが目を付けてきたんだよ。『お前を、私のヒモにしたい』って」

「ぬかせ」

本当なのに。

「出発はいつだ」

デズはぶっきらぼうに言った。

「まさか今すぐとか言わねえよな」

顔がにやけるのをこらえながら少し考える。

「明後日ってところだな。俺も色々準備あるから」

「そうか」

「悪いな、デズ」

せっかく帰ってきたばかりなのに、また遠出に付き合わせちまう。

デズは俺をじろりと見てつまらなそうに言った。

「ここぞという時に引き当てるんだろ、お前はよ」

「モチ」

俺はうなずいた。

「お前はいい奴だよ。感謝している。友達で良かったよ」

「気色悪いな」

デズが盛大に顔をしかめた。

「いや、本心さ。俺が女だったら奥方からお前さんを寝取っているところだ」

ぶん殴られた。

「そもそもよ」

と、俺ごとひっくり返ったイスを元に戻していると、デズがぽつりと言った。

「姫さんを連れて行く必要はねえだろ。不安だったら、ギルドマスターに預かってもらえばいいじゃねえか」

「あのじいさまは信用できん。あれは外道だ」

いざとなればアルウィンを人身御供にするくらいは平気でやる。

「そんなことは……」

「分かるさ」

俺は言った。

「あのじいさまは、俺の同類だ」

その後はデズと旅の打ち合わせだ。北の山脈に『大竜洞』の入り口があるらしい。詳しい場所は教えられないので行ってからの話になる。その辺りは信頼して任せるしかない。

あとは旅の準備だ。デズには馬車やら荷物・食料などの物資を用意してもらう。その辺りは任せておけば安心だ。こうやっていると昔に戻ったようで嬉しくなる。このままデズと二人、冒険の旅に出掛けられたらさぞ楽しいだろう。

けれど現実は厳しい。デズは女房子持ちで、俺は暗がりではゴブリン以下になる。おまけに金もないので物資の購入費もデズに出してもらう始末だ。

嘆いたところで現状は変わらない。俺は俺の仕事をするだけだ。デズに頼ってばかりではまた殴られるので、俺の方でも必要な道具や物資を調達しておく。ツテはある。


「なに？　ヒモさん、里帰りするの？」

「俺のじゃないよ。アルウィンの故郷にね」

訪ねたのは、冒険者ギルトの鑑定部屋だ。ここには鑑定士であるグロリア・ビショップがいる。鑑定士三人の共用だが、今はグロリア一人だ。自宅に行っても良かったのだが、以前一悶着を起こしたのでこちらの方にした。

「聞いてる。病気だってね。お大事に」

グロリアは横を向き、ヤスリで右手の爪を手入れしながら言った。

「それで？　どうしてわたしが姫騎士さんの里帰りに協力しないといけないの？　ロクに話し

たこともないのに」

「世間の義理ってやつだよ。不憫（ふびん）とは思わないか？」

「全然」

グロリアは自分の指に息を吹きかける。それからためつすがめつ見て、爪の出来映えに満足げにうなずく。

「それに、いつかこうなると思ってたのよね。だってあの姫騎士さん、ニセモノだから」

「どういう意味だ？」

立ち上がりかけたところで、グロリアはヤスリごと手を振る。

「別に影武者だとか、王家の血筋じゃないとか、そういう意味じゃないの。なんていうか、人間的な話？」

「アホの俺にも分かるように説明してくれ」

「要するに、ここの問題」

と、グロリアは自分の胸を指し示す。

「確かに姫騎士さんは剣も使えるし、美人だし、話し方も堂々としている。頭も悪くなさそうだし、お姫様としても騎士としても一流なんだと思う。でもどこかでムリをしている。信念か、勇気か、戦う動機か、何かが自分のものになっていない。だからどこかいびつだし、脆（もろ）い。たとえるなら、名人が作った精巧な模造品（レプリカ）って感じ？」

「……」

独特の表現ではあるが、アルウィン評については的を射ている。大勢の期待を背負い、頼れる者もなく、『迷宮病』になって、『クスリ』にすがりながらなお戦い続けている。世間の期待と、本人の資質との差が、今も彼女を追い詰めている。

「言っておくけど、バカにはしてない。むしろ褒めているの。並の努力や意思じゃあ務まらないもの。ニセモノが本物らしく振る舞うには、ね」

贋作収集家らしい意見だ。

「そういう君はどうなんだい？」

「わたしはもちろん、本物。本物のグロリア・ビショップ」

グロリアは確固たる自分を持っている。美人だとか強いからではない。因果な業を持ち、左腕を切り落とされて義手になってもそれがグロリア・ビショップなのだと開き直っている。単純なのだろう。アルウィンにもこの開き直りがあれば、『クスリ』になど頼らなかったはずだ。けれど、アルウィンとグロリアでは境遇や抱えているものが違いすぎる。大勢の命を背負った人間と、自分一人の生き死にだけ考えればいい人間では、比較にもならない。

「今日は君の朗読会を聞きに来たわけじゃない」

俺は言った。

「こういう言い方はしたかないが、君は俺に借りがあるはずだ」

「ないわよ」

「一晩一緒に過ごすって約束は？　まだ果たしてもらってない」

「ゴメン、聞こえなかった。最近耳が遠くって。今のセリフ、もう一度言ってくれる？　出来れば姫騎士さんの前で」

「お安いご用だ。君がじいさまのメンツを潰した件に比べれば、俺がぶん殴られるくらいは蚊に刺されたようなものだからね」

ギルドマスターのじいさまなら笑顔で残った右腕をもぎ取るだろう。

グロリアはうんざりって感じで首を曲げる。

「わたし、我慢比べって好きじゃないの」

正面を向き、鑑定部屋の硝子越しにヤスリを俺に突きつける。

「目的は何？　言っておくけど、本当にお金はないわよ」

「金じゃない。君の名前で手に入れてほしいものがある」

「わたしにギルドの備品を盗み出せって？　それとも鑑定品の横流し？」

「違うよ。君は鑑定士だからあちこちの商会ともつながりがあるだろ。そこで手に入れてほしいものがある」

「もしかして『クスリ』？　だったら専門外よ」

「魔除け菊の粉と、黒藻塩だ。ありったけと言いたいところだが、最低一袋ずつでいい」

グロリアは間の抜けた声を上げた。

魔除け菊はその名の通り、魔除けの香草だ。火を付けると魔物の嫌がる臭いを出すので、夜営の時には重宝する。黒藻塩は名前どおり、真っ黒な塩だ。料理にも使われるが、見た目が悪くなるので歯磨き粉に使われる事が多い。どちらも『灰色の隣人』ではほとんど流通していない。在庫のある店は高級店か非合法の二択なので俺など金があっても門前払いだ。

「なんでまたそんなものを？」

グロリアがいぶかしむのは当然だ。魔物よけの香草にしろ、塩にしろ、ほかの種類ならすぐ手に入る。どちらも良質ではあるが、貸し借りをチャラにしてまで注文する程でもない。普通の使い方ならば。使い方自体は隠す必要もないのだが、グロリアには少々伝えにくい。いささか気が引ける。

「俺はこだわりのある男なんだよ」

本来なら使う機会などないのが一番だが、旅の危険度を考えたら用意しておくべきだろう。一晩の夢が消えるのは惜しいが、デズも手持ちがないというから仕方がない。

「頼むよ。なんなら一筆書いてもいい」

「……分かった」

理由は分からないが、これ以上貸し借りでもめるのはゴメンだ。グロリアの顔にそう書いてある。

「ありそうな店に心当たりあるから、仕事終わったら声かけてみる」

「恩に着るよ」

それから受け渡しの打ち合わせをして帰ろうとしたところでふと気になった。

「さっきの真贋(しんがん)だけどさ。君の目から見て、俺ってどうなの？　本物？　ニセモノ？」

「分からないんだよねえ」

参った、と言いたげに首をかしげる。

「ニセモノっぽいんだけど、本物っぽくもある。なんていうか、本物のお宝をムリヤリ泥で塗り固めたって感じ？　ニセモノを装(よそお)った本物ってところかな」

おやまあ。よく見ていらっしゃることで。

「ヒモさんは自分のことどう思う？」

「もちろん、本物だよ」

俺は言った。

「正真正銘、本物のヒモだ」

準備は一通り整った。あとは説得だ。

俺が帰国を提案すると、アルウィンはまるでこの世の終わりのような顔をした。

「イヤだ。帰りたくない！」

子供のように身もだえしながら首を振る。自分の冒険が失敗したと、死刑宣告のように受け取ったのだろう。興奮気味の背中を撫でさすりながらつとめて優しい声音でなだめる。

「しばらくの間だよ。この前みたいにクソどもがなだれ込んできたら落ち着いて休めないからね。良くなったらまたこの街に戻ってくればいい」

旅には護衛としてデズとノエルが同行すること、秘密のルートを使えば短時間で行き来が可能だということを説明する。

「今は休憩の時だよ。ムリを重ねたところで上手くいきっこない。遠回りに見えてもこれが最短だし最善なんだ」

「私が、街の外に出られるわけが……」

首の後ろに手を回す。彼女の首筋には黒い斑点がある。『解放』にすがりついた代償だ。見る者が見れば、中毒者だと一発で分かる。この街も『クスリ』の使用は違法だし、門番をしている衛兵ならば一目でそれと見抜く。

「そんなもん、湿布でも貼っておけばいい。ケガしたとか言えば勝手に納得するさ」

金でも握らせれば簡単に通してくれるだろうが、それは後ろめたいことがありますと宣言するようなものだ。『青犬横町』のトビーじいさんに頼めば、検問を通らずに街を出るのも可能だが、戻ってくる時が面倒になる。

「しかし……」

アルウィンは迷っている。『迷宮病』を悪化させ、闘志も失い、今も苦しんでいるというのにまだ王国再興を諦めていない。諦められないのだろう。

「君だってここに来てから一度も帰ってないいんだろう？　ここらで一つ、故郷の様子を自分の目で確認しておいた方がいいいんじゃないかな。今後もためにもさ」

今回の帰国はあくまで一時的なものだと重ねて強調する。そうでも言わないとアルウィンは納得しない。俺自身、そうするために動いている。

「……分かった」

長い沈黙の後、アルウィンは渋々という感じで承諾した。

「意地を張ってここに残っても、迷惑を掛けるだけだからな」

この前の襲撃を思い出したのだろう。また顔がこわばる。

「迷惑だなんて思ってないさ。とにかく今は休むといい。向こうでの宿泊先もノエルに任せておけばいい」

正確には今からお願いするのだが、まあ彼女ならイヤとは言うまい。

「マシュー」

ベッドに寝転がると、アルウィンは手を伸ばした。

「ああ」

俺はその手をつかみ、ぎゅっと握った。

先日の襲撃以来、アルウィンは俺から離れたがらなくなった。何かにつけて俺の姿を探す。まるで親鳥に付いてくるひな鳥だ。寝るときもこうして手を握っていてやらないと、眠れないのだという。

信頼されているのは嬉しいが、一方的な依存は俺の望むところではない。不安だからすがりついているだけだろう。もう彼女は自分の足で立てる大人の女性だ。正しい関係とは言えまい。何より俺はヒモであって、子守でもベビーシッターでもないからな。

甘えてすがりついておねだりするは俺の役目だ。

それから俺は『五羊亭』にあるノエルの部屋に向かった。問題は『大竜洞』を抜けた後だ。デズの話と地図を勘案した結果、出口から王都まで最短でも半日はかかる。その間には当然、凶悪な魔物がうようよいるはずだ。まともに戦っていたらまず辿り着けないだろう。

ノエルには王都までの道案内を頼みたい。可能であれば王宮近くまで。

さすがにそこまで行く理由が休養というわけにいかないので、アルウィンのために一度、王宮の様子を見に行きたいと説明した。

「『キャメロンの大樹』だっけ？　あれをアルウィンが気に掛けてきたのを思い出してね。一度見ておきたいんだ。できれば枝の一本でも持って帰りたい」

「……ムチャです」

「百も承知だよ」

反対されるのは分かりきっている。断られてからが交渉の始まりだ。

「君にそこまで付き合えなんて言わないさ。ただ道案内さえしてくれたらそれでいい」

「……わたしにはムリです」

ノエルは首を振った。俺はため息をついた。

「アルウィンを守りきれなかったからかい？」

こくん、とうなずく。

「肝心なところで守りきれず、危うく姫は命を落とすところでした。本来なら、わたしが身代わりにならねばならなかったのに」

案の定、先日の失敗をまだ引きずっていた。これだから若いのは。

「わたしには出来ません。……ナイトレイ卿のようには」

「誰、それ？」

「姫の護衛としてこの街に来て、『迷宮』で命を落としたと」

「ああ」

リントヴルムに食われて死んじまった奴ね。名前は確か、ジャネットだったかな。アルウィンの心の傷になっているから、とあまり詳しくは聞いていない。卿、というからには貴族か。

「強かったの？」

「直接お見かけしたことはありませんが、姫とも互角の腕前だったと」

「その穴埋めに君が選ばれたんだろう？　君の実力なら……」

「違います」

ノエルの顔は蒼白になっていた。まるで罪が暴かれたように。

「わたしは、元々ここに来る人間ではなかったのです」

元々補充要員として選ばれたのは、別の人間だったという。マクタロード王国の騎士団の生き残りで、腕も立った。若いし体力もある。戦力になるのは間違いなかった。ところが直前になって手紙だけ残して逃走したのだという。手紙には、別の国への仕官が決まったために、『迷宮』攻略などという夢物語には付き合えない、と暗にアルウィンを非難するような文言まで書かれていたらしい。

「そこで困り果てた伯父様が代わりに君をよこした、と」

マクタロード王国が壊滅し、多くの騎士や兵士は命を落とした。生き残った連中も最初は敵討ちや王国再興に燃えていたが、時間が経って頭が冷えると身の回りの生活が見えてくる。人はどうしたって腹が減る。着るものや住む場所も必要だ。食料を手に入れるには金がいる。家族がいればそいつらだって養わないといけない。生活に追われている間に理想は歯車のようにすり減り、残るのはその残骸だけ。

現実は、良くも悪くも人の意思を簡単にへし折る。

「君が代理だったってのは、理解したよ。なら、あの連中の代理はいつ来るんだ？　もう伯父様へは連絡はしてあるんだろ？」

たとえアルウィンが復活しても三人だけでは『迷宮』攻略は厳しい。最低あと二、三人は欲しい。王国騎士団の生き残りならまだほかにもいるはずだ。

「来ません」

「え？」

「わたしで最後です。……わたしが最後の戦士だそうです。伯父様からここに来る前にそう言われました」

死んだ者もいたが、あとの連中は全員拒否したらしい。生活のために他国へ仕官した者、傭兵となってよそへ流れていった者、剣を捨てて、農民や商人に転職したのもいるという。

「伯父様のつてを使って方々に声を掛けたそうですが、もう『迷宮』攻略に参加してくれるような御仁はいないそうです」

そもそも騎士様は戦で功を上げるのが商売であって、暗い『迷宮』は専門外だ。戦う人間自体はいるそうだが、勝手の違う『迷宮』に二の足を踏むのもムリもない。

「それってアルウィンは知っていたのか？」

「伯父様からはそう聞いています」

そういえば、ノエルが来たときにアルウィンが微妙な顔をしていたな。あれはそういうことか。ノエルは切り札であり、最後通牒でもあったわけだ。もう戦士の補充はできません、と。

「八方塞がりだな」

俺は天を仰いだ。

「まあそれは、おいおい考えればいいさ」

補充がムリならば自分たちで勧誘するだけだ。アルウィンさえ復活すれば、パーティに入りたがる奴も出てくるだろう。ラルフを追い出してもっと凄腕の冒険者を入れればいい。

「まずはアルウィンの方からだ。繰り返すが、君の道案内が必要だ。来てくれ」

昔と今とでは魔物の大軍が暴れ回ったせいで地形も変わっているはずだし、通れない道もあるだろう。その点、ノエルはマクタロード王国壊滅後も国中を回っていた。ある意味、今の王国を一番よく知っている。

「ですから、わたしには出来ませんと……」

「手足も動けば、命を落としたわけでもない。ただ、でかい失敗をやらかして落ち込んでいるだけだ。だろ？」

「あなたに何が……」

俺はノエルの肩に手を置いた。

「君がそんなに脳天気でのんびり屋だとは知らなかったよ。ここで膝抱えて泣いていればアルウィンの容態は良くなるのかい？」

「それは……」

気まずそうに顔を背ける。ノエルとて百も承知のはずだ。今必要なのは、現実逃避でも罪悪感への慰撫でもない。アルウィンを元に戻すことだ。

「『わたしは姫のためにここに来た』だっけ？　あれはウソだったのかな。格好いいこと言おうとして適当に忠義者っぽいこと言ってみただけだったりする？」

「違います！　わたしは……」

「罰が欲しいのなら言ってくれ。好きなだけやってあげるよ」

それで気が済むのならお安いご用だ。お望み通り、お尻ペンペンでもビンタでもムチ打ちでも何でもやってやるさ。

「いくらでもね」

ノエルがぞくりと体を震わせた。顔から血の気が失せている。俺の本気を察したようだ。

「泣き言を言う暇があるのなら手を動かしてくれ。足を動かしてくれ。君は生きている。ほかにもっといい方法があるというのなら、考慮してもいいけどね。何より、俺の言っていることが分からないような奇人変人でもないはずだ。そうだろ？」

「……」

「それに、君は王国が魔物に踏みつけられてボロボロになっても民のために戦ってきた。まさに騎士の鑑だ。誰に恥じることもない。君にしか出来ないこともある。その力を貸して欲しい」

返事は沈黙だった。ムリヤリ連れて行くという方法が採れない以上、ノエルの忠誠心に訴えるしかない。

「出発は明後日だ。日の出前に、北の門の前だ」

一方的に予定を言い残す。

「君が代理だというのならその使命を全うすべきだろう。それが今だ。それじゃあな」

別れを言って部屋を出たところで肝心なことを思い出した。

「今の話、アルウィンには内緒で頼むよ。心配させちゃうからね。それじゃ」

手を振って今度こそ部屋を後にした。

階段を降りながらつい舌打ちが出る。どいつもこいつも。頭抱えて悩んでいれば誰かが解決してくれるとでも思っているのか。誰も何にもしてくれやしねえってのに。世の中甘くねえぞ。

……ああ、そうさ。世の中、何でもかんでも動ける奴ばかりじゃねえってことくらい、百も承知だ。動きたくても動けずにいる奴だっている。だからこそ、俺が今、足りない頭使って、非力になっちまった手足を動かして、あちこち駆けずり回っている。

「どうしたの？　機嫌悪そうじゃない」

上から声がした。振り返れば、階段の上から顔を覗かせたのは、いつぞや詩集を拾ってくれた女だ。名前は確か、フィオナだったか。

「君もここの宿に泊まっていたのか」

「もう天井の染みの数まで覚えている」

かなりの長逗留だな。

「もしかして」

ここで出会ったのも何かの縁だろう。ついでに気になっていたことを尋ねてみる。

「セシリア……マレット姉妹のお姉ちゃんに助けを求めたのは君か？」

金髪の若い女なんていくらでもいるが、先日のやりとりのせいだろう。真っ先に思いついたのがフィオナだった。

「そうだよ」

彼女は深々とうなずいた。

「アルウィン……様の窮地ってのは、分かったんだけどね、アタシじゃあどうにもならないと思ったから。たまたま近くを通りかかったあの人に応援を頼んだ」

「いや、ありがとう。助かったよ。改めて礼を言うよ」

冒険者の男五人に加えてレジーのような筋者までいたのだ。冒険者とはいえ女一人では荷が重かろう。正しい判断だ。

「君のお陰で最悪の事態を免れた。今度、酒でもおごるよ」

「そのうちにね」

ナンバと思われたのか、フィオナの対応は素っ気ない。ちゃんとしたお礼のつもりなんだけどな。あわよくばって気持ちはない、はずだ、多分。

「君の仲間は？」

そこでフィオナはため息をつくと、投げやりな口調で言った。

「今は自由行動を満喫中。そのうちイヤでも合流することになるけど」

パーティ内の人間関係がうまくいってないのだろう。『千年白夜(せんねんびゃくや)』が再び開放されるまで一時解散、といったところか。よくある話だ。冒険者にとってパーティの結束は重要だが、不和も起こりやすい。意見や方針の食い違いから、分け前の配分に金銭トラブル、男女混合のパーティだと恋愛関係もつきまとう。その上、我の強い連中ばかりだから、弱気な態度を見せればここぞとばかりにつけあがる。だからこそ冒険者パーティではしばしば強いリーダーが求められる。『蛇の女王(メデューサ)』や『戦女神の盾(イージス)』のように。

それより、とフィオナは人目をはばかるように声を潜める。

「さっき、あの子と話しているのを聞いちゃったんだけど、アルウィン様がこの街を出て行くって本当？」

「秘密にしておいてくれ」

もちろん街を出れば自然とウワサは広まるだろうが、その前から騒ぎ立てられたくない。

「ちょっち静養にね。まあ早ければ一ヶ月くらいで……」

「戻らないで」

懇願のような響きに俺は面食らってしまった。

「『星命結晶(せいめいけっしょう)』とか王国再興とか、どうでもいいじゃない。これ以上戦って何になるの。また傷つくだけだって。今度こそ命を落とすかもしれないのに……」

「そうだな」

フィオナの言っていることは正しい。命が助かっただけでも奇跡だ。実際、ニコラスがいなければ死んでいただろう。

「でも、それを決めるのはアルウィン本人だ」

もし、気持ちが落ち着いて『迷宮』攻略を諦めるというのならそれはそれで構わない。むしろ俺としては願ったり叶(かな)ったりだ。もう二度と『迷宮』から戻ってこないのでは、と身を案じる必要もなくなる。どこか安全な街で暮らすのも悪くない。

けど、それはあくまで俺の希望であって、彼女の望みとは違う。けれど今、アルウィンは心の平静を失っている。今の状態で判断すれば、後々後悔する羽目になる。進むも退くも考え抜いた末で判断するべきだ。

「忠告は感謝するよ。本人にも伝えておく。けど、最終的には彼女自身の判断に委ねようと思っている。ほら、あの子ワガママで人の言うことなんか聞きやしないからさ」

そうだね、とフィオナが苦笑する。

「余計なこと言ったね。アタシの方こそゴメン。誰にもしゃべらないから」

「頼むよ」

「アルウィンのこと、お願いね」

「もちろん」


いよいよ出発の前夜。俺は先生ことニコラスの元を訪れた。

「そうか、行くのか」

「しばらく留守にするが、待っていてくれ。こいつはその間の資金だ」

金貨の入った袋をテーブルに置く。『解放（リリース）』の解毒（げどく）剤を作るには何かと物入りだからな。

「お姉ちゃんの店に行くのは構わないが、毎日は勘弁してくれ。なるべく安いところで頼む」

「……これほど無用の忠告を受けたのは久しぶりだよ」

ニコラスは苦笑しながら金を受け取る。

「留守中に『迷宮』や例の『伝道師』の動きも探っておくよ」

「頼む」

なるべく早めに戻ってきたいが、これぱかりは保証が出来ない。

「ところで、アルウィンさんの件だが」

　ニコラスはためらいがちに切り出した。俺は自分の眉が跳ね上がるのを感じた。

「治療の時にその、ワタシの体の一部差し出したわけだが、その時に気づいたんだが、もしかして、彼女は……」

「なあ、先生」

　話の流れをぶった切って俺は言った。

「アンタには感謝しているよ。アンタがいなかったらアルウィンは死んでいた。俺は普段『減らず口(ワイズクラック)』なんて言われるくらい、適当でアホなことばかり言っているが、こればかりは本気だ。恩に着る。改めて礼を言うよ。ありがとう」

「……」

　深々と頭を下げたが、返事はなかった。

「俺たちは言ってみれば同志だ。あのイカレポンチ太陽神をぶっ倒すって目的がある。俺も及ばずながら力になる。これからも先生の力を借りる事態も起こると思う。その時には迷惑掛けちまうかも知れねえ。けど、逆に先生の困った事態には俺も全力で手助けするつもりだ。気軽に言ってくれ。遠慮はいらねえ」

「……いや、そうか」

　ニコラスは絞り出すように言った。

「ワタシの勘違いだった。こちらこそ、君には助けてもらった。こうして住居や金銭まで世話をしてもらっている。これからもよろしく頼むよ」

「ああ」

お互い笑顔で握手をする。

ニコラスの顔がわずかに引きつっているように見えたが、それこそ勘違いのはずだ。


それから二言三言話してから外に出る。深々とため息が出た。

「勘弁してくれよ」

関係ないことに首突っ込んでくるんじゃねぇよ。『解放』の依存症を治療できる可能性を持った人間をようやく見つけたってのに。ニコラスほどの人材はもう二度と見つからないだろう。これ以上、手を汚すのはゴメンだ。

念のため、釘は刺しておいたから当分は大丈夫だろう。けれど時間が経ってアルウィンの症状が悪化すれば、またぞろ神父様の道徳や倫理観が蘇るかも知れない。

「早いところ特効薬作ってくれ。それがアンタの仕事だ」

「仕事がどうした？」

横合いから話しかけられた。びっくりして振り向くと、そこにいたのは『聖護隊』の隊長・ヴィンセントだ。後ろには部下の姿もある。

「なんだ、ヴィンスか。脅かすなよ」

考え事をしていたせいか接近に気がつかなかった。

「ようやく働く気になったのか？」

「働いているよ。一年中一日も休まず肉体労働だ」

こんな勤勉なヒモなんて世界中探したっていやしねえぞ。

「で、お前さんはなんだってこんなところに？」

ここいらは治安もいいから『聖護隊』の出番はないはずだ。

「『ソル・マグニ』の捜索だ」

ヴィンセントは忌々しそうに顔をしかめる。

「それらしいところは一通り調べたからな。今は捜索範囲を広げているところだ」

「そうか。ま、頑張ってくれ」

「待て」

手を上げて帰ろうとしたが、ヴィンセントに呼び止められた。足を止めて振り返ったが、一向に用件を切り出さない。ためらっているようだ。

「どうした？」

水を向けてやると、ヴィンセントは気まずそうな口調で言った。

「その……アルウィン嬢が負傷したと聞いた」

こいつなら『迷宮病』についても先刻承知のはずだ。慎重に言葉を選んでいるのだろう。

「その件でな。ちょっち国に戻ることになった」

「マクタロードにか？」

さすがにヴィンセントも驚いたらしい。魔物の巣窟に乗り込むなど、普通に考えたら自殺行為だ。けど、考えた奴が正気じゃないからな。

「全部が全部魔物のクソまみれってわけでもねえからな。静養ならここよりはマシだ」

少なくとも、冒険者崩れのチンピラどもが乗り込んでくる心配はない。

「お前もついて行くのか？」

「そりゃそうさ」

俺は言った。

「一年以上も一緒にいるんだ。病気だからって簡単に見捨てるわけにはいかねえよ」

「……」

ヴィンセントの顔がゆがむ。忘れたい過去を思い出させてしまったようだ。

かつて出世のために『クスリ』でおかしくなった父親を見捨て、妹のヴァネッサに全て押しつけた。その罪悪感と後悔をまだ引きずっているらしい。まあ、忘れたくても忘れられるものではないか。

「悪い。イヤミのつもりじゃなかった」

「いや、いい」

素直に頭を下げると、ヴィンセントは乱れた前髪をかき上げる。

「……もう戻らないつもりか？」

「アルウィン次第だな」

こればかりは予測が付かない。もしマクタロードに行ってもダメならやっぱりバカンスかな。

「ま、治ったら一応は戻るつもりだけどよ、どうだ？　行く前に一杯やろうぜ」

「まだそんなことを言っているのか」

呆れたように眉をひそめる。

「お前と飲むつもりなんぞこれっぽっちもない！」

「いいじゃねえか。ヴァネッサの話もしたいと思っているんだ。たとえば、あの子が無職のヒモ野郎に金貨何十枚もするツボを買わせた話とか、バクチ狂いのクズをカードゲームのカタに叩き売った話とか」

ヴィンセントは間の抜けた声を上げた。

「逆じゃないのか？」

「いや、これがマジなんだって。本当」

見ていたから間違いない。

離れ離れになってからヴィンセントの知らないヴァネッサの姿ってのもある。時間が経つほど美化しちまって、キレイな記憶しか残らなくなる。それだけ本当の姿から遠ざかっちまう。

「どうも物覚えが悪くってね。聞くなら今のうちだぜ」

「……さっさと消えろ」

相変わらずつれない奴(やつ)だ。

「それじゃあ、そろそろ行くわ。戻ってくるまで街を頼むぜ」

「誰にものを言っている」

『聖護隊(せいごたい)』の隊長様はにやりと笑った。

「アルウィン嬢が戻ってくるまでに全て片を付けてやる」

「ま、ケガしないようにな」

騎士様一人が張り切ったところで、この街の闇は払えやしない。

いよいよ旅立ちの朝、アルウィンの手を引いて夜明け前にデズの家を出る。

「それも持ってきたのか？」

俺が指さしたのは、白い布に包んだ剣だ。『暁光剣(ドーンブレード)』だったか？

「験(げん)が悪くって家には置いておけねえからな」

ギルドにある自分の待機室に置いていたのだが、不用心なので持っていくことにしたらしい。

あの水虫太陽神の剣ってあたりが気に入らねえが、何かの役に立つかもしれない。

デズとともに冒険者ギルドに行き、馬車を借り受ける。薄汚れた幌(ほろ)馬車だ。金持ち用のような乗り心地は楽しめないが荷台は丈夫だし、幌もこの前張り直しているので雨風にも耐えられる。馬車を引く馬は、栗毛で、体つきはがっしりしている。速度は期待できそうにないが、その分頑丈そうだ。

「結構、年寄りっぽいな」

「元々王国軍で輸送用に使っていたのを払い下げたってよ」

「そりゃいい」

経験豊富な馬は、トラブルが起こってもパニックを起こしにくい。

荷台に荷物を載せる。アルウィンの荷物は着替えとその他諸々。王家伝来の剣はへし折られ、鎧は修理中だ。一応護身用に剣を持ってきているが、切れ味は比べるべくもない。

御者をデズに任せ、馬車に乗り込む。アルウィンを隣に座らせる。直に座ると尻が冷えるので手製のクッションも用意してある、やはり不安なのか手を握ってきた。俺は微笑みながら手を握り返した。

大通りを進む。北の門の周りには街を出入りする旅人や馬車が駐まっている。

その中にお目当ての人物が立っていた。

「やあ、ノエル」

馬車の中から声を掛けると、ノエルは駆け寄ってきた。背中には大きなリュックを背負っている。

「よろしくお願いします」

一礼する彼女の顔に迷いはなかった。どうにか吹っ切れたらしい。

「ありがとう」

こんな無謀な計画に乗ってくれたのだ。感謝するよ。

「忘れ物はないな。それじゃあ、出発だ」

本当ならエイプリルにも挨拶をしていきたいところだが、じいさまから外出禁止を命じられている。誘拐されかけたのだからムリもない。とりあえず侍女に伝言は頼んでおいた。今頃、マシューお兄ちゃんとの別れに涙している頃だろう。

「あの」

ノエルが不思議そうに辺りを見回す。

「ラルフさんがまだ来ていないようですが……」

何を言い出すんだ、この子は。

「あいつなら来ないよ」

「体調でも崩されたのですか？　それとも、どこかお怪我を？」

「呼んでないから」

ノエルは目を丸くする。

「何故(なぜ)ですか？」

「役に立たないから」

デズのように、圧倒的な戦闘力もなければ気心が知れているわけでもない。道案内ならノエルがいる。おまけにアルウィンには色目使うし、事あるごとに俺を殴り飛ばす。呼ぶ理由などこれっぽっちもない。

「いや、それでもパーティの仲間ではないですか」

「君の仲間であって俺の仲間じゃないからね」

「……」

「そもそも、あいつが今回の旅で何の役に立つんだい？　いたら何か役に立つとか、そういう曖昧なのは却下だ」

ノエルはしばし考え込んだ後、口を開こうとして黙り込む。思いつかなかったようだ。

「んじゃ、改めて出発だ」

反対意見もないようなので、馬車に乗り込む。ノエルはいいのかな、と首を傾げていたが、いいに決まっている。ラルフがいなければ、俺の精神衛生も保たれる。ノエルの席は、アルウィンの隣だ。俺とノエルでアルウィンを挟み込む形になる。

「止まれ」

街を出る馬車の列に並び、日が昇りきったところでようやく俺たちの出番が来た。

「荷物を改める」

禁制品の持ち出しや流出を防ぐためだ。ここでうかつな抵抗をすれば、余計に怪しまれる。

「どうぞ、ご自由に」

衛兵たちが馬車の中を覗き込む。いやらしい笑みに変わる。アルウィンに気づいたようだ。フードでも被せておこうかとも考えたが、どうせばれるのだから早いほうがいい。

「おや、そこにいるのはもしかして『深紅の姫騎士』様か」

わざとらしい声にほかの衛兵たちも集まってくる。好奇と劣情の入り混じった視線に、アルウィンが短い悲鳴を上げて俺に抱きついてきた。首の後ろにある黒い斑点は湿布で隠しているが、剝がされたらそこで終わりだ。おまけに俺の腰には『クスリ』入りのあめ玉も入っている。傍目にはともかく、食べたらすぐに気づかれるだろう。

「『迷宮』攻略に日々勤しまれている姫騎士様が、何故街の外に？　まさか、逃げ帰るわけでもありますすまい」

いやみったらしい言葉に、俺は拳を握った。『迷宮病』の話はもう広まっているはずだ。有名人で美人のアルウィンを貶めて悦に入りたいのだろう。この手のゲスはどこにでもいる。昔ならこの時点で歯の二、三本でもへし折っているところだ。

「一度、降りていただけませんか。ぜひご尊顔を拝見したく……」

「ほらよ」

代わりに俺の顔を連中の鼻先に近づける。あと指一本分でも近づけば鼻先とキスをする羽目になる。

　俺は衛兵に顔を近づけたまま馬車を降りて両手を広げる。

「調べたいんだろ、お好きにどうぞ」

どうせ、調査にかこつけてアルウィンの体を撫で回そうって魂胆だろう。エロ役人どもめ。

「遠慮するなよ、ほら。脱がしたいんだろ、お望み通り脱いでやるよ」

　ついでに服も脱いで下着も外して丸裸だ。検問所だから大勢の人間が集まっている。あちこちから視線が俺に集まる。黄色い悲鳴が上がった。

　別に裸になるくらい、どうってこともない。見せたければ見せてやるさ。見られて困るものでもない。

「誰がお前に脱げって言った！　俺たちは……」

「じゃあ、誰を脱がそうってんだ？　もしかして、あっちのひげもじゃ？　もしかして、毛深いほうが好みだったりする？　止めとけ。お前らが見たらあんまりの素晴らしさに目が潰れちまうぞ」

「ふざけるな！　貴様、ジャマをするなら……」

「ジャマなのはどっちだよ」

　俺は周囲を見回しながら言った。

「御存知の通り、『迷宮』が一時閉鎖になっちまったからな。この機会に一度外に出て、旧王国の連中と交流を深めようって、我が姫騎士様の崇高なお心だよ。ジャマするなよ」

「これは任務だ！」

「だったら早く済ませろよ、後ろがつかえているぞ」

と、後ろを見れば馬車は長蛇の列だ。検問に時間をかけていたら日が暮れちまう。

衛兵はちらりと仲間に視線を送る。同僚は無言で首を振った。特に怪しいものは出なかった、と言いたいのだろう。

衛兵が忌々しそうに俺を手槍の柄で殴った。

「さっさと行け」

「あいよ」

殴られた頬をさすりながら馬車に乗り込む。この程度の暴力は日常茶飯事だ。

「いや、参ったね。これだから役人ってのは、融通がきかなくて困るよ」

愚痴をこぼしながらノエルの前を横切り、アルウィンの隣に座る。

「ま、話はつけたから。早いところ街を出ようか。ようやく旅の始まりだ」

肩を抱き、引き寄せようとしたら何故か強い力で突き飛ばされた。

何事かと目を瞬かせていると、アルウィンは両手に持ったクッションで俺を何度も叩いた。

「何、どうしたの？」

困惑していると、今度はノエルが俺の前に立っている。真っ赤な顔をして、手を震わせている。どことなく涙目だ。

俺はため息を付いた。

「あんまり格好良かったから惚れちゃった？　悪いけど、俺には心に決めた女が……」

「いいから早く服を着てください！」

ノエルは俺の頭に剣の柄を振り下ろした。


多少のトラブルに遭ったが、どうにか無事に門を出る。

「逃げ帰るのか、腰抜け！」

「女なんて男にまたがって腰振ってりゃあいいんだよ！」

門をくぐった瞬間、罵声が飛んだ。ノエルが血相を変えて立ち上がると、荷台の縁に足を掛ける。

「言わせておけよ」

今にも殴りかかりそうだったので、慌てて制する。

あんなアホども、相手にするだけ時間のムダだ。

「しかし」

「あとで泣きを見るのはあいつらの方だ。今にそうなる」

ノエルはアルウィンの方を振り返った。彼女は何も言わずただ陰鬱な顔で俯いている。それで何も言えなくなったのか、悔しそうに唇を噛むとまた元の位置に座り直した。

「帰るならその前に俺のをくわえていけよ、淫乱姫騎士様よ！」

俺は無言でアルウィンの耳を塞いだ。口汚い罵声を浴びながら『深紅の姫騎士』様の乗った馬車は『灰色の隣人』を後にする。

門を抜けてまずは北の『月光の泉』の街を通って、鱗鎧山脈を目指す。そこに『大竜洞』への入り口があるらしい。

「旅は始まったばかりだ。まずは景色でも眺めてのんびりしよう」

といってもこの辺りは荒野ばかりで何の面白みもないけれど。

俺が話していると、アルウィンが後ろを指差した。街の方から誰かが走ってくる。

「あれは、ラルフさんですね」

後ろからノエルが覗き込む。

「そうみたいだね」

あんな間抜け面が、世界に二つとあってはたまらない。

「デズ、速度を上げろ。振り切れ」

「いや、待ってください」

ノエルがあわてて止める。そうだった。俺としたことが、ついうっかり言い間違えちまった。

「訂正だ。引き返して、あの坊やをはね飛ばせ。倒れたところを轢き殺せばなおよし」

「『なおよし』じゃありません！」

結局、馬車を止めてラルフが来るのを待つ羽目になった。時間のムダだってのに。

「やっと、追いついた……」

汗を拭いながら馬車の縁につかまる。息も絶え絶えって感じだ。

「見送りならいらねえぞ」

「ふざけるな！　どういうつもりだ。姫様が帰国されるというのに、俺を置いていくなど」

どうやら冒険者ギルドで馬車を借りたところからアルウィン帰国のウワサが広まり、それを聞きつけたらしい。

「見送りはもういいぜ。さっさと帰んな」

「俺もついていくに決まっているだろ」

「帰れよ」

しっし、と手で払うが野良犬（のらいぬ）ラルフは尻尾振りながら食い下がってくる。

「俺は『戦女神の盾（イージス）』のメンバーだ。姫様の行くところにお供する。お前の指図は受けない」

「失（う）せろっつってんだろうが」

「あの、やはりラルフさんにも来てもらいましょう」

情にほだされたノエルが、助け船を出してきた。

馬車の中でアルウィンもうなずいている。

「そうは言うけどね。一体こいつが何の役に立つのかと……」

「戦うくらいは出来るだろ」

信じられないことにデズまで賛成に回りやがった。

「そいつだって曲がりなりにも一年以上『千年白夜』の中で戦ってきた冒険者なんだ。ぐだぐだ文句言うより連れて行った方が早い」

これで三対一。多数決は俺の負けだ。どいつもこいつも正気かよ。

「決まりだな」

アホのラルフが勝ち誇った顔で馬車に乗り込んできた。

余計なのが増えちまった。足引っ張らないといいんだがな。

不幸にも、というべきか馬車は広いのでラルフを乗せてもまだ余裕があった。

これからどうなるのかねえ。

荷台の後ろから見れば、二本の轍が街の方へ伸びている。けれど、亡霊荒野の乾いた風に砂埃が舞い上がり、しばらくすると途切れて見えなくなっていった。

後戻りは出来ないぞ、と誰かに宣告されたような気がした。

第五章　再捜索

久しぶりだ。昔を思い出す。

傭兵時代はあっちの戦場へ赴いては人を殺し、こっちの戦場に行っては敵を死体に変えていたものだ。冒険者に転身してからも仲間と一緒に荒野に赴いては魔物を切り刻み、山に分け入っては山賊を野良犬のエサに商売替えさせていたっけ。

我ながら血生臭い人生だが、それなりに楽しかった。

「それで、これからマクタロードのどこへ行くんだ？」

ラルフが俺の正面に座り、にらみつけながら尋ねてきた。

「バカンスだよ」

とりあえず景色のいい場所でさ、海でも見ながら酒でも飲めば気も紛れるだろう。釣りでもいいし、泳ぐのもいいな。

「それだけか？」

「ほかに何かあるのか？」

ラルフが激高した様子でつかみかかってきた。

「お前、そんなことのために姫様を……」

「ええと、マシューさんは、姫様にマクタロードの風と土を見て欲しいんだそうです」

ノエルがあわてた様子で割って入る。

「やはり、生まれ育った土地の空気を吸えばなにか変わるかも、と」

『キャメロンの大樹』の件はアルウィンにはまだナイショだ。なので、説明に四苦八苦している。

「だったら最初からそう言え」

ラルフがふてくされた顔で座り直す。

「姫様は、それでよろしいのですか?」

今度はアルウィンに尋ねてきた。話を振られて目を見開くものの、すぐに顔を背けてしまう。

「マシューが行きたいのなら……」

「だって」

主の言葉にもかかわらず、ラルフはまだ不満そうに顔をしかめている。

「文句があるなら今すぐ馬車から飛び降りろ。ここはお前のおふくろの腹の中じゃねえんだよ。指しゃぶっていれば何でもかんでも言うこと聞いてもらえると思うな」

返事の代わりにでかい舌打ちが聞こえた。すねやがって、お子様め。

街を出てひたすら北へ向かう。あと二日もすれば『月光の泉(ムーンライト・ファウンテン)』にたどり着く。亡霊荒野の北側にあり、西の『ねじれた灯台（ツイステッド・ライトハウス）』と、このレイフィール王国の都である『高貴なる冠（ノーブル・クラウン）』の中継地として栄えている。北の鱗鎧山脈（りんがいさんみゃく）から流れ込む地下水で、水も食料も豊かな街だ。まずはそこを目指し、補給をした後、鱗鎧山脈（りんがいさんみゃく）に入る。

砂埃（すなぼこり）が入らないよう幌（ほろ）馬車の後ろにも布を垂らす。外からの光が入らず、薄暗くなるが外の日差しは過酷なのではるかにマシだ。

そんな中、何も言わず外で御者を務めるデズは感謝しかない。後でひげをブラッシングしてやろう。間違いなく、ぶちのめされるだろうけど。

日が頭上に来た頃に、岩場の陰で馬車を停め、休憩を取ることにした。

「気分はどうだい」

「……ああ」

アルウィンは控えめにうなずいた。

「そいつは結構」

返事をしてくれただけでも成果というものだ。

食事の後もアルウィンは馬車からあまり出ようとしない。

あちこち歩き回るのも不安だが、閉じこもりっぱなしというのも健康に悪い。体がなえる。

「……少し、歩こうか」

といっても遠出はムリなので岩場の周囲をぐるりと歩くだけだ。

日差しはお肌の大敵なので、アルウィンにフード付きのマントを着せて、手を引く。

雲ひとつない青空が地平線まで広がっている。見渡す限りの荒野だ。岩場に砂漠、雑草などまばらに生えているだけだ。

この辺りは『灰色の隣人（グレイ・ネイバー）』との通商路に近いので、定期的に領主の派遣した騎士が魔物を間引いている。

魔物もそれと知っているのか、道中もほとんど姿を現さなかった。たまに砂トカゲや、砂漠ヘビが遠巻きに見ているだけだ。

昔は安全なルートが確保されるまで、この荒野を通ろうとして大勢の人間が命を落としたらしい。亡霊荒野と名付けられた所以（ゆえん）だが反面、アンデッドや死霊（しりょう）系の魔物がここに出たという記録も証言もない。荒野では幽霊すら留まれないのだろう。

片手でアルウィンの手を取り、もう片方の手で地平線を指さして説明する。

「あっちが、俺たちの来た『灰色の隣人（グレイ・ネイバー）』で、向こうが王都の方だ。で、あっちが今から俺たちの行く『月光の泉（ムーンライト・ファウンテン）』だ。君は、行ったことあったっけ？」

少しだけ、とアルウィンは自信なさげにつぶやく。

「こっちに来る前、少しだけいたことがある。いい街だよ。自然も豊かだから食い物も安い。酒もうまい。あと金持ちが慈善活動に力を入れていてね。餓死するような貧乏人も少ない。『灰色の隣人（グレイ・ネイバー）』とは大違いだ」

その分、西と東の中継地点ということで金も物資も集まり、その利権を貪ろうと筋者たちもわんさと押し寄せ、覇権争いを繰り広げている。『まだら狼』や『魔侠同盟』の支部もあるし、『群鷹会』はそちらが本家筋だったりする。

「次の街についたら風呂に入ろうか。水が豊富だからね。ケチケチしなくて済む」

「……」

「国に帰るんだから身ぎれいにしておかないと。枝毛とかあったら大変だからね」

赤い髪の毛を一房、すくう。やはり以前より色艶が良くない。心の不調は肉体にも影響が出るようだ。

「私は」

アルウィンがうつむきながらつぶやいた。

「今の私を見て、民はなんと思うだろうか」

「立派だと思うんじゃないかな」

「ウソだ。私は……」

「君ならどう思う？」

国のために命がけで戦い、傷ついた者に対して罵声を浴びせるのか？　それとも役立たずと石を投げつけるのか。

「前にさ、俺に聞いたよね。もし『迷宮』が攻略されたら俺はどうするのかって。君は、どうするんだい？　何がしたい？」

「その後？」

「『迷宮』を攻略して魔物も一掃して、新生マクタロード王国を建国して君が初代女王になる。そして民も君も平和に暮らせる国を作る。その後だよ」

「……考えたこともない」

元々、魔物の大氾濫が起こらなければ順当に跡を継いで女王に即位していたはずだ。そして高貴な立場の人間から王配を選んで子を生み、次の国王へと育てる。

国を作るにしろ引き継ぐにしろ一生の大仕事だ。本当に考えたこともなかったのだろう。

「難しい話じゃない。趣味でも娯楽でもやりたいことをすればいい。女王様やりながら絵を描いてもいいし、楽器を弾いてもいい」

「趣味と言っても、戦う以外には武具の手入れとか。本を読むくらいで……」

「もちろん、それでもいい」

本気でやりたいのなら武具だって国中の武器を手入れできるし、本だって山のようにかき集めて読めばいい。

「今までは目の前のことで大変だったからね。ここらで一つ、先のことも考えてみたらいいいんじゃないかな。先が見えれば、多分、今の見え方も変わるはずだ」

「私は……」

不意に風の音が変わった。と思った瞬間、砂埃を巻き上げた風が吹きすさぶ。瞬く間に俺たちを黄色く染める。

「大丈夫かい？」

髪についた砂埃を手で払いながら尋ねる。アルウィンは小さくうなずいた。

俺は手にしたままのアルウィンの髪の砂埃を払い落とすと、静かに唇を落とす。

こういうキザったらしい仕草は色男がやるからサマになるのであって、そこらの平凡な醜男がやればひんしゅくを買うだけだ。

その点、俺は三国一の色男なので、そこらの貴族や騎士様よりもはるかに似合う。

「そろそろ戻ろうか」

アルウィンは返事をしなかった。一瞬目を丸くしていたようだが、俺と目が合うと小さくバカモノ、とつぶやいた。

彼女の手を握り、馬車への道を引き返した。

ふと見れば、岩場の陰にラルフが立っているのが見えた。

何か用か、と声を掛けようとしたら急に顔を背けて馬車の方に歩いて行った。

なんだあいつは。言いたいことがあるならいつもみたいにぶん殴ってくりゃあいいものを。

その夜は野宿になった。アルウィンとノエルは馬車の中、俺たちは馬車の外に交代で寝た。

異変は次の朝に起こった。

目を覚まし、馬車を覗いたがアルウィンの姿がない。ノエルだけが身支度を調えている。

「姫でしたら先程ラルフさんとどこかに……」

ノエルの返答に俺は眉をひそめた。あのバカが何の用だ？　まさか、愛の告白じゃねえだろうな。無謀にも程がある。絶対に口説き落とせるはずがないし、何よりもれなく俺というヒモ男が付いてくるというのに。

よからぬマネをしないように釘を刺しておかねえとな。

ノエルの指さした方角へ向かう。

小さな丘の向こう側から話し声が聞こえる。嬌声や肉を打ち付ける音でないことに安堵しながら近づいていき、俺は自分のうかつさを呪った。

「戻りましょう。俺たちはこんなところで立ち止まっている場合じゃない」

馬車から離れた陰で、ラルフはアルウィンの手を握り、熱く語っている。けれど、それは愛の告白ではなかった。

「もう一度立ち上がるんです。マクタロード王国のために」

「やめてくれ」

アルウィンが首を振る。ひどく辛そうな顔をしているのだが、興奮しているのか、ラルフが気づいた様子はなかった。

「俺たちの勇気を見せるときです。民のためにも戻っている場合じゃあありません。使命を果たすためなら、俺は何でもします！　一緒に戦いましょう！」

「じゃあ、今すぐ死んでくれよ」

俺はラルフの背中を蹴り上げた。少したたらを踏んだが倒れはしなかった。

「ケガはないかい？」

喚くアホは無視して、今にも倒れそうなアルウィンの肩を支える。

俺を見てアルウィンは口を開きかけたが、うまく言葉にならないようだった。

「何も言わなくていいよ」

頭を撫でると、口笛を三度鳴らした。

「何かありましたか？」

程なくしてノエルがやってきた。

「悪い。どうやらアルウィンの気分が悪いみたいでね。馬車まで運んでやってくれないか？」

「それはもちろんですが、マシューさんは？」

「ちょっち野暮用があってね。終わったらすぐに行くよ」

ノエルはそこで俺とラルフを交互に見たが、最後に具合の悪そうなアルウィンを背負い、馬車の方に戻っていった。

俺は振り返った。

ジャマをされたとでも思っているのだろう。生意気にもラルフは憎々しげに目を吊り上げてにらんでくる。

俺は盛大にため息をついた。

「お前さ。出会ってからしょっちゅう俺のこと殴ってきたよな」

「それがどうした？」

さも当然のことのように言う。

「けど、俺が反撃したことは一度もない。何故殴り返さなかったと思う？」

「お前が腰抜けだからだろ……」

「殴る価値もないからだよ」

バカで世間知らずのくせに思い上がった間抜けなんか相手にするだけ時間のムダだ。役に立たないからこそ、今まで見逃してやったのだ。戦力にならないが、裏切りもしない。そのバランスが釣り合っていたから放置していた。

でなければラトヴィッジより前にこいつを排除していただろう。

それに今まではアルウィンの目もあった、曲がりなりにもパーティメンバーの一人だ。

ケガをさせたら申し訳ないという気持ちもあった。

けれど、こいつがアルウィンの害悪になるのなら容赦はしない。

もっと早くに始末しておくべきだった。自分の甘さが腹立たしい。

「街に帰りたいのなら一人で帰れ。そして二度とアルウィンの前に顔を出すな」

「はあ？　お前に何の権利が……」

「能なしで威張り腐ったガキなんぞこっちの手が汚れるだけだ。最後の忠告だ。さっさとどこへなりと消え失せろ」

「消えるのは、お前の方だ！」

ラルフが拳を振り上げる。かわすこともできずに頬に当たる。一瞬、よろめいちまったがそれだけだ。

「もう終わりか？」

「このっ！」

安い挑発に乗って、何度も拳を振り上げる。手加減を忘れ、俺の顔や腹をおもちゃのように叩きまくる。

「このクズが、ゴミが。口先だけのカスが、お前なんかがどうして！　姫様のおそばにいるんだ！　クソ、死ね。このヒモ野郎が！」

体を折り曲げたところで前蹴りが腹に入った。よろめいたところで今度は膝蹴りだ。前のめりに崩れると、ボールのように俺の頭を蹴り飛ばす。仰向けに寝転がったところで今度は腹を何度も踏みつける。体重を込めたかかと落としだ。普通の奴ならよくて骨折。悪ければ内臓が潰れて死んじまう。

「やきもちか、醜いな」

けれど、人一倍頑丈な俺にとっては大して痛くもない。またボールのように蹴飛ばされた勢いを利用して立ち上がると、そのまま後ずさる。

「お前はマクタロードがどんな場所か知らないくせに！」

「そうだな」

一度も行ったことはない。全部他人から聞いた話だ。

「あそこに行って何があると思う？　怪物の巣だ。山みたいにでかい魔物があふれかえっているんだ！　今、行ってどうなる？　絶望するだけだ」

「それを何とかするために、お前は戦っているんじゃなかったのか？」

「当たり前だろうが！」

ラルフは喚きながら突っ込んできた。

「俺の故郷だぞ！」

まともに殴り飛ばされる。

「だったら戻るのに何の不都合があるってんだ？」

「だから、まだ早いと言っているんだ」

地面に転がったところでラルフが馬乗りになって殴りかかってきた。相変わらずしょぼいパンチ打ちやがって。

「『迷宮』も攻略していない。『星命結晶』も手に入れていない。今行ったところで死ぬだけだ！　そんな場所に姫様を連れて行くなど、頭がおかしいのか。行きたければ、一人で行け。そして死んでこい。姫様を巻き込むな！」

大振りになったところで顔を傾ける。ラルフの拳はそのまま地面の石をぶっ叩く。悲鳴が上がった。その隙を突いて俺はラルフの体の下から抜け出す。

顔についた汚れを拭い、まだ痛がっているアホを指さす。

「ならお前は平気なのか？」

「何が？」

「アルウィンが今のままでいいかって聞いているんだよ」

おびえて、風の音にもいちいち反応してびくつくような心を抱えて、何年も待ち続けなくてはならない。

「いい訳ないだろう！」

初めて気が合ったな。

「なら聞くが、今の今まで、お前は何をしていた？」

アルウィンが倒れて以来、やけ酒あおるか、デタラメに剣を振り回すだけだ。挫折感抱えて一人で悲劇の主人公を演じているだけじゃねえか、三文役者め。今回のことだけじゃねえ。

「わざわざアルウィンの尻を追いかけて『迷宮都市』まで来て、やることが無抵抗のヒモをいたぶることか？」

アルウィンの一番側にいる人間だ。当然、素性だって調べ上げている。

　ラルフはマクタロード王国で猟師の息子として生まれた。王国の北側にある小さな山村で父親に連れられて鹿やイノシシを狩っていた。そのまま田舎で一生、獣を追いかけ回していればいいものを父親とともに用足しをかねて王都見物に出掛けることになった。そこで王宮から国民に挨拶をする麗（うるわ）しきお姫様に田舎者の青年は惚（ほ）れ込んじまった。

　もちろん、お姫様と猟師の息子では、接点などまるでない。一方的な憧れってやつだ。故郷に帰ってもお姫様が忘れられず、悶々（もんもん）と過ごしていたところに例の魔物の大量発生が起こった。幸いにも田舎の方までは魔物もやってこず、ほとんど被害は出なかった。

　けれど統治が崩壊したために治安は悪化。略奪のために山賊どもがうろつくようになった。ラルフの両親は生まれ育った土地を捨て、隣国へ引っ越した。

　ラルフも新しい土地で畑を耕していたが、お姫様が『迷宮』攻略へ挑むというウワサを聞き、封印していた思いが蘇（よみがえ）っちまった。自分を勇者か英雄かと勘違いした田舎者は、両親の反対も押し切り、持てるだけの武器と金と荷物を持って、家を出た。それから腹を空かせた魔物に追いかけ回されたり、騙（だま）されて金を取られたり、宿を貸してくれた村人に身ぐるみ剝がされそうになったりと、コントのような筋書きを一通り体験したところでようやく、『灰色の隣人（グレイ・ネイバー）』にたどり着いた。

　そこでアルウィン率いる『戦女神の盾（イージス）』に入れてもらうように懇願し、宿の前で座り込むこと三日。アルウィンの優しさにつけ込むような形で、パーティに参加することになった。ラトヴィッジに厳しく鍛えられながらも憧れのお姫様のお側にいられて、毎日が幸せだったろう。

　そのお姫様がどれだけ苦しんでいたかなんて知りもしないでよ。

「お前の夢はアルウィンの側にいることだろ。良かったじゃねえか。夢が叶ってよ」

　現状維持がこいつの望みなので、成長がない。肉体的にはともかく、精神的にはガキのままだ。少なくとも、初対面で俺をぶん殴った時と、今のこいつとで何が違う？　あれからもう一年以上は経っているぞ。

　この前、アルウィンと一緒に俺を助けに来たときには、少しは成長したかと嬉しくなったが、結局またいつものラルフに戻っちまった。

「そのまま一生、腰巾着でいたいんだろ。白馬の騎士様じゃなくてよ」

　田舎の猟師の小せがれが目指したところで、なれるとは限らない。第一、上を目指せば疲れるもんな。

「黙れ！」

　また喚きながら顔に腹にと、何発も拳を叩き付けてくる。全然効かない。何にも背負っていない男の拳なんぞ、痛くもかゆくもない。

「図星指されて怒ったか？」

　調子に乗った下っ端がほかの冒険者ともめ事起こして、その尻拭いのためにアルウィンやほかの連中が頭下げる羽目になっても知らん顔だ。

「だからお前は、お前のままなんだよ」

岩陰から離れる。頭上には朝の光が燦々と降り注ぐ。

「くたばれ！」

「お前がな」

大きく振りかぶった拳が途中で止まる。突き上げるようにして放った俺の拳がラルフの土手っ腹にめり込んだからだ。

ラルフの体が折れ曲がり、その場にひざまずく。青白い顔で四つん這いになり、嘔吐した。むせ返るような臭いとともに、テメエのゲロに顔を突っ込みながらもだえ苦しんでいる。手加減してやってこれだよ。

「どうした？　ロクデナシのヒモ男だってこのくらいは出来るんだぜ」

ラルフは何も言い返さない。ゲロは出し切ったようだが、尻を突き上げたまま誘うように震えている。その髪の毛をつかんで強引に振り向かせる。

「失せろ。お前はもう用済みだ。失格だよ」

自分の主張を押しつけ、弱っているアルウィンを精神的に追い詰める。

そんな奴はいらない。

「誰が、お前なんかに……」

「そうか」

俺は手のひらでラルフの口を塞いだ。悲鳴を上げられないよう、首でも絞めてやろうかと思ったが、嫌なことを思い出したので止めた。本気で殴れば一撃で地獄に送るくらい、訳もない。

「アルウィンたちには、臆病風に吹かれて逃げ帰ったって伝えておくよ」

そこでラルフの顔に恐怖が浮かぶ。ようやく死が目の前だと理解したのだろう。目の前の男が、巨大なリントヴルムの突進をたった一人で食い止めたのを思い出したのかもしれない。唇を震わせ、青ざめた顔をして、涙目になっている。情けない顔だ。

「命乞いをしなかったことだけは褒めてやるよ」

拳を振り上げる。ラルフが目を閉じた。

殺すつもりで放った拳は、当たる寸前でごつい手に受け止められた。

振り返れば、横合いから筋骨隆々のひげもじゃ男が俺の拳をつかんでいた。

「朝っぱらからケンカなんぞするんじゃねえ」

デズは面倒くさそうに言いながら俺を突き飛ばした。吸い込まれるように日陰の中へ入ってしまう。

「ジャマするなよ」

「……」

デズは無言でラルフをかばうようにして立つ。

しばしにらみ合ったが、引く気配はなかった。

「ちっ」

余計なところにしゃしゃり出てきやがって、お節介なひげもじゃめ。

「冗談だよ。アルウィンになめた口きいたから脅かしただけだって」

「……」

デズは納得した様子もなく、射貫くような視線を向ける。諦めるしかないか。さすがにデズと本気でやり合うつもりはない。

ラルフはまだ腰を抜かして、呆然としている。

「始末しとけよ。テメエのゲロなんぞつついた日にゃ鳥さんが腹壊しちまう」

ぽい、と足下にごつい石を放り投げる。さっきの一発もこれで殴ったからだと勘違いするはずだ。多分。

背を向けてその場を立ち去ると、すぐにデズが後から付いてきた。俺は歩幅を合わせ、隣に並ぶ。

「ガキ相手に、何ムキになってやがんだ」

デズが前を向きながらぼやいた。

「一度痛い目見ないと分からねえんだよ、あの手のアホは」

俺のことならいざしらず、手前勝手な正義感をアルウィンにまで向けたとあっては我慢できなかった。

あいつのやったことはまるっきり逆効果だ。

励ますつもりだったのだろうが、ますます追い詰めるだけだ。

他人からも言われ、自分でも励まし、勇気づけてきた結果が今のアルウィンだ。

心を病んで悪魔のささやきに手を染めるまでに追い詰められ、それでも戦い続け、とうとう前に進めなくなった。

正義や使命や勇気ではアルウィンは救えない。

「薄っぺらい励ましの言葉なんぞ、かえって毒だ」

「なら、お前はどういう言葉で励まそうってんだ？」

「……何にも」

俺は首を振った。

「今の今までずっと考え続けているんだがな、何にも思いつかねえんだ」

どうでもいい言葉ならいくらでも思いつくのに、肝心な言葉はまるっきりだ。

どうすりゃいいのか。誰か教えてくれよ。

「で、どうするんだ、あれは」

デズの言葉で振り返ると、ラルフは地面にうずくまっていた。生意気にも地面を叩(たた)いて無力さを悔しがっている。百年早い。

「放っておけよ」

ここで逃げ帰るならそれまでだ。バカに構う手間も省ける。

「お前は、相変わらずあいつには優しいな」

「どこが」

優しかったら殺そうとはしねえだろ。

「どうでもいいやつなら最初から何も言わねえだろ、お前」

「アルウィンの仲間じゃなかったらとっくにそうしているよ」

戦士として冒険者として、何より一人の男として。成長しなければ、アルウィンを守り切れない。だからこそ、この一年と少しばかり、殴られながらも気に掛けてアドバイスもしてやったのに。結果はご覧のざまだ。時間のムダだったな。

「もう少し長い目で見たらどうだ？」

「ならお前がやれよ」

といってもデズに後輩の育成など出来る訳がない。昔からこいつの教育方針は『見て覚えろ』だからな。ダメ教師の見本のような男だ。将来有望な若者が『百万の刃（ミリオンズ・ブレイド）』に入りたがっても、こいつのせいで何人も脱落した。

「殴り飛ばしていいなら考えてもいい」

「止めとけ」

デズは口下手で気が短いからすぐに手が出る。本人は手加減しているつもりだが、元々が怪力なので、熊に殴られたのと大差ない。同族のドワーフですら耐えられないのだから、普通の人間には不可能に決まっている。だから強さは認められても周囲には誰も集まらない。なんだかんだいって、こいつも他人とのコミュニケーションに苦労してきた男だ。

存外に繊細な奴なのだ。出来ればその優しさをもうちょい俺にも向けて欲しいがね。

朝食を済ませ、後片付けを終えれば出発の時間だ。

ノエルが何度もラルフについて尋ねてきたが、曖昧に濁した。どうせ戻ってこないだろう。あいつの冒険はここまで。最後の戦績は、ヒモ男とのタイマンでボロ負けしてゲロ吐かされた。いかにもラルフらしい。それでも『迷宮』で屍をさらすよりはマシだろう。

そう思っていたのに、馬車の出発前にラルフは戻ってきた。俺を見ると気まずそうに目をそらし、御者台に座った。

「遅くなりまして申し訳ありません」

その後も用心していたが、アルウィンやノエルに告げ口する気配はなかった。それどころか、ひどく無口になった。俺やデズにはもちろん、アルウィンやノエルにすら必要最低限の返事しかしなくなった。

それまでは何とか会話の糸口をつかもうと、話しかけていたのに、むっつりと空を見たり、遠くを見ては考え事をしているようだ。

「大丈夫でしょうか？」

ノエルは心配そうにしているが、俺としては馬車の中が静かになってありがたい。

「お年頃なんだろ？　悩ませておけよ」

悩むのは人間に与えられた特権だ。神様に脳みそ預けちまった連中には、出来ない芸当だからな。せいぜい悩むといい。『男は年齢によって脳みその場所が変わる。若者の時は下半身で悩み、頭で考え出したら大人への第一歩』だ。

哲学者マシューさんのありがたい名言だよ。

『月光の泉（ムーンライト・ファウンテン）』を出発して丸二日、平坦（へいたん）だった道は森に入り、やがて険しい山道に変わった。鱗鎧山脈（りんがいさんみゃく）に入ったのだ。

ここから先はデズが案内人だ。草だらけで獣道同然の道を通り、狭い川縁（かわべり）を進み、

「ついたぞ」

山の中腹にたどり着いたが、岩盤が広がるばかりで洞窟なんか影も形も見えない。

「もしかして呪文か何かで岩が動いたりするわけ？」

「そんなわけねえだろ」

デズが手探りで岩肌に触れると、ごつい手がいきなり壁にめり込んだ。

俺が手で触れてもそこには固い岩に触れているようにしか感じられない。

幻覚と結界の二重か。触っても岩にしか思えないって仕掛けのようだ。念入りなことで。

「この奥が『大竜洞（だいりゅうどう）』か」

「そうだ」

デズがうなずくと、ラルフとノエルが同時に声を上げた。

「待て、『大竜洞（だいりゅうどう）』ってもしかして、あの伝説の？」

「まさか、実在していたのですか？」

驚いた様子の二人を見て、俺は首をかしげた。

「言ってなかったっけ？」

「聞いてない！」

「今のは、ノエルに言ったんだよ」

ラルフなんかに言ったら今頃大陸中に広まっている。

「馬車はどうするんだ？」

「乗っていくに決まっているだろ」

デズの合図で馬車は幻影の岩をすり抜ける。

そこは巨大な洞窟になっていた。入り口付近は岩肌も荒いが、奥に進めば天井や壁に、ノミやツルハシで打ち砕いた痕跡が残っている。天然の洞窟を掘り進めて穴をつなげたのだろう。

洞窟の中は通路の両端に明かりがついている。薄暗いが歩くのに支障はない。

岩盤の奥はなだらかな坂道になっていた。天井も高いので馬車でも難なく降りられる。元々馬車の出入りを想定して作っているらしい。

坂道を降りると、黒い壁のような穴が開いている。馬車どころか家一軒がまるごと入ろうかという巨大な穴だ。

「これが『大竜洞（だいりゅうどう）』か」

俺も見るのは初めてだ。こんなものを地面の下に掘っているとは、ドワーフってのは、つくづく変わり者だな。

「正確には、駅の入り口だ」

「駅？」

「荷物の積み下ろしや人の出入りをする場所だ」

「で、ここからあれに乗っていくってわけね」

巨大な車輪の付いた箱がいくつもつながっている。箱自体も細長いが、ちょっとした家くらいはある。先頭にでかいモグラがいる。こいつこそ、山小屋程度ならすっぽり入るほどの大きさだ。消炭色の毛皮に前足と後ろ足には巨大な爪、先っぽだけ赤くなったとんがり鼻に小さな目、こいつが引っ張ってくれるわけか。

「『地竜車』だ」

「まるででかい蛇だな」

箱は全部で七つ。箱の後ろには、牛や豚といった家畜まで積んである。

「マクタロードに一番近い出口まで、三日ってところだな」

地上を進めばノエルの足でも一ヶ月以上はかかるってのに。

「そりゃこんな便利なもの、独占したくなるわな」

儲け話どころか、軍事利用もしたい放題だ。

「そこまで便利なものじゃねえよ」

便利な反面、維持や管理が大変なのだという。地盤沈下に落盤や土砂崩れ、水漏れで穴がふさがることもしょっちゅうだそうだ。

腕力があって土の下に何日いても平気なドワーフだからこそ、扱えるのだろう。

大穴の入り口には、ちびのドワーフどもがいて、俺たちを胡散臭そうににらんでいる。

「人間なんぞお呼びじゃねえってか」

「放っておけ」

デズは同族に愛想よくするでもなく、奥にいた白ひげのドワーフに話しかける。あれがここの親分ってところか。

会話は聞こえないが、白ひげは渋い顔をしている。人間に使わせるのはまかりならん、ってところか。

頼むぞ、デズ。ここまで来て「やっぱりダメでした」は勘弁願いたい。

湯が冷めるほどの時間が経ち、デズが戻ってきた。

「話はついた」

「ご苦労さん」

ご褒美に、とおひげにキスしようとしたら腹を叩かれた。照れ隠しも大概にしろよ。

「馬は一番後ろの箱に載せろ。馬車はその一つ手前だ」

馬車まで乗せられるのはありがたい。一度馬と荷台を切り離し、手綱を取って箱の中に乗り入れる。

「俺たちは一番前だ。行くぞ」

言うなりデズが歩き出す。俺もアルウィンの手を取り、追いかけようとしたら後ろから声をかけられた。

「待ちな」

振り返ると、焦げ茶色をした髪とひげのドワーフが生意気な面で俺たちを見上げていた。顔つきはデズに似てなくもないが、ひげばホコリまみれで縮れているし、眉毛も伸び放題で芋虫のように太い。何より俺たちを見上げる目は泥のように濁っている。昔なら即座に殴っている面だ。背中に背丈より大きな斧を背負っている。

「ここの統括だ」

面倒くさいのが出てきた、と言わんばかりにデズが顔をしかめる。『大竜洞』はいくつかの地区に分かれており、それぞれその地区に住むドワーフ一族が管理統括しているという。で、あのちぢれ毛ドワーフがここの親分ってわけか。

「どういうつもりだ、デズ。人間なんぞ連れ込むたあ、どういう了見だ。ええ？」

「よさねえか、ガド」

止めに入ったのは、さっきの白ひげドワーフだ。

「俺が許した。お前の出る幕じゃねえ」

「今は俺が統括だ。アンタの時代はもう終わったんだよ」

なるへそ。先代と今代の方針違いってわけか。跡継ぎに苦労させられるのはドワーフの世界も同じか。

「もちろん、お前はいい。だが、後ろの人間どもはダメだ」

ガドと呼ばれたドワーフが憎たらしそうに宣言する。うわ、殴りてえ。

デズが困った顔で目を細める。交渉ごとの得意な男ではない。言ってダメならあとは引くか殴るかのどちらかだ。白ひげの方はまだ話が分かるようだが、こっちは口より腕が達者だと顔に書いてある。

仕方がないので、俺が矢面に立つ。

「もちろん、タダとは言わない。金なら払う」

「金の問題じゃねえんだよ、デカブツ」

ガドが気に入らないって目つきで俺を見上げる。

「おたくらドワーフの名誉と信義と誇りの問題なんだろ。素晴らしいよ」

その割には酒の二本であっさり口を割ったけどな。

「もちろん、ここのことをべらべら吹いてまわるようなマネはしない。ほかの連中だってそうだ、なあ」

俺が話を振るとラルフとノエルが何度もうなずく。

「信用ならねえな」ガドはつばを吐き捨てる。「人間はウソつきだからな」

「ああ、そのとおりだ」

俺は深々とうなずいた。

「人間ってのはドワーフと違って意地汚くて欲張りでなまっちょろい。おまけにムダに背の高い連中だ。君たちとは大違いだ」

俺はひたすら下手に出る。『地竜車』を奪って強行突破、ができれば楽なのだが動かし方が分からない。それに、ここはドワーフの縄張りだ。先回りされて、穴を塞がれでもしたらその時点で俺たちの旅は終わる。アルウィンは救われない。

「けど、信じて欲しい。観光に行くわけじゃない。故郷に帰りたいんだよ。知っているだろ、マクタロード王国の惨劇を。たとえ今は魔物の巣窟だったとしても、故郷をもう一度この目で見てみたい、ってのは人間もドワーフも変わらないんじゃないか」

俺に故郷を懐かしむ気持ちなんかこれっぽっちもないけど。

「それには、アンタらの助けが必要なんだよ。もし喋ったら舌切り取られても文句は言わない。一筆書いてもいい。お願いだ」

膝をついて懇願する仕草を見せる。こういうプライドの高そうな奴は持ち上げておだてるのが一番だ。

「ふーん、故郷ねえ」

ガドは腕を組みながら値踏みするように俺の周りを歩き回る。

「俺の兄貴は人間と揉めて殺されちまったよ。頭の毛を剃られた上に、死体は馬小屋に捨てられてた」

その光景を思い出したのだろう。ガドの顔が屈辱と憤怒で赤く染まる。

「帰りてえ、ってのが遺言になっちまった」

「お兄様の魂の安息をお祈りするよ」

「けど、話によっては考えなくもねえな」

にやりと笑って俺の後ろに立つ。イヤな予感がする。案の定、俺の頭をつかむなり、強引に地面にキスをさせられる。

「だったらそれなりの態度ってもんがあるだろ、ええ」

居丈高に言う。俺の姿勢を低くしたところでテメエの背丈が伸びるわけでもねえだろうに。

「なあ、お前ら。この人間様が遊んでくださるってよ」

ガドの呼びかけに応じて何人かのドワーフが近づいていくる。どいつもこいつも目を残酷な悦びで輝かせている。人間社会でひどい目に遭ってきたのだろう。その憂さを俺で晴らそうって魂胆のようだ。

「けど、まあ、一方的に殴るなんてのは卑怯者のすることだ。俺たちは違う。だからよ、ここは一つ決闘といこうじゃねえか」

四対一の決闘なんて聞いたこともない。やったことはあるけど。

「安心しろよ。武器は使わねえ。男同士、素手の勝負だ」

「デズ」

頼もしいもじゃひげが駆け寄ってくる気配がしたので、手で制する。

「あとを頼む」

「……いいのか?」

「遊び相手になるだけだよ」

殺しはしねえだろ。こいつらにデズと本気でやり合うだけの覚悟などあるわけがない。束になったところで敵わないのだから。

「準備は済ませとく」

やはりデズは俺の親友だった。踵を返すと、アルウィンを抱え込み、肩で担ぎ上げる。短い悲鳴が上がった。いくらデズとはいえ、アルウィンに触らせるなど業腹だが、今は緊急事態だ。特別に許可してやる。ありがたく思え。

アルウィンは身を捩って抵抗したようだが、デズの手からは逃れられない。担がれたまま『地竜車』の先頭へ消えていった。これでいい。これから起こることを彼女には見せたくない。

決闘の舞台は、荷捌き場の一角だ。広場になっているし荷物も運び終えたので好きに暴れられる。荷物をおろし、距離を取って向かい合う。どいつもこいつも勝利を確信した顔だ。こいつらにとっては『地竜車』が出発するまでのヒマつぶしなのだろう。

あとはまあ、予想通りだ。人間社会でいじめられたちびドワーフが決闘と称し、図体ばかりでかくてへなちょこ同然の俺を痛めつけて快感に酔いしれる。回り回るは因果の糸車だ。殴られ、蹴られ、踏みつけられ、髪を引っ張られ、靴底にキスをさせられる。

「ありがとうございました」

しょうもない台詞を言わされて、土下座までさせられる。これが面白いってんなら幼稚な連中だよ。

「あなたたち、いい加減に……」

ノエルが激高した様子で止めに入ろうとする。俺がというより、正義感や倫理観といった人道的な理由だろう。こんな有様は誰だって気分が悪いはずだ。ラルフは何も言わないけどな。

「よせ」

それを止めてくれたのは戻ってきたデズだ。

「何故、止めるんですか？　あなたはマシューさんの友人ではなかったのですか？」

「黙って見てろ」

「しかし」

ノエルがためらっている間にも俺はタコ殴りの真っ最中だ。

「汚れちまったな、洗い流してやるよ」

土下座中の視界の端でガドのズボンが落ちて、すね毛だらけの素足が見えた。

生温かい液体が俺の頭に注がれる。薄茶色の液体は額から頬、顎をつたい、したたり落ちる。

ドワーフどもが嘲笑する。

続けて俺の眼前に茶色い塊を放り投げた。馬糞だ。ひり出したばかりらしく、湯気と悪臭を放っている。

頭から踏みつけ、俺の顔を馬糞に押しつけた。悪臭がひどくて鼻どころか眼が痛い。

「そのへんにしておけ」

白ひげのドワーフの声がした。

「ここで死人は出したくねえ」

ガドが鼻で笑った。白ひげの言葉の意味を取り違えたのだろう。死体になるのはお前らの方だってのに。

「分かったよ、ここはアンタの顔を立ててやる」

文句を言いながらも手を止める。

「けっ、腰抜けが」

ズボンをはき直したガドが行きがけの駄賃とばかりに俺の顔を蹴飛ばし、手下から背中に背負っていた斧を受け取る。その瞬間、頭の中に警鐘が鳴り響いた。うつ伏せの状態からとっさに身をよじって逃れようとしたが、ガドの手下が俺の上に乗っかってきた。

「おっと、手が滑った」

にやりと笑うなり斧を振り下ろした。血しぶきを顔に浴びる。俺の左腕は肘の下辺りから切り落とされていた。

身悶えするが俺の左腕だけはまだ地面に転がっている。

「マシューさん！」

「来るな」

ノエルが駆け寄ってきたが、俺は声で制する。クソと小便まみれの男に近づいちゃいけません、とご両親に教わらなかったのか？

「ですが、その、腕が」

「見れば分かるよ」

これはさすがに痛い。痛いというより、腕がなくなった喪失感のほうがこたえる。

血もバカみたいに出ているし、気分が悪い。貧血になりそうだ。

足音が遠ざかっていく。体中殴られ蹴られ、クソと小便まみれにされた挙げ句に腕まで切り落とされたのだ。笑うしかない。

「ですが、血止めを」

「その前にやることがある」

今度は水をぶっかけられた。

目を開ければ仏頂面（ぶっちょうづら）のデズが桶（おけ）を持ちながら俺にほれ、と左腕を差し出している。

「傷口はキレイなもんだ。これならいけるな」

と、持ってきた俺のカバンから小袋を開けた。魔除（まよ）け菊の粉と、黒藻塩（くろもしお）だ。

「まさか、マクタロードに到着する前からお世話になるとは思ってなかったぜ」

「油断大敵ってやつだな」

言いながらデズは治療に入る。

傷の上をきつくしばり、傷口に魔除（まよ）け菊の粉をすり込む。切り落とされた左腕の方も傷口を洗ってからやはり魔除（まよ）け菊の粉をふりかけ、左腕と傷口を重ね合わせる。その上から黒藻塩（くろもしお）をふりかけ、あとは棒切れで固定してから包帯でぐるぐる巻きにする。

「どうだ？」

左腕の感触を確かめる。さすがにまだ動きはしないが、わずかに感覚も残っている。これなら回復も早そうだ。だが、これで「とっておき」はなくなっちまった。計算外だ、あのもじゃちびどもめ。

「え、今、何を？」

　ラルフが間抜け面を晒している。

「見ての通り、治療だよ」

　魔除け菊の粉は傷口にすり込めば何故か血と混ざって傷口がよくふさがる。黒藻塩には消毒と、魔除け菊の力を促進する効果がある。傭兵時代に教わった、いわゆる民間療法だ。

　世間には回復魔法だとか、魔法のポーションという便利なものがあって、傷をあっという間に治してしまう。けれど、このメンツで回復魔法を使える人間はいないし、ポーションは高すぎて庶民には手が届かない。どちらにしても切り落とされた腕をつなぐほどの効果はない。

　けれど、この組み合わせならちぎれた腕をつなぐこともできる。さすがに時間が経つと傷口が腐ってムリだが。グロリアに教えたくなかったのもそのためだ。腕を切り落とされた女に、腕をつなぎ合わせる材料を用意させるのは、いささか引け目を感じてしまう。

「けど、腕が、いや」

「だからどうした。別に初めてってわけでもねえ」

　刃物持った相手と切り合っていれば、指も落ちるし、腕も落ちる。足を切り落とされたこともある。そのたびに魔除け菊の粉と、黒藻塩にはお世話になってきた。これとて安くはないが、ポーションなら十回分使っても買えるかどうかだ。

「話には聞いたことはありますが、実際にやっている人は、初めて見ました」

ノエルが感心とおびえを込めながら俺の腕を覗き込む。

「あとは一日に何回か包帯を替えて、黒藻塩を定期的にすり込んでやれば大丈夫だよ」

運が良ければ、半月もあれば元通り動くようになる。訓練込みで一ヶ月ってところだが、まあ、俺だから七日もあれば充分だ。

治療が済んだところでデズがまた水の入った桶を持ってきた。

顔に付いた汚れと水滴を拭う。多分俺は今、情けない顔をしているはずだ。

「あいつの小便、甘い匂いがするんだよ。あれ絶対病気持ちだぜ」

「酒飲みの病だ」デズが言った。「そのうち足が腐り落ちる」

「あの短足じゃあ、変わりゃしねえな」

俺は笑った。

「アルウィンは？」

「着替えたら早く行ってやるんだな」

デズが俺の荷物を投げてよこした。

「マシュー、マシューとやかましくっていけねえ。早く顔を見せて安心させてやるんだな」

仕方のない姫騎士様だ。

「とりあえず先に行って説明しといてくれよ。『マシューさんが不良ドワーフどもを鼻毛一本で全員、八つ裂きにしてやった』ってさ」

「そんな器用な芸当、説明する自信はねえよ」

デズがタオルを投げてよこす。

「早く来いよ」

言い置いて先頭の車両の方に去って行く。マジいい奴。

「……何故殴り返さなかった?」

振り返れば、ラルフが腹立たしそうににらんでいた。ノエルも一緒だ。

「俺が、あんな連中に勝てると思っているのか?」

こんな真っ暗な洞窟の中じゃあ、いつもの非力な腰抜けだ。もちろん、ラルフやノエルに説明するわけにはいかない。

「けど、この前は」

言いたいことは分かる。自分がゲロ吐かされた男があんなちびもじゃどもにこびへつらって小便ぶっかけられたんだ。そいつに負けた自分はどうなるんだって話だよな、ラルフにしたら。

「ケンカする場合じゃねえからしなかった。こっちにはデズがいる。それだけだよ」

叩きのめすのは簡単だ。けれど、それであいつらがへそを曲げてこの洞窟を使えなくなったらどうする?　俺たちは地上の山脈を何ヶ月も掛けて越えなくてはならない。おまけに山賊や魔物に、落ちたら奈落の底という険しい道のりまで付いている。

「ま、どうせ帰りにもここを使うからな。戻ってきたときにでもケンカ売ってぶちのめしてやればいい。その時はよろしく頼む」

「俺たちにやらせるつもりか？」

「雑魚の相手はしないことにしているんでな」

実際、生きて戻れるかどうかも怪しいからな、俺。

俺が相手にするのは幾千幾万の魔物どもだ。ちびどもなんぞお呼びじゃない。

遺言なんて柄でもないが、戻ってきたときに覚えていたら一発殴ってくれればいいさ。

「とりあえずアルウィンには内緒で頼む。毛嫌いされたら泣くぞ、俺は」

服を着替えて臭い消しのために香水を振りかけてから先頭に行くと、アルウィンがすがりつきながら話しかけてきた。とりあえず無事だとアピールして落ち着かせる。あいつらは運がいい。姫騎士様が健在ならば今頃、剣の露と消えている頃だ。

腕の包帯についても聞かれたが、名誉の負傷とごまかしておいた。そのうちノエルかラルフからでも聞くだろう。

服が乾く頃には『地竜車』も出発となった。

ネズミのような鳴き声とともに、巨大モグラが動き出す。最初はゆっくりだったが、徐々にペースを上げ、ついには馬のようなスピードになる。なるほど、こいつは速い。おまけに地上のような障害物や高低差もないから一直線だ。

壁の両端と上部には、アカリダケという光るキノコが規則正しく生えている。

さすがに昼間のようにとはいかないが、顔くらいは判別できる。

見渡せば、乗客は俺たちだけだ。ほかの箱には乗っているようだが、さっきのようなトラブルを警戒してか、ほかの乗客と分けられている。先頭車両を貸し切り状態だ。

デズの話では途中何度か休憩をはさみながら北上していくそうだ。

『地竜車』の中はイスも何もなく、ただ側面に出入り口と窓が付いているだけだ。ただの板張りなので座り心地も快適には程遠い。馬車からクッションも持ってきているが、長時間乗るには、尻には酷だ。

窓といっても代わり映えのない景色が延々と続く。風が吹き込んでくるのはいいが、見ていて面白いものでもない。退屈だ。

アルウィンはその窓際(まどぎわ)で膝を抱えて座っている。

さっきまで煩わしいくらい引っ付いてきたのに、話しかけても気まずそうに目をそらしてしまう。

まだ臭いがこびりついているか？　と袖口を嗅いでみるがよくわからない。

さっき絡(から)まれた件について察しが付いているのだろう。

もしかしたら内緒で覗き見ていたかもしれない。惨めでみっともない姿を晒して嫌われてないだろうか。ちょっち自信ない。

暴れたりするような様子は今のところない。ただ、顔色が悪い。やはり真っ暗な洞窟は『迷宮』を否応なしに思い出させるようだ。

『迷宮病』を患うと、夜の暗がりが怖くて何個も明かりを付けて、昼間のようにしてから眠る者もいるという。家の中では平気だったが、やはりつらい記憶が蘇るのかもしれない。

不意にアルウィンの様子が変わった。頭に手を当て、苦しそうに目をつぶる。

「イヤだ……」

アルウィンがゆらりと立ち上がる。

「おい、危ねえぞ」

ここは走る車両の中だ。常に揺れていて、気をつけないとすぐにすっころぶ。

デズが注意するが、聞いた様子はない。

それどころか、扉から外へ出ようとする。

「止めろ！　こんなところから出たら死んじまうぞ！」

馬から振り落とされても大けがをする。馬よりも速い速度で走っているし、周囲は岩の洞窟だ。落ちたら死んじまう。

四人全員で食い止め、また座らせるものの、アルウィンはまだ震えている。

俺はアルウィンの隣に座り、頭を引き寄せる。

「退屈ならなにか話でもしようか？」

「私は……」

「昔、俺がまだ冒険者だった頃の話だ」

構わず話し始める。

「昔、俺が三匹のニワトリと戦って死にかけた話だ」

それから俺は色々な話をした。駆け出しの時の失敗に、バクチで負けて身ぐるみ剝がされて仲間のところまで裸同然で山一つ越える羽目になった話、村を救った褒美として山の主の生贄にされ掛けた話、遺跡に残された古文書の正体が大昔の英雄の残した恋文だったとか。野盗に捕まって砂漠に置き去りにされたが三日三晩歩き通してかろうじて生き延びた話。幽霊退治に行ったら若いカップルの秘密の逢い引き場所だったなんてしょうもない話まで。とりとめもなく語る。そこそこ長い間、傭兵や冒険者として生き延びてきたので、話のネタには事欠かない。

強敵を倒した英雄譚なら吸血鬼や悪魔やドラゴンでも語れるが、今のアルウィンにはこっちの方がいいだろう。洞窟や『迷宮』の話も外した。

あの頃は良かった。たいていのことは力ずくで解決できた。金回りも良かったし、女にもモテた。信頼する仲間もいた。暗がりを気にして、いちいち日差しを求める必要もない。人生の絶頂期というやつだろう。

それが今はどうだ。無類を誇った力はなくなったも同然、金はなく、何十人といた女はいなくなり、手のかかる姫騎士様がお一人だけ。信頼する仲間はちりぢりになり、残ったのは無愛想で乱暴で、誠実な友達が一人だけ。

色々なものが、大切なものが、俺の手から滑り落ちていった。

今話しているのも、過去の懐かしい思い出であり、残骸だ。今の俺には役に立たないものだが、暇つぶしくらいにはなるだろう。

「……というわけで、命からがら逃げ延びてどうにか依頼は果たしたが、報酬はゼロで財布の中はすっからかん。骨折り損のくたびれもうけってわけだ」

不意に俺の肩に柔らかいものがのし掛かる。

「アルウィン?」

眠っている。

俺の昔話も子守歌にはなったようだ。

「ゆっくりお休み」

しばらく真っ暗な洞窟の中だからな。極力眠った方がいい。

起こさないよう、慎重に体を外し、横に寝かせる。クッションを枕代わりにお休みの時間だ。

「まだ次の駅まで時間がある。今のうちに休んでおけ」

デズが言った。

「そうだな」

長話のし過ぎで喉がからからだ。水袋に手を伸ばしたところで、ノエルが這うようにして近づいてきた。

「さっきの話、本当なんですか？」

ノエルが目を白黒させて尋ねてきた。

「デタラメに決まっているだろ」

俺は肩をすくめた。

「作り話だよ。昔聞いた話を適当につぎはぎして即興で作ったんだよ、なあ、デズ」

「……そうだ」

忘れないうちにデズにも釘を刺しておく。

「もしかして俺、語り部の才能があるかもな。話すのは好きだから語って聞かせる商売ってのは向いているかも」

「詐欺師とかな」

「ぬかせ！」

余計な茶々を入れるデズにツッコミを入れる。

「ま、アルウィンが落ち着くならまた話して聞かせてあげるよ。今度は修道院にシスターの格好をして潜入した話なんてのは、どうかな」

「はあ」

興ざめ、とノエルの表情が物語っている。悪いが俺にも俺の事情がある。

ラルフの奴(やつ)は隅っこの方で膝を抱えてうずくまっている。時折ちらちらと俺やアルウィンの方を見る。恨めしいのか、うらやましいのか、腹立たしいのか、情けないのか。色々な感情が渦巻いているのだろう。悩むのは自由だが、目が合った途端、視線をそらすのは止めてくれ。恋に恋する乙女じゃあるまいし。

しばらく進むと、速度が少しずつ落ちていき、やがて止まった。

「交代だ」

デズに言われて外を見れば、『大竜洞(だいりゅうどう)』の横に細長い通路があり、奥からドワーフに連れられた巨大モグラが近づいてくる。

なるほど。モグラもお休みか。

「そこに厠(かわや)もある。用足しなら今の内だ」

「至れり尽くせりだな」

「昔はそこらで用を足していたんだが、それを目当てに虫やネズミがうろつき回る上に病気まで流行(はや)りだしたからな。その辺には気を使っている。工夫の積み重ねだ」

なるほど、洞窟の中だってのに、空気がよどんでいないのも、そのドワーフ様の工夫のおかげってわけね。

休憩も終わり、再び走り出す。

「そろそろ飯の時間だな。もう上は夜のはずだ」

「分かるのか？」

デズの言葉に、ラルフが不思議そうな声を上げる。

「こいつの腹時計は正確だからな」

「飯食ったら今日はここで眠る。走りながらだから見張りは必要ない」

洞窟は定期的にドワーフが見回っているし、護衛役のドワーフも乗り込んでいる。

「そいつはいい」

寝ていても目的地に到着するんだからな。最悪、奴隷船のようにオールでも漕がされるかと思っていた。

おかげでアルウィンに集中できる。

『地竜車』が動き出すと、再び俺の手を握る。アルウィンも少しは慣れたのか、青白い顔はしていたが、最初のように降りると喚くことはなかった。たまに振り回した腕が顔に当たったり、みぞおちに入った程度だ。裸のお姉ちゃんがサービスしてくれる店に通っているのがバレたときはこんなものではなかった。

それから三日目の昼過ぎ。『地竜車』は無事目的地に到着した。

「降りるぞ」

デズの案内で再び石の坂を登り、幻影の壁を抜ける。

「ほう」

山の中腹にある岩山、その眼下に森林が広がっている。

だが、あるところを境に森は寸断され、その向こう側には、砂色の荒野が広がっている。

「あそこが、マクタロード王国です」

ノエルが指さしながら悔しそうな声で言った。

「わたしたちの、故郷です」

第六章　発見

ここから道案内役はノエルに交代だ。案内します、とノエルは御者台に座り、森を抜けて荒野に入る。

てっきり入った途端に魔物が我が物顔で闊歩する光景を見せつけられるかと思ったのだが、存外に静かだ。たまに遠くに巨大な魔物が眠っていたり草を食んでいるのを見るくらいだ。

「ここらの魔物はまだおとなしいですし、近づかなければ戦いにはなりません。王都に近づけば近づくほど魔物の数も増えますし、好戦的になります」

「もっと壊滅的な感じかと思ったけど」

「……人の住む街は全て滅びました。国として成り立っているとは言えません」

「悪い」

俺が軽率だった。たとえ土地が無事でも国としての機能が停止しているのだ。崩壊、と言ってもおかしくはない。

「残ったのはいくつかの小さな村です。それも安全とは言えません」

魔物の数も危険度も段違いに増えたのだ。うかつに村の外には出られなくなった。

「それに、多くの魔物の群れがデタラメなルートでうろつき回っています。最初の災厄で助かっても、その『徘徊』で潰された村もあります」

村同士の付き合いもなくなり、旅の商人も来ないので、食料も確保できず、金も稼げない。金がなければ、食料も手に入らない。どの村も孤立状態だ。

「実際、飢えて亡くなった人もいます。決死の覚悟で応援を頼みに行った人もいたそうですが、帰ってきた人はわたしの知る限りいません」

出るも地獄、とどまるも地獄、か。

「今いる連中はどうやって生き延びているんだ?」

「村の中にある少ない畑を耕したり、村の上を飛ぶ鳥を射落としたり、あとはわたしのような者が支援に回ったりとか」

生き残った連中はそれぞれの方法で生き延びようとしている。それが出来ず、失敗した村は滅びた。マクタロードの民は王国崩壊後もなお、苦しみ続けている。

「ユーリア村はここから二日ほど先です。顔見知りなので、頼めば泊めてくれるでしょう」

「そいつは有り難い」

マクタロード王国崩壊後、避難民を誘導し、国外へ逃がす。あるいは大切な遺品や貴重品を回収する。それがノエルの任務だった。

国が滅びても民のために命を懸けて尽くす。いつか王国が再興したら彼女の功績も英雄譚として語り継がれるだろう。

「隠れてください！」

ノエルは叫ぶなり馬車を近くの岩場に止める。

「早く馬車から出てください。急いで」

切羽詰まった声音を出しながらも的確に指示を出していく。

「静かに、喋らないでください」

日陰の中、声を潜めながらノエルが緊張した面持ちで周囲をうかがっている。理由はすぐに分かった。

巨大な影が頭上を凄まじい速さで横切っていった。見上げれば、太陽光を反射させながら巨大なトカゲが翼を広げ、滑るように飛んでいるのが見えた。ワイバーンか。亜竜の一種で、飛行能力はピカイチ。たまに地上に降りてきて家畜や人間をエサにする。倒すとしたら魔法や弩で撃ち落とすか、地上に降りてきたところを叩くしかない。

ワイバーンは俺たちをエサと認識したのか、荒野の上をぐるぐると回っている。周囲には人や動物もいないからエサの確保に苦労しているのだろう。

「もう少ししたら諦めて別の場所に移動するはずです。それまでの辛抱です」

そうだといいけどね。事実ワイバーンから去っていく気配を感じられない。腹をすかせているのか、執念深く地上を見回している。これでは見つかるのも時間の問題だろう。

日陰とはいえ、遮るもののない荒野は日差しが強い。汗がだらりと流れる。この緊張感と暑さでは先にアルウィンが限界に来そうだ。

「心配ないよ」

俺はアルウィンの肩を抱いてやる。

「いざとなったらラルフをオトリにして逃げればいい。君のためなら喜んで命を捧げるってさ」

「ふざけ、いや、ウソではありませんが、その」

ラルフが過去の発言に引っ張られてしどろもどろになっている。

「静かに、音を立てないで。……来ます」

ノエルの警告に俺は空を見上げた。ワイバーンは相変わらず荒野の上を飛び回っている。こちらに気づいた様子はない。

おかしい、と思った時、地面が盛り上がった。続けて人が通れるような穴が空いた。地面の下から出てきたのは、人間ほどの背丈をしたアリだ。

後ろでデズが舌打ちをする気配がした。かつてデズの故郷を襲った巨大アリの同族か同類といったところだろう。

巨大アリは穴から次々と姿を現した。数十匹どころではない。何千何万という数に膨れ上がっていく。地上に現れたアリは前のアリの上に乗っかり、後から出てきたアリがまたその上に乗る。ひとかたまりになってみるみる間に黒い塊は高さを伸ばしていき、上空高く飛んでいたワイバーンの高さまで到達した。そうと気づいたワイバーンは方向を転換した。黒い塊となった巨大アリは仲間を踏み台にしてジャンプする。途中、何匹かが風に流され、捕まえられずに地上へと落下していく。やがて一匹がワイバーンの足にしがみついてから状況が変わった。わずかに高度が落ちたのを巨大アリの群れは見逃さなかった。二匹目、三匹目が続けてワイバーンの背に乗る。なんとか振りほどこう急降下をしたり錐揉み回転をするが、振り落とされる数より新たにしがみつく巨大アリの方が多かった。

ワイバーンは黒い塊となって地面に落下した。振動と砂埃が俺たちのところまで届いた。落ちた鳥の末路など哀れなものだ。いくら体格差があろうと、集団でのしかかられたらもう抵抗はできない。

悲鳴とともに血なまぐさい臭いが流れてくる。肉と皮をむしり取られているようだ。

「今のうちです。行きましょう」

ノエルが馬車に戻るようにうながす。巨大アリも俺たちよりも目の前のエサに夢中らしい。

急いで馬車に乗り込み、再出発する。

振り返れば、巨大アリが列をなして穴の方へ戻っていくのが見えた。

隣にいるラルフの顔が青い。今更ながらに思い知らされたのだろう。

自分たちの故郷はもう、魔物が闊歩する魔境なのだと。

その後も何度か魔物と遭遇した。朝は巨大なミミズに潰されそうになり、昼は家ほどもある人食い馬に追いかけられ、夕方にはアルラウネに食われそうになり、夜はヴァンパイアに連れ去られそうになった。見かけただけならゴブリンから巨人族まで魔物事典の索引から抜け出したかのように多種多様だ。

転んで谷底に落ちそうにもなったので、デズがいなければ五回は死んでいる。命からがら全員疲弊しながらも三日目の夕暮れになり、目的地のユーリア村にたどり着いた。

ユーリア村は大きな石壁に囲われていた。

まだ新しい。王国崩壊の報を受けて、急ごしらえで作ったのだろう。

門は木製だが、鉄の板で補強してある。

「ノエルです。帰ってきました。門を開けてください」

外からノエルが呼びかけると、簡単に開いた。馬車ごと中に入る。

「よく来て下さいました。ノエルさん」

奥の方から走ってきたのは、五十代とおぼしきご婦人だ。

ここの村長です、とノエルが小声で説明してくれた。本当は旦那の方が村長だったのだが、魔物の大量発生の時にたまたま王都へ用事に出掛けていて、そのまま戻ってこなかった。

それからずっと妻である彼女が代理を務めているのだという。

「どうぞ、使って下さい」

ノエルがリュックを下ろして封を解く。中身は食料と油、衣類、針や糸に継ぎ当ての布といった裁縫道具、ほかにも釘や、ここでは手に入らないような消耗品も入っていた。

支援物資、か。大荷物だったのは、このためか。

「……その方たちは？」

「仲間だよ。ノエルが君たちのために一時帰国したいというからね。付いてきたってわけ」

ノエルが何か言い出す前に適当な理由を付けておく。

「まあ、それでは王女殿下の？」

と、目を輝かせる。自然と俺たちを見る目に期待が宿る。

「姫は」とノエルが言いにくそうにしている。

俺が返事をしようとしたところで袖を引っ張られる。

馬車の中からアルウィンが不安そうに俺の手をつかんでいる。フードで隠しているが、彼女の髪の色は特徴的だ。たとえ顔を見たことがなくても、すぐに気づくだろう。

「あいにくとアルウィン……姫は用事があってね。俺たちはその代理ってところ」

「後ろの方は？」

村長が馬車のアルウィンに目を向ける。

「彼女は……アリー」俺は人目をはばかるように声を潜める。

「姫騎士様の身代わりだ」

アルウィンが『迷宮』を攻略すると不都合な人間が多いため、しょっちゅう命を狙われている。そのために身代わりを務めている、という話だ。もちろん口から出任せなのだが、村長からは「まあ」とご苦労様と言いたげな声が漏れる。

ノエルたちも同調するように相槌(あいづち)を打つ。

「それはそれは。小さな村ですが、是非」

俺たちは村の外れにある空き家に泊まらせてもらうことになった。ノエルがこの村に来たときもそこで寝泊まりしているという。

「村の守りはどうなっている？」

空き家に入り、一息つくとデズがノエルに尋ねる。

「今のところは安全です。魔物よけのほこらがありますから」

「ほこら？」

「村の真ん中にあって、中には結界を作る魔法陣があります」

なんでも昔、とある高名な魔術師が一夜の宿を借りたお礼にと、村に魔物を寄せ付けない結界を張ったのだという。宿代にしては法外すぎるな。

「ですが何分大昔のことなので、いつ壊れてもおかしくありません」

「逃げる算段は？」

「難しいかと」

ノエルは首を振る。村人を見れば女子供と老人ばかりだ。男連中は兵士として駆り出され、魔物との戦いでほとんどが命を落としたのだろう。表情はどいつもこいつも辛気臭く、疲労の色が濃い。いつ魔物の大群が攻めてくるか不安のようだ。緊張感は続けば続くほど、心身が疲弊していく。

「ここからだと山を越えないといけません。東の谷を越えられたら楽なのですが、あそこは途中の断崖が急なので橋も掛けられないんです。あとは西の荒野を通って国境を抜けるルートですが、こちらは魔物だけでなく獣や山賊も出るので」

足弱の連中ばかりではそれも厳しい。そうした事情もあって、ユーリア村の連中は脱出に消極的だ。つまり、取り残された村ってわけか。むしろ今まで保った方が奇跡だろう。

ノエルの話では、つい先日、西側の辺境にあった村が魔物に襲われて壊滅したらしい。ここと似たような立地だったが、ある日、人間の気配を察知した魔物が大量に押し寄せ、逃げる間もなく建物ごと踏み潰された。残ったのは瓦礫（がれき）と、血の痕跡、そしてゾンビにすらなれないほど食われまくった人間の残骸だった。

「魔物よけの香草もだんだん採れなくなっています。壁も警備も気休め程度にしかなりません」

結界が壊れたらこの村の命運も尽きる。その前になんとしても国外へ脱出させたい、というのがノエルの本音だろう。

そこでノエルはデズに向き直り、真剣な表情をする。

「ご協力願えませんか？　『地竜車』はムリでもせめて駅だけでも」

要するに『大竜洞（だいりゅうどう）』を使わせてくれ、と言っているのだ。

「ムリだ」

デズの返事はにべもない。薄情なのではなく、出来ないからだ。ただでさえ、人間が出入り禁止の通路にムリを言って四人も通らせてもらっている。これだけでも奇跡のようなものだ。さすがに何十人もの人間を引き入れたとなれば、大問題になる。何十人もの人間が全員、一生口をつぐむなんて、まずあり得ない。きっと誰かが喋（しゃべ）り出す。そうなれば、『大竜洞（だいりゅうどう）』をめぐっての争いがまた繰り返される。

そしてデズやデズの家族は制裁を受けるだろう。二度と、ドワーフ社会では受け入れられなくなる。事実上の『絶縁』だ。

デズ一人なら義侠（ぎきょう）心でなんとでもするだろうが、女房（にょうぼう）子供を巻き込むとなれば誰だって二の足を踏む。前は自分の信念のために行動し、後先構わないような男だった。弱くなったという奴（やつ）もいるだろうが、それは違う。夫として、父親として責任が生まれたのだ。

「しかし……」

「そこまでだ」

なおも食い下がろうとするノエルに対し俺は静かに肩を置く。

「ひげもじゃにも立場や事情ってもんがあるんだ。あまり困らせないでやってくれ」

デズとて助けたい気持ちはあるだろう。優しい男だからな。けれど、自分の女房子供と引き換えにするほどじゃあない。誰だって身近な者が大事だ。見知らぬ他人が百人死ぬより身近な犬や猫に死なれる方がよっぽど悲しいし辛い。理屈ではなく、そういうものだ。

「……申し訳ありません」

ノエルは不承不承という感じで謝罪した。

もちろん、身近な者を守りたいのはノエルとて同じだ。だからこそ利害調整が必要なのだが、デズの負担が多すぎる。

「今日はここでバカンスか。泳ぐのはムリでも避暑にはもってこいじゃないか」

「避暑というか、冬には雪で閉ざされて身動きも取れなくなるのですが」

逃げ出すなら今のうち、か。

窓越しに改めて村の中を見回す。もっと死んだような目をしている連中ばかりかと思ったが、カードでバクチをする者もいるし、刈り取った麦わらを編んで縄にしている者もいる。壁の一角は子供の落書きで埋め尽くされている。

明日をも知れぬ環境の中でも生きる楽しみと悦びを見つける。人間ってのは存外にしぶとくできている。

「例の件なのですが」

ノエルが他聞をはばかるようにして顔を近づける。

「いつにします?」

「……明日かな」

俺は空を見上げながら言った。ノエルによるとこの時期は、東からの暖かい風が吹いて、晴れやすいという。俺の読みでもそうだ。明日は一日中、晴れだろう。ここまで動かさずにおいたお陰で傷の治りもいい。問題なさそうだ。

「今日は早めに休んでくれ。夜明け前には出たい」

「分かりました」

空き家は存外に広く、三部屋に分かれて眠ることになった。

部屋割りは俺とアルウィン、デズとラルフ、そしてノエルだ。

アルウィンを一人にはしておけないし、ノエルと一緒では落ち着かないためだ。

ラルフが不平不満をたらたら並べた以外は、問題もない。

ベッドも二つある。

俺としては一つのベッドを二人で使っても良かったのだが、ノエルたちに反対されて衝立(ついたて)を置くことになった。おまけに、左手首には壁に取り付けた手鎖(てぐさり)まではめられる始末だ。信用ないな。あるわけねえか。人生最後に一発やらせてやろうって善意はないのかよ。ないんだろうなあ。

「マシュー」

ベッドで横になりながら悶々としていると、衝立の向こうから呼びかけてきた。

「眠れないのかい？」

「私は、卑怯者だ」

自分の素性を隠していることに罪悪感を覚えているらしい。

「バラしたら大変なことになる。サイン攻めに遭っちまうよ。しわだらけのじいさんの腹にねだられたらどうする？　しわで字がへなへなになる」

「茶化すな」

「ここに来たのはバカンスのためだよ。お忍びの視察と思えばいいさ」

心の中でため息をつく。

荷物を下ろして軽くするために来たのに、その端からまた別の荷物を背負っちまう。責任感というより最早呪いに近い。王族として、一国の姫として、誇り高き騎士として、こうしなければいけないと自分を高く律し、登り続けて、転落してしまった。今は片手一本で俺という命綱にしがみついている。ちょっとでも衝撃を受ければ、手を放してしまう。あとは光届かぬ奈落の底へ真っ逆さまだ。

そうならないためにも背負っている荷物を下ろして、負担を軽くすべきなのに。

命綱だって、いつ切れるか分かったもんじゃないってのに。いい加減学習してくれないかね。

信頼されているのか、油断しているのか。

物思いにふけっていたら急に騒がしくなった。顔を向けると、アルウィンが衝立を移動させていた。部屋の隅に移動させると、これでよし、とばかりにベッドに寝転がるとこちらに手を伸ばした。

「手を貸してくれ」

「怒られるよ？」

俺の方が、だけど。

「眠れないんだ。頼む」

「へいへい」

手を差し出すとぎゅっと握られる。

「なんなら腕枕もしてあげるけど。こっち来る？」

「結構だ」

すげなく断られる。

真っ暗な部屋の中に、月明かりが差し込む。

「気分はどうだい？」

「今はいい」

今は、か。

「……一人になると、怖くなる。何もかもが怖くなる。広い場所にいるはずなのに暗くて狭くて、息苦しくなる。まるで生きたまま棺桶に閉じ込められたようだ」

「そりゃおっかないね」

「このままではいけない、と焦りばかりが生まれる。私自身が私をどうしていいかも分からなくなる。……理屈では分かっていても心がついて来ない」

手を握る力が強くなる。精神の平衡を崩し、どうにもならなくなった彼女は道を違え、地獄に落ちた。俺と出会わなければ、更に深い闇の底に落ちていただろう。

「……やはり、あんな邪なものに頼ったのは間違っていた。強くなったつもりでも所詮は一時しのぎの偽りだった」

「……」

「今まで『迷宮』に入って戦っていたのがウソのようだ。今まで当たり前に出来ていたはずなのに……自分でも信じられない」

「そうか」

「……前に約束したことがあったな」

アルウィンが天井を向いたまま独り言のように話し出す。

「いつか、『迷宮』を攻略したらお前に私の故郷を見せてやる、と」

「そうだったね」

「本当はもっといいところなんだ。もっと幸せに暮らしていた。こんな魔物だらけで、人々が怯えて暮らすような国ではなかった」

本当は、か。

大好きな故郷が魔物の巣窟になってしまった。それを今も認められないし、認めたくないのだろう。現実を受け入れられず、一番非現実的な解決方法を彼女は選んだ。ゼロか百かの賭けだ。そして今、彼女は賭けの精算を迫られている。

「……『キャメロンの大樹』は、今どうなっているだろうか」

「無事だといいね」

「叶うならば見に行きたい。行ってこの目で確かめたい」

「勘弁してよ」

「分かっている」

闇の中で苦笑する気配がした。

「王都は今も魔物の巣窟だ。私では……昔のお前でもムリだろう」

「かもね」

だが、とアルウィンは続ける。

「今もあの樹が、この国に根付いているのかどうか。……もしそうなら、私もまた立ち上がれる。そんな気がする」

「君は君だよ」

いくら大切な樹だからといって運命までともにする必要はない。

「ちゃんと自分の足で立っているし、今も衝立を自分一人で夜中に片付けた」

「……」

「今日はもう寝なよ。またいつか、『迷宮』を攻略してから見に来ればいいさ」

「……」

「アルウィン？」

返事はなかった。振り向くと、アルウィンが俺の両手を腕に抱えながら眠っている。実に気持ちよさそうだ。

「お休み」

本当ならキスの一つでもしたいところなのだが。手首の鎖さえなければ。

目が覚める。隣のベッドを見れば、アルウィンがまだ眠っている。

下手をすればこれが最後の別れになるだろう。

感傷に浸るつもりはない。いつものことだ。今までだって、アルウィンは命がけの戦いを続けてきた。たまたま順調に進んでいるだけで、いつ永久の別れになってもおかしくなかったし、この前はそうなるところだった。それが今日は俺の番になるだけだ。

包帯を取る。傷口はあらかたふさがっていた。動作も問題はない。

いつの間にか、扉の隙間から滑り込ませたのだろう。手鎖のカギが落ちている。

手鎖を外し、昨日のうちに用意しておいたリュックを背負う。

非力の身なので、荷物は最小限にしてある。

「はい、これ。今日の分だ」

起こさないようにして枕元にあめ玉の入った袋を置く。その横に柄にもない置き手紙を残す。

『ちょっと出かけてくる。いい子で待っているんだよ』

なるべく気軽で簡潔な言葉を選んだ。くどくど長ったらしいのは、好みじゃないし余計に心配させるだけだからな。起こさないよう、慎重に扉を開けて外に出る。

夜明け前。

俺とノエルは村外れにいた。

デズもいるが、今回はお留守番だ。

「本当について行かなくていいのか？」

「ああ」

今回の作戦に求められるのは素早い立ち回りだ。今の俺より遅い足では、命がいくつあっても足りやしない。

「村の方を頼む。戻ってきたら壊滅していました、じゃ困るからな」

「俺に姫さんの世話をさせるなよ」

これはデズ語でいうところの「必ず生きて帰って来いよ」だ。長い付き合いだから、翻訳も慣れっこだ。

「肝に銘じておくよ」

必ず生きて戻る。さもないとアルウィンだって今のままだ。

「じゃあな」

デズのあごひげをかきわけ、頬にキスをする。

みぞおちに入った。息が詰まった。

「気色悪いマネすんじゃねえ！」

相変わらず照れ隠しがきついな。

「戻ったら続きしようぜ、ダーリン」

手を上げながら村の外へ出る。のんびりしていたら五体バラバラにされちまう。

振り返ると、ノエルが硬直していた。信じられないものを見たような顔をしている。

「まさか、あなた。姫だけでなく、デズさんとも？」

「アルウィンには内緒にね」

俺は笑った。心配になるくらい純粋な子だな。

「向こうは妻子持ちだからね。俺も家庭を壊すつもりはない」


俺とノエルは荒野を進む。

日が昇り、乾いた風が吹いてくる。

ノエルの話では、近道があるのだという。

「伯父様によると、もう少し行った先に秘密の洞窟があるそうです」

山の方を指さす。

「非常用の地下道です。それを使えば王宮まで一直線です」

城が陥落する前に、お偉方だけ使える抜け道ってところか。

地下道ってことは、日差しは期待できない。だが、うまくいけば魔物とほとんど出くわさずに王宮の『キャメロンの大樹』まで行ける。そいつはでかい。

「アルウィンもそれを使って？」

「姫は、使わなかったそうです」

ノエルは申し訳なさそうに言った。

「最後まで戦おうとされて、数人がかりで拘束してムリヤリ馬に乗せて王宮を脱出されたと」

あの子は昔からムチャばかりする。

日が高くなってそろそろアルウィンも目を覚ます時間だ。おとなしくお留守番を頼むよ？

枯れ草に埋もれた大きな木があり、その根元はぽっかり穴が開いている。覗き込めば、思っていたより深い。人の背丈の倍……いや、三倍以上はありそうだ。

ここです、と地図と見比べながらノエルが言った。

そばの大木にくくりつけたロープを垂らし、ノエルが先行して降りる。どうやら横穴があって、通路になっているようだ。

「いいですよ」

安全を確かめてからノエルが穴の底から呼びかける。了解、と俺は穴の中へ飛び降りた。数瞬後に足の裏に振動が来た。

「こっちの方が早いからね」

合理的な判断だったのだが、ノエルは呆れ果てた顔をしていた。

横穴は俺の背丈ではちょいと狭いが、ノエルは構わず先に進む。真っ暗だ。

「待ってください」

ノエルが明かりを灯す。所々ひび割れてはいるが、通路の中は岩だらけでごつごつしている。どうやら天然の洞窟を抜け穴に利用しているのだろう。割れ目からは地下水がしたたり落ちている。湿気でかび臭くなっている。

『迷宮』とは違い、ここで光を失えば、何も見えなくなる。真の闇だ。

「行きましょう」

ほのかな明かりを頼りに先へ進む。地面が濡れているので滑りやすいが、想像以上に順調だ。魔物でも出くわすかと思ったが、今のところその気配はない。静かだ。

反面、時折頭上から震動とともに土や砂が舞い落ちる。地上ではドラゴンだかベヒモスだかの巨大な魔物が暴れ回っているのだろう。やはり地下を通って正解だった。

安全に越したことはない。危険を冒すのと、自分から火事場に突っ込むのとは違う。

道は多少曲がったりもしたが、ほぼ一直線だ。この手の抜け道だと、盗賊に利用されないために、ワナが仕掛けられ、道が複雑になっているものだが、そこまで作る余裕がなかったのだろう。ただ、ひたすらに長い。考えてみれば、王宮までは山一つ越えるくらいの距離があるはずだ。すぐに、というわけにもいくまい。

「出口から『キャメロンの大樹』までどれくらい？」

「そう遠くはないかと。王都の至る所から見えるはずなので」

「無事ならね」

王国の象徴といってもあくまで普通の樹木だ。完全に無傷、とはいかないだろう。問題はどこまで原形をとどめているか、だ。

「もし見当たらなくても、王宮の東側に植えられていましたので、そちらを目指せば良いかと思います」

「了解だ」

鬼が出るか蛇が出るか。なるようになるか。

「何かあればわたしが対処します。あなたはご自分のすべきことを成し遂げて下さい」

そこまで言い切れるってことはそれだけの自信があるからだ。

さっきから大地を揺らしている元凶どもとだって戦うつもりなのだろう。

次の質問をしようとしたところで、「あなたは」とノエルの声が被さる。

「あなたは、何故あんなにも姫に信頼されているのですか」

質問をしながらもノエルの顔はずっと前を向いている。

「男女の仲、だけではないように思います。わたしも恋人や夫婦を何組も見てきましたが、姫とあなたは、上手く言えませんが少し違うように見えます」

図星だ。ノエルなりに理解しようと一生懸命なのだろう。

「それなりに一緒の時間を過ごしてきたからね。積み重ねってやつかな」

「それならわたしにだってあります。伯父様やラルフさんや亡くなった皆さんにもありました。けれど、姫が一番信頼しているのは、あなたです」

「買いかぶりすぎだよ」

俺は彼女の秘密を知っている。秘密の共有というのは、人を近づけるためには有効な手段ではある。

「あえていうなら、君がアルウィンを『姫』と呼ぶのが、その答えだと思うけどね」

立場の違いだ。一国の姫と忠臣。だからこそ、親しくなれた。が、それ故にその立場から踏み込めずにいる。

「あなたは、違うのですか？」

「俺はバカだからね。肝心なのは、いい女かどうかってだけ」

「……」

ノエルは黙りこくってしまった。前を歩いているので、表情は見えない。

「信頼されようと思ったらまず相手の懐に飛び込まないと。礼儀作法も大事だろうけど、それだけではダメな場合もある」

特にアルウィンが求めていたのは、そういう相手だった。

「まあ、戻ったら話を聞いてみればいい。『する』んじゃなくって『聞く』んだ。人間ってのは、話したがりだからね。聞いてくれるだけでも有り難いものだよ。アルウィンもしかめっ面しているけど、あれで結構……」

話の途中でノエルが声を上げた。何事かと俺は顔を上げ、口の中でうめいた。

目の前の通路が瓦礫で埋まっている。

壊れ方から察するに、天井から崩落したようだ。

地面の上でデカブツがやりたい放題やっているからな。もろくなっていた部分が耐えきれなくなったのだろう。もちろん、今の俺で取り除けるものではないし、下手をすれば再崩落で生き埋めになる。参ったな。ここまで来て引き返すのは、時間のロスが大きい。

「ほかに通路は？」

「あるにはありますが」

と、ノエルが右の道を指し示す。なるほど、別の通路が伸びている。これまでの岩肌と違い、削った石で固められているので頑丈そうだ。

「こちらだと、別の出口になってしまいます。確か、王都の外れになるかと」

「上等だよ」

そこまで来られただけでも御の字だ。

「ですが、それだと魔物の巣窟の真っ只中になります。危険すぎます。やはり引き返しましょう」

「ほかの出口は？」

「あるにはありますが」

安全面でも距離的にも似たりよったりだという。

「なら行くしかないね」

「分かりました」

ノエルはうなずいて右の道へと進みだした。俺は黙ってその後に付いていく。

通路の壁が石組みに変わってしばらくすると、目の前が明るくなった。行き止まりは人一人が通るのがやっとの幅しかないが、頭上からは太陽の光が差している。

「ここが終着点?」

「はい」とノエルは返事と同時に空を見上げる。四角く切り取られた青空だ。出入り口は枯井戸に扮して作られているようだ。這い上がるにはちょっち厳しい。

ノエルはカギ付きのロープを取り出し、空高く放り投げる。井戸口の縁に引っかかったのを確認すると、猿のようにするりと登っていく。その後で俺も引き上げてもらった。

地上に出れば、どこかの庭だったようだ。壁は崩落し、草一本生えていない。庭木が植えられていたとおぼしきところには、小さな穴が空いているだけだ。隣接する屋敷も屋根どころか、壁や土台だったものがかろうじて残っているので判別できたに過ぎない。

「ここは?」

「ルスタ家の庭になるかと」

ラトヴィッジの伯父様の家か。趣味のいいことで。自分たちだけが逃げ出すために作ったのだろう。騎士の鑑だな。

そこでノエルがはっと顔色を変えながら土色の布を取り出し、俺ごと自分の頭上に被せる。

一瞬遅れて、地響きがした。布の隙間から魔物の足とおぼしき何かが見えた。

俺たちの気配を察知して食いに来たのか?

こいつらにとっては俺たちなどいいエサだろう。

「喋らないで。息を殺して、動かないでください」

ノエルが息を潜めながら、切羽詰まった様子で警告する。俺も呼吸を浅くし、気配を殺す。

自分の真横で巨大なものがうごめいている感覚がする。ちょっと足をずらせば、俺たちはまとめてぺしゃんこだ。

日も照っているようだし、外に出て戦う選択肢もあるがなるべく避けたい。戦えばほかの魔物を引き寄せる。

身動きするだけで空気が震え、風が巻き起こる。こいつらのサイズで言えば俺たちなど羽虫と変わらない。

やがて気配が遠ざかっていく。見失って興味を失ったのだろう。また別の場所へと遠ざかっていく。

ほっと息を吐いた。

「来て早々にこれか。まったくおっかないね」

ため息を付いてからノエルに向き直る。

「ここって王都のどのあたり？」

「伯父様の家であれば、東の端ですから。王宮は西の方かと」

「了解」

俺はカバンから小さな瓶を取り出し、頭の上から自分に振りかける。

「匂い消しだよ」

中身は魔物の体液やフンを抽出したものだ。こいつをかけると、魔物自身の匂いと紛れて気づかれにくくなる。

ただし人間には悪臭なのでかえって気づかれる。今こうしている間にも鼻が曲がりそうだ。

「それじゃあ、行ってくるよ」

「やはり、わたしも行きます」

「君はここで通路を守っていてくれ」

せっかく取ってきても帰る時に出口が潰されていてはおしまいだ。

念のために王都の地図をもらい、抜け穴の出入り口を教えてもらう。いざというときにはそこから逃げるかもしれない。

「ですが」

「なら、これを借りるよ」

今しがた被っていた布だ。身を隠すにはもってこいだろう。

「……生きて戻ってくださいね。あなたが死ねば姫が悲しみます」

「あいよ」

「どうかご武運を」

武運なんてものは祈らなくていい。けれどアルウィンのために祈ってやってくれ。

そして俺は土色のする布の下から飛び出した。

瓦礫と化した壁の上を通り、外に出る。身を隠しながら周囲を見れば、廃墟と呼ぶのも疑わしいほどの荒野だ。

王都というからには、それなりに反映していたはずだが、巨大な魔物に踏み荒らされ、瓦礫となり、その上からも踏みつけられて風雨にさらされて原型を留めていない。

荒野を闊歩するのは、巨大な魔物たちだ。一匹だけでも倒せば英雄と称される怪物がそこら中にいて、寝転がり、狩りの獲物に食らいついている。エサは弱い魔物のようだ。さしずめここは魔物の王国だ。

目的の王宮のあった場所を見れば、建物らしき姿は見えない。瓦礫の山になっているようだ。王都のどこからでも確認できたという『キャメロンの大樹』もここからでは確認できない。魔物の大群に押し潰されて、なぎ倒されたのだろう。根っこが残っているかどうかはさすがに確認できなかった。

ただ立地の都合上、高台にあるので迷うことはなさそうだ。

できれば一気に進みたいが、目の前には山のような魔物がうじゃうじゃいる。眠っている魔物の間をすり抜けて進むのはリスクが高すぎる。気づかれなくても、ちょっと動いただけでも踏み潰されちまう。

王都の外壁だった瓦礫（がれき）沿いに進めば、身を隠す場所もあるので比較的安全に進めるはずだ。あくまで比較的、ではあるが。だが遠回りしていけば時間がかかる。夕方までに目的を果たして戻らないと、確実に死ぬ。

匂い消しの効果も長続きはしない。

迷ったが、俺は遠回りを選んだ。焦（あせ）ったところで、命を落とすだけだ。本調子の俺なら戦って勝つ自身はある。けれど何十何百の魔物に気づかれ、火でも吐かれたら『キャメロンの大樹』まで吹き飛びかねない。目的を間違えてはいけない。

外壁沿いに進む。自然と日陰の場所を進む羽目になるので、不意打ちに備えて『仮初めの太陽（テンポラリー・サン）』もすぐ使えるように準備はしておく。当然、太陽の光を腹いっぱい吸わせてある。

足音を立てないように進みながらかつての街を眺める。

こうしてみれば瓦礫（がれき）といっても元々何があったか、何となく分かる。屋敷（やしき）に民家に市場に職人の作業場、娼館（しょうかん）まである。

さぞ美人のお姉ちゃんがいたんだろうな。一度行ってみたかったが、彼女たちはどうなったのだろう。魔物に食われたか踏み潰されたか。生き延びたとしても、いきなり仕事と住処（すみか）を奪われたのだ。その後の生活も苦難の道のりだっただろう。

大勢の人間が魔物の災厄で運命を狂わされた。娼婦（しょうふ）から姫騎士様まで。

瓦礫の中にへし折れた鉄の棒が何本も立っているのが見えた。ほかにも腐りかけた木の板には数字が書いてあり、看板には鎖と犬の紋様が刻まれている。

ここは奴隷市場か。

アルウィンは自分の国を、マクタロード王国をいい国だ、と言った。紛れもない本心だったのだろう。だが、どんなに平和な国でもどこかで虐げられている人間がいる。いくら民を愛する王がいてもどうにもならない。人間は神様じゃないからな。

先を急ごうとした時、目の前で何かが動いた。やばい、と俺の直感が最大限に警鐘を鳴らした。俺は背を向けて逃げた。背後から爆発のような音とともに、瓦礫が吹き飛ぶ気配がした。石ころを背中に受け、土ボコリを浴びながら振り返ると、巨大なムカデが地面から飛び出したのが見えた。城ほどの高さまで吹き上がると、地面に這いつくばり、無数の足を這わせながら俺に向かってくる。

やべえ、見つかっちまったか。俺は地面を蹴ってひたすら走る。よりにもよって危険なのに見つかった以上、悠長に隠れているヒマはない。一瞬だけだったが、あの大きさと頭の模様はおそらく魔王ムカデだ。

ムカデの始祖にして王様。体は鉄よりも硬く、おまけに好物は人の内臓だ。大昔に絶滅したと聞いていたが、まだ生き残りがいやがったのか。

瓦礫や人の痕跡を踏みつけ、蹴散らしながら迫ってくる。街の外壁近くを走れば、身動きがとれないかと思ったが、外壁や内側の瓦礫を蹴散らしながら追いかけてくる。その音だけでも近くで雷が落ちたかのようにやかましい。足の長さも数も段違いなので、距離が縮まっている。ムカデのいやな臭いが鼻につく。巨体のくせに動きが素早い。このままだと追いつかれる。

だが、今の俺は役に立たないヒモ男じゃあねえ。雲一つない空の下でなら、その昔、『巨人喰い』とうたわれたマシューさんだ。ムカデごときに腰抜かすと思ったら大間違いだ。

俺は走りながら瓦礫の付いた鉄の棒を拾い上げる。そして外壁へと方向転換すると壁を蹴り上げながら斜めに登っていく。

外壁の縁に足をかけ、一気に跳躍する。俺の足元には魔王ムカデが長々と伸びている。俺に気づいて、頭を上げる。アホが、狙い通りだ。俺は先端の瓦礫に向かってつばを吐く。そして雄叫びを上げながら、魔王ムカデの目玉に向かって瓦礫を叩きつける。破裂するような音がした。気色の悪い体液を噴き上げて魔王ムカデが暴れ出す。目玉を片方潰されてのたうち回ってやがる。安心しな、今楽にしてやるよ。

俺は魔王ムカデの触角に飛びつく。全身を振り回されながらも足をこらえ、触角を引っこ抜いた。またも粘っこい体液が吹き出す。

そして頭の上で触角を一回転させると、先端につばを引っ掛ける。そして残った目玉めがけて思い切り突き立てた。

ぎちぎちと歯をこすり合わせた音が鳴り響く。こいつらは声が出せないので悲鳴の代わりだろう。

魔王ムカデは両目を失い、苦しみのたうち回りながらだんだん弱っていく。

こいつらは人間のつばが嫌いなのだ。

やがて魔王ムカデは仰向けに転がり、足を丸め、動かなくなった。

ほっと息を吐く。こいつ一匹を冒険者ギルドに持っていけば金貨百枚は固いが、今は小銭稼ぎをしている場合じゃねえ。何より、ほかの魔物が寄ってくる。

ほら、こんな風に。

目の前にどこからともなく飛んできたのは、巨大な黒い猿だ。

『厄災猿（ディシーズ・ジョン）』か。鳴き声だけで生き物の動きを封じ、死に至らしめる。『万死の歌』と呼ばれる必殺技だ。また伝説級の怪物かよ。どうなっているんだ、ここは。

厄災猿（ディシーズ・ジョン）は俺の愚痴など意に介した風もなく、大きく息を吸い込んだ。

俺はとっさに耳をふさぎ、近くの壁に隠れる。強烈な音が空気を震わせ、洪水のように押し寄せる。ああ、うるせえ。難聴になりそうだ。音が収まったのを確認すると、俺は手近な石をつかみ、思い切りぶん投げる。近づけばまた今みたいな音を発してくる。離れた場所から攻撃するのが一番だ。俺の怪力ならそこらの石も砲弾に変わる。だが、厄災猿（ディシーズ・ジョン）はひらりとかわすと、反対に長い両手でそこらの瓦礫（がれき）を放り投げてきた。俺はとっさに飛び退（との）く。入れ違いに、今いた場所が瓦礫（がれき）で吹き飛び、外壁にも穴が空いた。

なんてバカ力だ。近づけば音が来て、離れれば投石。中長距離が得意なのだろう。けど、その力が仇(あだ)になる。

俺はもう一度石をつかむと、物陰から飛び出し、厄災猿(デイシーズ・ジョン)めがけて放り投げた。一発だけじゃない。二発三発と石を投げまくる。

厄災猿(デイシーズ・ジョン)はにやりと余裕の笑みでかわしながら距離を詰めてくる。逃げられない距離でさっきの音を出すつもりだろう。

どん、と俺の背中に固いものが当たる。逃げ回っているうちに外壁のそばに来ていた。そして目の前には厄災猿(デイシーズ・ジョン)が息を大きく吸い込んでいる。左右はもちろん、上にも逃げられない。飛んだ瞬間に投石の的だ。逃げ道はない。だが、道ってのは自分で作るもんだ。俺は石を握りしめ、高々と振りかぶりながら投げつける。必殺の一撃だったが、厄災猿(デイシーズ・ジョン)はこともなげにかわした。そして『万死の歌』を放とうとして、目を見開く。後ろから飛んできた石が後頭部に当たったのだ。

振り返れば、さっき俺が倒した魔王ムカデの死体が見える。まともに投げてもかわされるだけだからな。鉄よりも硬い体を利用して跳ね返ったのを利用させてもらった。跳弾ってやつだ。

不意打ちでぐらついたものの、厄災猿(デイシーズ・ジョン)はまだぴんぴんしていた。跳ね返った分、投石の威力は劣っている。けれどそれで良かった。その間に、距離を縮めて相手の懐(ふところ)に飛び込めた。

厄災猿(デイシーズ・ジョン)の喉を締め上げる。

「やっぱり男なら最後は自分の腕だろ、なあ」

反撃とばかりに黒い両腕が俺の頭を挟み込む。握りつぶすか首をひねるつもりだろう。

けれど一手遅い。

俺の握力で巨大な猿の首はへし折れた。一瞬で全身から体が抜ける。手を放せば喉が俺の手形に陥没している。

厄災猿(ディシーズ・ジョン)はぐしゃりと倒れ伏した。念(ねん)の為(ため)ナイフで延髄を貫いておく。

完全に死んだのを確かめて俺は急いでその場を離れた。

巨大な魔物がこちらに向かってくるのが見えたからだ。逃げようかとも考えたが、すぐに追いつかれる。追いかけっこは俺が不利だ。

まずいな。このままじゃあいつまで経(た)っても王宮までたどり着けやしない。全滅させるより俺が力尽きるほうが先だ。

一か八か、やるしかねえか。

俺は魔物の大群へと向かっていく。まともにぶつかれば踏み潰されるだけだが、相手は巨体ばかりだ。そこに勝機がある。

魔物の先頭にいるのは、三つ首の魔犬、ケルベロスだ。ちょうどいい。タイミングをミスったら即死だろうが、うまくすれば、距離も稼げる。俺はそいつの前脚にしがみついた。神経質そうに俺を引き剝がそうとする。その前に脚を通って背中によじ登る。

「そら行け！」

そいつの尻をひっぱたく。三つの首が同時に悲鳴を上げる。その場でぐるぐる回りながら俺を引き離そうとする。

凄(すさ)まじい振動が俺を襲う。暴れ馬を手なずけたことは何度もあるが、あいつらは鞍(くら)もつけられないような巨体ではなかった。

俺の背丈よりも長い毛につかまりながら次の馬を探す。暴れだしたケルベロスが不愉快だったのだろう。

魔物たちの敵意がケルベロスに向いた。目の前には魔物の象徴。ドラゴンだ。

ドラゴンの口の周りに火の粉が集まる。まずい。俺はとっさに近くにいたベヒモスに飛び移った。

どうにか尻尾の先にしがみついた瞬間、ドラゴンの『炎の息』がケルベロスの全身を包み込んだ。三つ首の巨体があっという間に火だるまになる。何とか炎そのものからは逃れたが、熱風までは避けられなかった。肌がちりちりと炙(あぶ)られる。熱いというより痛い。

悲鳴すら上げられずに黒焦げになったケルベロスは仰向けに倒れ、動かなくなる。

おっそろしい、とのんきに見物しているヒマはなかった。

今度は俺の飛び乗ったベヒモスが暴れだした。

身をよじり、猫のように仰向けになって寝転がろうとする。勘弁してくれよ。俺は日の光を求めて腹の方に回り込む。まるでノミになった気分だ。どうにか背中で潰されるのは回避したが、今度は腹ばいになって俺を押しつぶそうとする。早く次を見つけないと、命がねえ。俺はまた背中に回ると、背骨あたりを一気に駆け上がる。そして巨大な角まで到達すると、その勢いのまま宙に飛び上がった。一瞬、空中で静止したような感覚の後、まっすぐに落ちていく。高いところから落ちるのは慣れないな。何回やっても金玉が縮み上がっちまう。

次に飛び移ったのは、巨大な亀だ。甲羅を走りながら次に乗り移る先を探す。

とにかく大事なのは日向(ひなた)を確保することだ。常に自分に太陽の光が当たる状態でいること。頭上に回られると、不利になる。とにかく相手より頭の上へ行く。そのためなら魔物なんか取っ替え引っ替えだ。ボロ雑巾みたいに捨ててやる。悪いな、君は一晩の夢だったんだよ。一度寝たくらいで彼女面されちゃあたまんねえな。

頭の上では視認できないから攻撃もしづらい。うまくすれば同士討ちも誘える。

死なないように魔物の間を飛び回る。巨大なカニに飛び移った瞬間、不意に体が重くなる。いつの間にか、俺の体は影の中にいた。

まさか、いつの間に？

その答えは見上げた先にあった。いつの間にか、空高く巨大な翼を持ったワシが俺の頭上を飛んでいた。

ロック鳥か。また厄介なのが出てきやがった。

体が傾く。カニが左右に動いて俺を振り落とそうとしてやがる。今の腕力じゃあ、しがみつくことすら出来ない。

体が引っ張られて立っていることすら出来ず、甲羅の突起に手をかけているが、次がもう限界だ。魔物の大群の中で地面に落ちれば、選択肢は圧死だけだ。

ええい、クソ。まさか真っ昼間から使う羽目になるとはな！

「『照射（イラディエーション）』」

合言葉と同時に『仮初めの太陽（テンポラリー・サン）』が輝き出す。俺の全身に再び力がみなぎる。

俺はお化けカニの甲羅から腕のハサミに向かって走っていく。天高く突き上げたハサミを蹴り、何度めかの空中浮遊を体験する。腕を伸ばし、手を泳がせ、指先だけでロック鳥の足にしがみついた。

ロック鳥が反応するより早く、足から腹を伝って背に回る。

陽の光を浴びながら『仮初めの太陽（テンポラリー・サン）』を解除する。風が寒いほど厳しい。見渡せば、ここは空の上だ。

眼下には今まで駆けずり回っていた荒野と、魔物の大群が見える。

こいつはいいや。これなら影を気にする必要もない。このまま王宮までまっしぐらだ。

羽毛のせいか、ロック鳥が俺に気づいた様子はない。甲高い声を上げながら王都の頭上をぐるぐると飛んでいる。もう少しで王宮の上だ。もうちょい高度を下げさせてから飛び降りよう。

そう思っていたら足元でなにか光るものが見えた。ちょうど魔物の群れの真ん中辺りだ。目を凝らすまでもなく、さっきのドラゴンが『炎の息』を吹こうとしているのだと分かった。

さっきケルベロスを黒焦げにしたとおり威力は桁違いだ。だが、射程距離はさして長くなかった。風も吹いているし、この高さでは届くまい。事実、口から放たれた炎はロック鳥の足にすら届かずかき消える。

ざまあ見やがれ、と中指を立てながら見下ろした時、全身が総毛立つ。

いつの間にか、ドラゴンの口の周りに光が集まっている。雷光のように輝き、何度も瞬いては消え、消えては瞬きを繰り返しながら口の中に収束していく。

「まさか、『竜騎槍』か？」

口から放つのは『炎の息』と同じだが、威力は数段上を行く。ドラゴンの持つ膨大な魔力を光に変えて一気にぶっ放す。光の束は一本の槍となって、凄まじい勢いで何もかもぶち抜く。

防御なんか考えるだけムダだ。

危険を察知したのか、ロック鳥も反転して逃げようとする。このままでは逃げたとしてもまた距離が空いてしまう。飛び降りようにも高すぎて転落死するだろう。だが、このまま乗っていてもロック鳥ごと撃ち落とされるだけだ。仮に避けきれたとしても当分の間はこの付近に寄ってみないだろう。

ええい、ままよ。

俺は覚悟を決めた。リュックから土色の布を取り出す。王宮の真上に来たのを見計らい、『仮初めの太陽（テンポラリー・サン）』を発動させて、土色の布を両手に持つ。そしてロック鳥の背中から勢いよく飛び降りる。

空中で布を広げ、空気を孕（はら）ませる。これで少しでも衝撃を減らせるはずだ。日陰になってしまうので、どうしても『仮初めの太陽（テンポラリー・サン）』が必要だった。腕への負担が思っていた以上に大きい。手を放さないよう、懸命に握りしめる。

足元で瞬（また）いた瞬間、頭上で爆発が起こった。『竜騎槍（ドラゴンランス）』が、ロック鳥を撃ち抜いたのだ。遅れて爆風が背中を押す。落下速度が増して、ぐんぐん地面が近づいていく。頭上が熱い。ブレスの余波で、火が付いたのか。ああ、クソ。死んでたまるか。

衝撃とともに目の前が真っ暗になる。

眩（まばゆ）い光がまぶたの上で瞬（また）いている。目を開ければ、『仮初めの太陽（テンポラリー・サン）』が俺の頭上で輝いているのが見えた。周囲に魔物がいないのを確認してから解除する。

一瞬気が遠くなっていたらしい。耳鳴りがする。全身バラバラに吹き飛んだかと思ったが、痛いってことはまだ生きているようだ。一応手足も付いている。骨が折れたかも知れないが、とりあえず動くので問題はない。

体を起こし、周囲を見回す。

街だった荒野を見下ろせる高台にあり、周囲は瓦礫の山だが、使われている素材は悪くない。バラバラになっているが壁に彫刻の刻まれていた痕跡もある。王宮の中で間違いないようだ。となると、『キャメロンの大樹』も近くにあるはずだ。草も木も枯れ果てているが、でかい樹だったというからまだ残っているかも知れない。

痛む体を引きずり、壁伝いに進む。庭の方にあるって話だから、それらしい場所を探せばあるはずだ。頭上ではさっきのようなロック鳥やワイバーンといった空飛ぶ魔物が飛び回っている。見つかったらまたまずいことになる。身を隠しながら角を曲がり、開けた場所に出た。

「ひでえな、こりゃ」

巨大な木だったものは確かにそこにあった。幹も太く、樹齢何百年というのもうなずける。だが根元近くからへし折れ、木のうろを覗かせている。触ってみたらもろく崩れ落ちる。完全に枯れている。これでは持ち帰ったところで、アルウィンをがっかりさせるだけだ。

「なら、地面の下はどうかな」

木の上がダメでも根っこが無事ならまだ望みはある。また新たな芽を吹き、枝葉を伸ばす可能性は残っている。

俺はリュックから魔物よけの香草を取り出し、火を付ける。

この作業は時間がかかる。ジャマはされたくない。もっとも魔物だらけのこの状況ではいつもの半分も保たないだろう。手早く、正確にだ。

小さなスコップを取り出し、樹の周囲を掘る。掘り進めていると時々地面が揺れる。でかい魔物が近くに来ているのだろう。おまけに石もゴロゴロ埋まっていて、その度にスコップが止まる。クソ、面倒くさい。

「これは？」

しばらく掘り進めていると、白い布に包まれた何かを見つけた。布をほどくと、出てきたのは豪華な短剣だ。鞘には宝石まで入っている。

「アルウィンの言っていた短剣か」

八歳の頃、立派な騎士になる願掛けのためにこの根元に埋めたんだっけか。

抜いてみた。地面に埋まっていたせいか錆が浮いている。けれど、手入れをすればまだ使えそうだ。

「これも持って帰ってやれば喜ぶかな」

リュックにしまい、作業を再開する。

相変わらず石だらけだ。丸いのやゴツゴツなのを取り除くと、大きくて四角いのが出てきた。それを丁寧に掘り出し、土埃を払い落とす。やっとか、とほっと息を吐く。その後も、一縷の望みを掛けて根を調べてみたが、どれも腐っている。『キャメロンの大樹』は完全に死んでいる。ここにあるのはただの亡骸だ。

アルウィンの望みは永久に叶わなくなった。

……何はともあれ目的は果たした。お土産も出来た。あとはアルウィンの元へ戻るだけだ。日も傾いてきた。早く戻らないと魔物のど真ん中で非力な身をさらす羽目になる。問題は帰る場所だ。ルスタ家まで戻るにはちょいと魔物の数が多すぎる。さっきのように魔物の背に乗ってショートカットするのも難しい。

別の出口から地下通路に戻るしかないだろう。一番近いのは王宮の庭から地下に入るルートだが、そこは通路が崩落していて通れない。その次に近いのは、王宮の南にある教会だ。ノエルによればそこの祭壇の下に通路があって俺たちの通ってきた地下通路につながっているのだという。

不意に街の方から光が瞬くのが見えた。それが何なのか理解するより早く。俺は『キャメロンの大樹』から飛び退き、しゃがみこんでいた。

閃光と爆音が俺の頭上を駆け抜けた。突風に体を持っていかれそうになりながらもかろうじてこらえる。砂ぼこりと煙が立ちこめる中、咳き込みながら立ち上がる。『キャメロンの大樹』は消え失せていた。代わりにそれがあった場所には、無残にえぐれた地面だけだ。

理由も方法も考えるまでもなかった。正解がこちらに突っ込んでくるのが分かったからだ。

さっきのドラゴン、まだ諦めてなかったのかよ。

緑色の翼を羽ばたかせ、巨体を大儀そうに揺らしながら飛んでいる。

今の俺は武器も防具も持っていない。至近距離で『竜騎槍』をくらったら死ぬ……と思う。

多分。試したことないけど。やはりここは逃げの一手だ。

だが、普通に逃げても追いつかれるだけだ。俺は瓦礫の中から手のひら大の石をつかんだ。石は世界一便利な遠距離武器だ。弓矢に比べれば射程は劣るが、その代わり弾切れがほとんどない。そこらの石を拾って投げつければいい。傭兵時代から散々投げてきたからコントロールには自信がある。

俺は大きく振りかぶった。弓矢と比べれば破壊力や貫通力も低いが、今の俺は『巨人喰い』なんて呼ばれた怪力男だ。

俺はドラゴンめがけて石をぶん投げる。投石器のような勢いで飛んでいく。薄い膜のような部分をぶち抜いた。穴自体は体格に比べればさほどでもないが、今は飛行中だ。バランスを崩し、墜落する。巨体は地面を削り、瓦礫を弾き飛ばしながら滑っていく。

喜んで拳を固めた瞬間、左腕に痛みが走る。ムリをしたせいで傷口が開いたか。今のうちに背を向けて逃げ出す。あれで死んだはずはないだろうが、長々と戦っている時間はない。もう日は傾きかけている。

今のうちに南の出口に行って地下を通ってノエルと合流だ。今夜中には帰れるだろう。

ぞくり、と背筋に嫌なものが駆け抜けた。背中から熱を感じ、とっさに腹ばいになって転がる。俺の頭上を光の筋が駆け抜けていった。熱い。

光が収まってから振り返ると、瓦礫の山に埋もれているドラゴンが憎々しげにこちらを見ていた。口元からは白い煙が上がっている。

野郎、お返しとばかりに『竜騎槍（ドラゴンランス）』を吐きやがったのか。だが、地面に落ちたときにひねったのか、羽根が片方、折れ曲がっている。ドラゴンの再生能力は高いが、しばらくは空を飛べまい。地面を這（は）って行くにしてもほかの魔物が王宮との間に立ち塞がっている。おまけにさっきの『竜騎槍（ドラゴンランス）』が攻撃の合図と思われたらしく、ドラゴンへ向かっていくのが見えた。

悪いな、追いかけっこは俺の勝ちだ。

立ち上がり、再び走り出したところで急に背中が軽くなったのを感じた。

振り返れば、リュックに入れたはずの荷物がしこたまこぼれ落ちていた。

しまった。さっきの『竜騎槍（ドラゴンランス）』か。

かわしたつもりだったが、わずかにかすっていたらしい。

空けられた穴は思いのほか大きい。これではもう役に立たない、と判断した俺はリュックを投げ捨て、代わりに布袋を取り出し、肝心要なものからどうでもいいものまで手当たり次第に放り込む。あらかた放り込んだ後で封をする。これでいい。

忘れ物は、と振り返ったところで、俺は心臓が跳ね上がった。

白い布包みが瓦礫（がれき）の横に落ちている。アルウィンが大切にしていた短剣だ。

まずい、と駆け寄ろうとしたとき、またも左腕に激痛が走った。とっさに足を止めた瞬間、布包みの上に巨大な影が差す。

地響きがした。

巨大なゴーレムが飛んできた。その余波で、瓦礫が白い布包みを呑み込んだ。

いや、違う。吹き飛ばされたのだ。

振り返れば、さっきのドラゴンが別の魔物と戦っている。そのうちの一体がドラゴンによってここまで弾き飛ばされたのだろう。

落ちて来る瓦礫の破片を腕で防ぎながら短剣の行方を捜す。

あれはアルウィンの思い出の品だ。あれを見せれば、少しは元気を取り戻すかも知れない。

どこだ、どこにいった？

布包みのあった辺りの瓦礫を手当たり次第に取り除く。

あった。白い布包みは土で汚れていた。軽く巻いただけだったせいで、中身が飛び出していた。刃の部分が根元からへし折れ、刃の部分も先端が割れている。おまけに柄の部分も宝石のところが砕けている。

修理は不可能だろう。ツギハギしたところで、元の短剣には戻らない。

せめて破片だけでも拾おうとしたが、それも叶わなかった。

吹き飛ばされたゴーレムが動き出し、短剣だったものを踏み潰した。存外に軽い音だった。

ゴーレムはよろめきながらも王宮の外へ向かっている。またドラゴンと戦うつもりのようだ。

味方同士の殺し合いは結構だが、俺の中でぷつんと切れた。

「待てよ」

後ろからゴーレムを思い切り殴りつけた。石の背中がへこみ、再び宮廷だった瓦礫に突っ込んだ。うつ伏せに倒れたところで、俺はゴーレムの足首を両腕で抱え、思い切り引っ張った。引っ張りながら体を回転させる。自然、ゴーレムの体も回転していく。だんだんと回転に勢いが増し、ゴーレムの体も宙に浮いている。

悪いな、こいつは八つ当たりだ。けどまあ、今の今まで好き勝手に生きてきたんだ。最後くらいは人の役に立ってもいいだろう？

存分に勢いが付いたところで俺は手を放した。

石の体は隕石のように飛んでゆき、ドラゴンの胴体にぶち当たった。

絶叫が上がる。死にはしなかったが、さすがに堪えたらしい。血反吐を吐いて苦しむトカゲ野郎に中指をおっ立てて、俺は先を急いだ。

もうすぐ日が暮れる。それに、今ので左腕から血も出てきた。思うように力も入らねえ。

「……なんてこった」

王宮から見下ろせば、出口のある南の教会付近にも魔物が大集結している。

逃がさないという意思なのか、ただの偶然なのかは分からないが、あの数を切り抜けるには時間が足りない。途中で力尽きて魔物のエサだ。

一か八かで強行突破しようとも考えたが、あの数では十中八九時間切れで負けだ。

『仮初めの太陽（テンポラリー・サン）』の使用時間はまだ残っているが、それでも突破しきれるかは分からない。何とか、地下の抜け道までたどり着く方法はないのか？

いや、待てよ。この手があったか。

俺はきびすを返し、王宮のあった方へ向かった。

それから日が沈みかけた時、俺はようやくノエルと合流できた。

「ご無事ですか？」

「お姉ちゃんが放してくれなくって、つい延長しちまったよ。待たせて悪いね」

ノエルは盛大に顔をしかめたが、怒鳴りつけるマネはしなかった。

俺の格好を見て苦労を察してくれたのだろう。

俺は王宮内にある出口を使うことにした。元々の出入り口に使う予定だった場所だ。だが、ここは途中で通路が崩落して瓦礫（がれき）で埋まっている。

だから『仮初めの太陽（テンポラリー・サン）』を使い、使用時間ギリギリまで瓦礫（がれき）を撤去したのだ。お陰で何とか無事に通ることが出来た。もし俺の体格がもう一回り大きかったら確実に遅刻していただろう。

あとは地下通路を通り、無事ノエルと出くわした、という寸法だ。

「よくあそこが通れましたね」

「見た目より、ずっともろくなっていたみたいでね。運が良かった」

適当にごまかしておく。ノエルも突っ込みはしなかった。

「それで？　目的のものは手に入ったのですか？」

「ああ」

俺はうなずいた。

「おかげさまでね」

そこで俺は気になることを尋ねた。

「その荷物は？」

ノエルが抱えているのは、本人の背丈ほどもありそうな大剣だ。

黒い鞘に飾りっ気のない柄に鍔だが、結構な力を感じる。

「ルスタ家の地下で見つけました。伯父様から頼まれていたのを思い出しまして」

地下の武器庫に先祖伝来の武器を置き去りにしてしまったらしい。

ノエルがここに来たのもそれを回収するためでもあったらしい。なるほど、わざわざ取ってこさせるだけあって業物のようだ。

「伯父様の持つ剣とは対になるそうです」

言われてみればよく似ている。

「ほかにも色々と持ってきましたので、早く戻りましょう」

やはり嬉しいのだろう。声も弾んでいる。

「ん？」

後ろが何やら騒がしい。俺がやってきた方角だ。カンテラの明かりはそこまで及ばないが、甲高いカラスのような鳴き声と、独特の腐臭はすぐに分かった。

ゴブリンの群れだ。

「どうやら地上からこちらへの入り口を見つけて、入り込んできたようですね」

しまった。あっちの出口を塞いでおけば良かった。

「どうします？」

「逃げるしかないだろう」

『仮初めの太陽（テンポラリー・サン）』も使い切ってしまった以上、出くわしたら終わりだ。

「そのようですね」

ノエルは逃げ出した。俺もその後を追いかける。

ゴブリンどもは牙をむきながら手には石のナイフや棒きれを持って追いかけてくる。押し合いへし合い、狭い通路を我先にと向かってくる。

「早く！　このままだと追いつかれますよ」

「俺にいい考えがある」

何とか横に並びながら身振り手振りを交えて説明する。

「ここは君が食い止める。その間に俺に任せて先に行く……ってのはどうだ」

「ふざけないで下さい！」

本気なんだけどね。俺が踏みとどまったところで足止めにもならないからな。

「君の方こそ何かないのか？　伯父様の剣でばったばったと切り捨てるとか」

「数が多すぎます！」

いくら名剣でも使い手次第だ。ノエルは剣士ではない。

「じゃあ、この前ガーゴイルに使った毒は？」

「数が足りません！」

マンティコアの尾から取ったものだが、何十匹分ものストックはないようだ。

「ですが、これなら……」

と、ノエルがカバンから取り出したのは、白い玉だ。

「それ『爆光玉』？」

「少し違います」

と、ノエルは後ろを振り返ると白い玉を放り投げた。白い玉は先頭を走っていたゴブリンに当たると、白い糸のようなものが飛び散った。糸に絡まったゴブリンは転倒し、身動きが取れなくなる。ほかの奴と糸と糸とで絡まって動けないようだ。

「『番兵グモ』の糸です」

「ああ」

クモの魔物といえばよく糸を吐くものだが、『番兵グモ』の糸は特に粘っこくて厄介だ。一度引っ付くとなかなか取れない。下手に剝がそうとすれば、皮膚の方が取れてしまう。

「まだある？　あったら貸して？」

「どうぞ」

と、受け取った玉を持ってゴブリンの群れに突っ込む。コントロールには自信があるが、腕力は貧弱なので距離を詰める必要があるからだ。

「よっと」

手頃な距離まで来たところでゴブリンめがけて放り投げる。ちょうど倒れた連中を踏み越えて後ろの奴らがまた攻めてくるところだ。俺の投げた玉は、その中で一番背の高い奴に当たった。飛び散った白い糸は大きく広がり、ゴブリンどもの頭上に次々と覆い被さる。その後ろからきた連中も糸に絡まって動けないでいる。

ゴブリンどもの足止めをしたところで再び走り出す。

ノエルが横に並んで話しかけてきた。

「上手いですね」

「昔っから石を投げるのは得意でね。傭兵時代に散々鍛えられた」

敵を河原に誘い込んで、石を投げまくったこともある。怪力を生かして鎧の上から胴体にめり込ませ、兜ごと頭をかち割ってやったものだ。

「傭兵だったのですか？」

「昔ね」

「なるほど。妙に知識もあるし、何より肝が据わっていると思いました」

「根性だけはね。腕っぷしはダメダメ」

ゴブリンの気配も遠ざかっていく。どうやら逃げ切ったようだ。とはいえ長居は無用。一刻も早く出た方がいい。

それからも地下の抜け道を走り、元来た出口から外へ出る。

空はすっかり藍色に染まり、名残惜しそうな日が山の稜線に消えようとしていた。

「何とか無事に戻ってこられたな」

「いえ、油断は禁物です」

「そうだったね」

我が姫騎士様の元に戻るまでが冒険だ。

とはいえ、ノエルも興奮を隠せないでいる。俺と別れてからノエルも近隣を散策していて、色々調査出来たらしい。王都の現状はほとんど知られていないので、この情報は大きい。

「後で王宮の様子も聞かせて下さい」

「いいよ」

ほとんどが瓦礫の山だったが。

掘り返せば、お宝でも見つかったかな。惜しいことをした。

今から村へ戻れば着くのは夜更けだろう。アルウィンも寝ている頃だ。おみやげを渡すのは明日の朝でもいいかな。

そんなことを考えていると、不意にノエルが足を止める。身をかがめ、気配を探るように周囲に目を配っている。何事か、と俺も周囲を見渡すと、足下が揺れる。地鳴りのような足音がした。

「逃げて下さい！」

と、ノエルの叫びに、とっさに樹にしがみつく。足下をたくさんの獣が通り過ぎていった。ウサギや鹿だけでなく、イノシシもオオカミも熊も、どいつもこいつも何かに追われているように必死で駆けていく。

「なんだったんでしょうか？」

俺は返事をしなかった。獣が大移動するときはたいてい、危機が迫っているときだ。よくあるのは山火事だがどこを見てもそれらしい火は見えない。嫌な予感がする。

「早く戻ろう」

その後も二度ほど獣に遭遇したほかは、トラブルもなく村の前まで戻ってきた。外観に異常は見当たらないが、村の中ではかがり火があちこち焚かれている。見張りの物見台には弓矢を持った男もいる。警戒しているのは明らかだ。

「何かありましたか？」

ノエルが呼びかけると、見張りの男は怒りと悔しさをにじませた表情で中に入れ、と言った。出掛けるときには「お気を付けて」と呼びかけていたのに。半日で愛想がなくなった。

「戻ったか」

俺とノエルが村の中に入ると、デズが迎えに来た。相変わらずのしかめっ面だが、表情の違いは分かる。これは問題が起こったときの顔だ。

「何があった？」

「この村の結界が壊れちまった」

第七章　蘇生

村には魔物を寄せ付けないための結界が張ってある。それがあると、魔物からは気づかれにくくなるらしい。村の中心に、結界用のほこらがあって、その中に魔法陣やら何やら仕掛けがあるという。

結界が壊れたことで村は無防備になった。おまけに香草も品切れ。この村は窮地に立たされた。そうと知ってか、魔物の群れが周囲をうろつくようになったという。

さっきの獣の暴走はその影響か。

「こっちに向かっている魔物はどれくらいだ」

「正確な数は分からねえが、この村踏み潰すくらいは余裕だろうぜ」

「逃げ場は？」

「ねえな」

ここを出たところで周囲は魔物の領地みたいなものだ。今回の群れを避けたところで別の魔物に食われるだけだろう。

「今は、女子供を倉庫に入れて迎え撃つ算段をしているところだ」

ラルフもその準備に追われているという。

「姫はご無事なのですか？」

「今のところはな」

そこでデズが思わせぶりにちらりとノエルを見た。

俺はノエルに言った。

「すまないが、村の連中を頼む」

「分かりました」

と、ノエルは村の奥へと去って行く。

「これでいいか」

デズはうなずいた。これからするのは、俺とデズだけの内緒話だ。

「で、結界が壊れた理由は何だ？」

「正確に言えば、『壊れた』んじゃねえ。『壊された』んだ」

「なんだと？」

ほこらの中に無断で立ち入り、結界を構築していた石を誤って壊してしまった。

そのせいで、結界は消失し、今の騒ぎに至るってわけか。

俺は頭をかきむしる。どうしてこう、次から次へと厄介事が転がり込むのか。

「どこのトンチキだよ、結界壊したってバカは。ああ、言わなくていい。ラルフだろ。あいつなら鼻でもほじりながら蹴飛ばすくらい、平気でやってのける」

そこでデズは気まずそうに目を細めた。

「……姫さんだよ」

「は？」

「お前がいなくなったってんで大騒ぎしてな。お前を探して村中うろつき回って、その時に壊しちまった」

「……」

心配させまいと行き先を言わなかったのが、裏目に出ちまったか。

かといって、正直に言ったら大変なことになっていただろう。

「アルウィンはどこだ？」

「奥の地下倉庫だ」

「地下？」

「天然の洞窟を改良して作った倉庫らしい。姫さんだけは、そっちに入れておいた」

「ありがとうよ」

デズの判断は正しい。理由はどうあれ、村の危機を招いたのはアルウィンだ。放っておいたら頭に血の上った連中に袋叩き（ふくろだた）きにされていただろう。

状況は俺の想定を上回るほど最悪だ。逃げ場はない。戦うといってもこちらの戦力はデズとノエルくらいか。ラルフは役に立たないし、俺は夜中では足手まといそのもの。明日の朝日を拝める奴が一体何人いることやら。

「言っておくが、お前と心中するつもりはねぇぞ」

「知っているよ」

デズには家族がいる。何があろうと生きて帰るはずだ。たとえ村の連中が全滅したとしても。桁外れに強いが、大勢の人間を守り切れるものではない。

「けど一人くらいは一緒に連れて帰れるだろ？」

デズは呆れ果てた様子で言った。

「お前、クソ野郎だな」

「だよな」

村にはノエルやラルフもいる。女子供や老人もいる。一緒に旅をしてきた連中や、何の罪もないのに命の危険にさらされている連中を後回しにしてでも、アルウィンを優先して助けてくれと言っているのだ。クソ野郎に決まっている。

「まあ、お前さんが受け持ってくれるなら安心だ。俺は俺の仕事をするよ」

「俺は引き受けるとは一言も言ってねぇぞ！」

「引き受けるよ」

これが俺の最後の頼みになるのなら、デズはやってのける。そういう男だ。

「じゃあな。時間が来たら呼びに来てくれ」

手を上げて俺は背を向ける。

「向こうは待ってくれねえぞ」

「すぐに終わらせるさ」

多分、手短にはならないだろうけど。

デズに教えてもらった地下倉庫は村の外れ、岩場の陰にあった。木の板が地面にあってそれを上げると地下へのハシゴが現れた。まるで地獄への一本道だ。地下へ降りてランタンに火を付ける。薄暗い中、手探りで進むと、奥に分厚そうな扉が見えた。カンヌキをはめるだけの簡単な作りだ。

カンヌキを外し、扉を開ける。

中は思いのほか狭かった。窮屈さを感じさせる洞窟は、食料庫というよりは氷室(ひむろ)代わりにでも使っていたのだろう。上にいたときは気づかなかったが、上部にわずかな明かり取りの窓があってそこから月の光が差し込んでいる。

淡く青白い光が部屋の隅に注がれる。

アルウィンはそこにいた。

敷物(しきもの)も何もない地べたに座り込み、許しを請(こ)うかのように俯(うつむ)いている。寝間着姿のままだ。しかも裸足(はだし)だ。お行儀の悪い。

「やあ、ただいま」

アルウィンが顔を上げる。一瞬目を丸くした後。俺の胸に一目散に飛び込んできた。

「今までどこに行っていた！　探したのだぞ」

「ゴメン、観光がてら散歩に行っていたら道に迷っちゃってね。今、戻ってきたところ。お土産もあるよ」

「そんなものはどうでもいい！　もうどこにも行くな！」

「はいはい」

俺は彼女の頭を撫でてから、言った。

「聞いたよ。ちょっち厄介なことになっているそうだね」

そこでアルウィンは破顔から一転、俯いて膝を抱えてしまった。

俺は彼女の隣に座る。ランタンを床に置く。

淡い炎が色濃く影をアルウィンの顔に貼り付ける。その顔は、自分の犯した過ちと後悔や罪悪感に支配されている。

「落ち着いたら謝りに行けばいいさ。一年と少し前、冒険者ギルドで話を聞いたときのようだ。俺も一緒に頭を下げるよ」

アルウィンは首を横に振った。

「……もうおしまいだ」

「まだ手遅れじゃないさ」

誰も死んでいない。今のところは、だが。

「今、デズとノエルが急いで迎撃の準備をしているところ。あの二人なら問題ない。魔物なんて指先で吹き飛ぶよ」

ラルフはどうでもいいけど、少しくらいは役に立つはずだ。

「……おしまいなのは、私の方だ」

「ドジを踏んだから？　そんなの誰でもやっている。俺もデズもノエルもラルフもみんなドジを踏む。へまをやらかす。けど……」

「そうではない」

アルウィンは自嘲気味に笑った。

「一国の王族が失敗をした挙げ句に取り乱し、逃げだそうとした。怖かった。とにかく逃げなければ、という気持ちでいっぱいだった」

「……」

「以前、街で盗人を捕まえたことがある」

手柄のはずだが、アルウィンの声はむしろ懺悔に近かった。

「その者が言うには、盗みを咎め立てられ、恐怖で頭がいっぱいになったそうだ。とにかく逃げなければ、と。私も同じだ」

「そいつは良かった」

アルウィンがびっくりしたように俺を見た。

「君はまた、弱い奴の気持ちを知ることが出来た。次にまた同じようなことがあれば、また別の判断も出来るだろう？」

「……次などあるものか」

「来るよ」

戦っている奴には必ず訪れる。死なない限りは何度でも。

「そのためにだね、どうやら俺の力が必要みたいなんだ」

「え……？」

村の現状を簡潔に話したつもりだが、アルウィンの顔は哀れなほど真っ青になっていた。

「みんな大忙しでさ。ヒモの手も借りたいっていうからさ。ちょっと行ってくるよ。ま、ここでジュースでも飲みながらのんびり詩でも読んでいれば……」

「待ってくれ！」

言い終わるより早く。アルウィンが俺に抱きついてくる。

「ダメだ、マシュー。お前はここにいろ！　お前が行ってどうなる。足手まといになるだけだ」

「……」

俺の首に手を回し、胸に顔を埋め、涙ながらにすがりついてくる。

「行かないでくれ、頼む！　お前に死なれたら私は……」

「死なないよ」

つとめて明るく微笑みながら安心させようと思ったが、アルウィンの顔はそこで恥ずかしそうに頬を赤らめ、目をそらす。

「行くな。もしここにいるというのなら、私は……」

アルウィンが自分の胸に手を掛ける。何をしようとしているのか分からないほどうぶではないし、彼女だってそうだろう。死地に赴こうとする男を行かせまいと、身を投げ出そうとする。芝居ならお涙頂戴の場面だ。

俺は彼女の手に手を重ねる。そして首を振りながらゆっくりと彼女を引き離す。

「あいにくと先約があってね」

恐怖を紛らわすためのぬいぐるみみたいなものだ。怖くなって男にすがりついて身を任せようなんて女は世界中どこにでもいる。そういう女は、俺でなくてもいい。

「あんなひげもじゃの暴力ドワーフなんか放っておいて、君とよろしくやっていたい、ってのはやまやまだけどね。あれでも俺の親友なんだよ」

ここまで文句を言いながらも連れてきてくれた男をどうして見捨てられる？　それに、今回の原因がアルウィンにあるのなら、誰かが責任を負わないといけない。普段、働きもせずに金貰って酒飲んでバクチやって娼館行っているのだから今日くらいは役に立たないと。本物の殺潰しになっちまう。

アルウィンの顔は気の毒なほどに血の気を失っていた。

自分の弱さを思い知ったせいか。民を見捨てて自分たちだけ安全な場所に隠れようとした、その心底の浅ましさのせいか。

「……もう、いい」

アルウィンは両手を床に突いた。俯いているので表情は不明だが、絶望に打ちひしがれているのは明らかだった。

「私を置いて逃げてくれ」

弱気なことを、と笑い飛ばそうとして口をつぐむ。アルウィンは本気だ。

「君を見捨てろってこと?」

「私は、ここで死ぬ」

俺は絶句する。

「マクタロード王国はどうするんだい? 今の今まで復興のために頑張ってきたんじゃなかったの?」

「私には、ムリだったのだ」

地面をつかむ手も弱々しい。

「……私は、あの頃の……父も母も生きて、平和に暮らしていた頃のマクタロード王国を取り戻したかった。元の王国を取り戻したかった」

　血を吐くような告白を聞きながら俺はどこか納得していた。アルウィンが求めていたのは、失った王国の『再興』ではなく『復活』だったのだ。自分が失ったあの日の故郷を可能な限り蘇らせたかった。だからこそ、あらゆる手段の中から『迷宮』攻略を選んだ。『星命結晶』を手に入れ、万能の力を持って在りし日の王国を蘇らせる。一番奇跡に近い方法を……一番非現実的な方法をアルウィンは選んだ。

「そのために私はまた多くの仲間を失い、愚かな方法にも手を染めた。その末路がこれだ」

　力なく笑う。

「お前が私を連れてきた理由は分かっている。荒れ果てた故郷を、いまだ魔物のせいで苦しむ民を見れば、私の心も動くかもと、と思ったのだろう？　私もそれを期待した。だからこそ、付いてきた」

「……」

　やはり、アルウィンも現状を変えたくて、必死に考えていたのだ。

「だが、ダメだった。魔物に蹂躙された故郷を見ても、民の苦しむ姿を見ても、私の心は何も動かなかった。何一つだ！」

　一縷の望みを掛けて故郷に来たものの、『迷宮病』に何も効果がなかった。愛すべきもの、守るべきものすら、彼女の心を救わなかった。その事実に、アルウィンは絶望したのだ。

「私はもうダメだ。戦う気力もなくただおびえるだけ。戦わなければと思いながらも手も足も動かない。心臓は小鳥のようにおびえて、勇気が出ない。あのおぞましい光景が、記憶がジャマをする。今も頭から離れない。気が狂いそうだ。これ以上生き恥をさらして祖先の名を汚すくらいならば、死んだ方がマシだ」

王国再興どころか、生きることすら諦めようとしている。ここで俺がこの部屋から出れば、彼女は自分の喉を切り裂くだろう。

その最後の一押しをしたのが、俺自身とは。皮肉にも程がある。

なんて声を掛ければいい。どうすればアルウィンを救える？

希望を失い、勇気を失い、正義も、民を救うという崇高な志すら見失った彼女をどうすれば助けられる？　焦れば焦るほど、答えから遠ざかっていく気がした。

「今まで世話になった。お前には感謝をしてもしきれない」

俺の苦悩と葛藤を知ってか知らずか、勝手に最後の別れを切り出している。

「今までありがとう……」

アルウィンの手が俺から離れる。その瞬間、俺は彼女の手をつかんでいた。何か考えが合ったわけじゃない。それこそ「思わず」って奴だ。けれど、アルウィンの手を俺からつかんだ瞬間、答えが見えた気がした。

俺は彼女の顔を覗き込みながら言った。

「本当に、もうダメだと思っている？」

「ああ」

「もう自分は戦えないって、本気で思っている？」

「冗談でこんなことを言うものか」

何故分かってくれない、と苦しそうにかぶりを振る。

「ずっと、ずっと。何をしていても、目を閉じても。こうして話している今も記憶が頭から離れな……」

アルウィンの声は唐突に途絶えた。

俺の唇で、彼女の唇を塞いだからだ。

俺の目の前で、翡翠色の瞳が大きく見開かれる。

ゆっくり数字を十数えてから唇を離す。

「これで少しは上書きできたかな」

呆然としているアルウィンに、つとめて優しく語りかける。

ここに来るまで、いや、アルウィンがこうなってからずっと考えていた。俺に何が出来るか、どんな言葉を掛ければいいのか。けど答えは出なかった。ロクデナシのヒモ野郎が、いくら綺麗事や大義名分を並べ立てたところで説得力なんぞカケラもない。俺の言うべき……いや、言いたい言葉はたった一つだけだ。

アルウィンの肩に手を掛け、その瞳をまっすぐに見つめる。

「もう百回くらい言ったと思うけれど、改めて言うよ。君が好きだ。愛している」

細い肩が、わずかに震えるのを感じた。

「頭から離れないって言ったよね。気が狂いそうだって。俺もだよ。ずっと君のこと考えている。多分、とっくにイカレちまってているんだ」

一緒にいるときも、君が『迷宮』で戦っているときも、ほかの女を抱いているときも、夢の中だってそうだ。

「でも後悔はしていない。君と出会えて、地獄みたいな俺の人生にも星が輝くようになった」

力を失ってから、俺は流されるままに生きてきた。放浪の末に掃き溜めのような街に流れ着き、目的もなくただ腐っていくだけの毎日だった。そんな灰色の世界に、君と出会ってまた色づき始めた。一年と少し前、どん底に落ちてなお他人のために力を尽くそうという強さと優しさが、俺を照らしてくれた。ロクデナシの俺がもう一度自分を信じられるようになった。ほんの小さな光でも俺には十分だ。太陽は大嫌いだし、月は眩しすぎる。その優しい心が現実という夜に塗りつぶされないように、悪意という雲に隠れてしまわないように、俺は今ここにいる。

「もし腕が動かないというのなら俺のを使えばいい。立ち上がれないというのなら俺の脚を使えばいい。心臓がダメなら俺のを使えばいい。全部、君にあげるよ。持っていくといい」

サイズは少々ぶかぶかだろうけど、頑丈なのは保証済みだ。

アルウィンの口が何をバカな、と開きかけたが、言葉にならない声を発しただけだった。

俺の本気が伝わったらしい。

彼女と出会ってから色々なものを捧げてきた。俺の手足くらいは今更だ。命を捧げているのだから心臓だってお安いご用だ。

「本当ならそんなものじゃなくって、宝石とかドレスでもあげたいところだけど、ご存じの通り、俺はすかんぴんのヒモ男だ」

仮に金があってもアルウィンは喜ばないだろう。本当に望んでいるものではないからだ。

「……だから、君にあげられるのは、これくらいだ」

そこで俺は包みを開ける。白い布に包まれたそれを取り出し、うやうやしくアルウィンの前に差し出す。

古びた、宝石箱だ。

「え……?」

アルウィンは途方に暮れたような声を出した。困惑し、夢か幻かと疑っている。かつて母親から取り上げられた宝石箱が、目の前にあるのだから。

「箱はちょっち壊れちまったけど、中身は無事だ、ほら」

ふたを開けて中を見せる。

「これが君の言っていたリボンかな。君に似合っているよ。こっちは石ころか。これ、犬の顔っぽくない？」

ほかにも金ぴかのボタンや髪留め、と次々に箱から取り出し、アルウィンの手のひらに載せていく。気がつけば、アルウィンの手のひらはガラクタでうずたかくなっている。けれど、七歳のアルウィンにとっては宝物だったものだ。

「これで全部かな。後で確かめるといい」

アルウィンは手のひらと俺の顔を交互に見比べると、呆けたようにつぶやいた。

「……どうして、どうしてお前がこれを持っている。どうしてこれがここにある？」

「前におふくろさんとケンカした時の話をしてくれただろ。その時にね、ピンと来たんだよ」

アルウィンはおふくろさんの反対を押し切って剣の修業を始めた。おふくろさんは、小さな娘に向かってこう言った。『その志を忘れなければ、いつかあなた自身の目で確かめることになるでしょう』と。よくよく考えてみるとおかしな話だ。認めるにしろ認めないにしろ、その場で直接言えばいい。これではまるで「もう答えは決まっていて、その場には持っていない」かのようだ。

「おふくろさんの腹はとっくに決まっていた。そいつをいつか娘の目に入るところに隠しているんじゃないかってね」

「一体どこに？」

「君の憧れだよ」

そこでアルウィンははっと息をのんだ。

「まさか、『キャメロンの大樹』か？」

「ご名答」

正確には、アルウィンが埋めた短剣の真下だ。前にアルウィンは言った。立派な騎士になる決意を込めて『キャメロンの大樹』の根元にお気に入りの短剣を埋めた、と。深く掘れなかったのは、その下にはもう大切なものが埋まっていたからだ。

子供の宝物なんて宝物庫になんか入れやしないだろう。どこに隠すかを考えたら自動的に答えは出てきた。もちろん、俺はアルウィンのおふくろさんなんて会ったこともなければ、顔すら知らない。けれど、アルウィンを知っているならば、必ずこうするだろうと踏んだ。俺がおふくろさんならそうするだろう、と。

「樹はもうボロボロだったけどね。根っこで君の宝物を守ってくれていた」

おふくろさんとしては、何かの拍子に見つけてくれることを期待していたのだろうけど、誤算はちょいと深く掘りすぎたってことだろう。そのせいで八歳の時に見つかるはずが、今の今まで放置される羽目になった。

まあ、そのお陰で魔物の巣窟になった王宮の中でも無事だったのだから、人生何が幸いするか分からないな。

アルウィンはそこで呼吸を忘れたかのように俺を見つめた。

「お前、まさか『王宮』まで行ってきたのか？」

「ピクニックにしてはちょっち遠かったかな」

信じられない、と言いながらアルウィンは俺の体を撫でさする。服はボロボロで全身傷だらけ。村に戻ってきて直接ここに来たから身支度を調える暇もなかった。

アルウィンが俺の肩を強く握った。

「……お前がマクタロードに来たのは、これを取りに来るため、なのか？」

「まあね」

王国に両親に富に地位に名誉に誇り、アルウィンの手からありとあらゆるものがこぼれ落ちていった。未だに戻らないものもあれば、二度と返らないものもある。けれど、一つくらいは返ってきたってバチは当たらない。

「そんな、こんなもののために……。命がいくつあっても足りない。それを……」

「君を励ましたかった」

言葉にした途端、すっと自分の中で腑に落ちた。そうだったんだよな。俺という男はどうやら俺が思っていたより単純だったらしい。

「そんな、だって、とっくに壊れていてもおかしくないのに」

埋まっているという確信はあったが、さすがに今も無事かどうかは賭けだった。無事か否か、二分の一だから確率としては、悪くない。

「ここぞという時に引き打てるのがマシューーさんだからね」

「……」

アルウィンは黙りこくる。

呆れ果てたのか、感動して言葉も出ないのか。後者だといいけどね。

「俺がもし君に『剣をとれ』というのなら国や国民のためなんかじゃない。仲間や俺のためでもない。身を守るためでもない。お母さんを守りたいと願った七歳の女の子のためだ」

侮辱を受けても言い返せない母親のようになりたくない？

悔しかったから剣を取って強くなろうとした？

バカ言っちゃいけない。

俺の知るアルウィン・メイベル・プリムローズ・マクタロードはそんな女じゃない。

自分の身が危ういって時にも娼婦のために戦おうとするお方だ。

「悔しい」よりも「守りたい」から戦う女だ。

これは俺の推測だが、最初は純粋におふくろさんを守りたかったのだろう。けれど当のおふくろさん本人に反対されて、ケンカして、知らず知らずのうちに記憶を改竄しちまったのだろう。子供にはよくある話だ。

「だが、母はもういない。私の目の前で……」

「ここにいるよ」

と、白い布包みから手紙を取り出す。

「実を言うと宝石箱の中にこれも入っていてね。君宛てだよ」

アルウィンへ、と書かれた白い封筒を手渡す。

彼女は震える手でそれを受け取ると、ゆっくりと開く。

手紙にはたったの一文。七歳の女の子に贈った言葉だけあって俺でもすぐに読めた。

『あなたは、あなたの信じた道を歩みなさい』

アルウィンは手紙を握りしめる。悔しそうに唇をかみしめ、どうして、と口の中で繰り返す。言いたいことは分かる。直接言ってくれれば、おふくろさんとももっと早く仲直りできたはずなのに。

アルウィンを見ていればだいたい想像が付く。

生真面目で自分を曲げない。そのくせ照れ屋で恥ずかしがり屋。似たもの同士だからこそ、反発して、理解し合うのは難しいのだろう。不器用な親子だ。

願っていたのは、お互いの幸せのはずなのに。

「おふくろさんは君を認めていてくれたみたいだね。もうずっと前から」

「止めてくれ！」

アルウィンは辛そうに首を振る。涙を流し、嗚咽を漏らして、髪を振り乱す。

「私はそんな人間じゃない。あの頃とはもう、変わり果ててしまった」

「だからいくらでもやり直せる。もう自分の足で立って歩ける、大人の女性だ」

「自ら『クスリ』に手を染めた、愚かな女だ」

「自分の心と体をすり減らして戦い抜いてきた女をどうして笑える？」

「戦う勇気などもう残っていない。ただ怯えて震えるだけの弱い女だ」

「それでも君を愛してくれている人はいたし、今もここにいる」

俺はアルウィンの手を取る。

「君にとっての宝物がこの宝石箱なら、俺にとっての宝物は、君と過ごした時間だよ」

初めて会ったときから今の今まで。ともに過ごした時間はかけがえのない記憶だ。

手料理を振る舞ったこと、風呂で背中を流したこと、ピンチの時に助けに来てくれたこと、娼館に行ってぶん殴られたこと、全部全部が宝物だ。

アルウィンは泣きながら声を震わせる。ああ言えばこう言う、と困り果てているようだ。悪いが君程度じゃあ、俺の『減らず口』に勝てるわけがない。

「ナスビだって食べられない……」

「市場のご婦人方から美味しく調理できるレシピを聞いたんだ。また一緒に食べよう」

バカモノ、と声を濡らしながら俺の肩を叩く。俺は黙って彼女の背中をさすった。

静かな空間にアルウィンの嗚咽だけが聞こえる。

そこに頭上から慌ただしい物音が聞こえた。

俺は立ち上がった。

「行ってくる。運が良かったらまたお土産でも持ってくるよ」

「待ってくれ、マシュー」

アルウィンが手を伸ばす。俺はその手を掻い潜って扉の取っ手に手を掛ける。名残惜しいが、そろそろ時間だ。

「それじゃあね、いい子にしているんだよ」

「待て、マシュー」

俺は扉を開けて外へ出る。後ろ手に閉めようとした時、懇願のような叫び声が響いた。

「教えてくれ！」

振り返り、倉庫の中を覗くと、アルウィンはひざまずきながら手で床をつかんでいた。

「い、い、い、どうすればいい？　どうしたら、私は、お前のように強くなれる？」

一瞬、何を言い出すのかと思ったが、アルウィンの目は真剣そのものだった。

「戦えなくなって殴られて蹴られて金品を奪われようと、お前は自分を曲げようとしない。戦えなくても、お前は自分自身を貫いてきた。教えてくれ、マシュー。私は、どうすればお前のように強くなれる？」

「ご冗談」

俺は肩をすくめた。

「俺のは、『強い』とは言わないよ。最初っからそういう風に生まれついたってだけ」

生まれつき桁外れの力と、頑丈な体を持っていた。だから思う存分、好き放題も出来たし、我も通してきた。富も女も手に入れ、気に入らない奴は叩きのめした。努力して、なりたいと思って身につけた力ではない。

だからこそほかの生き方ができないし、選べない。翼をもがれた鳥は、一生、役立たずの羽根をばたつかせてみじめに生きるか、死ぬだけだ。

「本当に強いってのはね、自分が困っているときだっていうのに娼婦の親子のために駆けずり回るような女性のことをいうんだよ」

自分が絶望のどん底にいる時だって、他人を思いやれるってのは俺にとっては十分、強いって証だけどね。

「マシュー……」

「約束するよ。また君のところに戻ってくる」

生きているかどうかは別だけど。まあ、死体くらいはデズが運んでくれるだろう。

「君が好きだ。愛している。……本当は百万回くらい言いたいけれど時間ないからこれで言ったことにしておいて。戻ったら残り九百九十九万九千回……なんか違う？　まあいいや。とにかく残り全部言うから耳にたこができるくらい。覚悟しといてよ」

「待て、マシュー」

「じゃあね、愛しているよ」

外に出て、手を振って扉を閉めた。また扉を開ける。

「今のも一回引いといて」

そして今度こそ外に出た。

第八章　浮上

地上への階段を上ると珍客がいた。

「なんだ、まだいたのか」

とっくに逃げたと思っていた。

「俺が姫様を置いて逃げるわけがないだろ！」

ラルフの分際で生意気言いやがって。

「別れの挨拶はいいのか？」

ここにいるってことは、こいつもアルウィンに何か言いに来たはずだ。

「……今はいい」

ふてくされたようにそっぽを向く。

「俺は絶対に生き残るからな。何があろうと生き残って、姫様にお仕えするんだ」

「ご立派」

こいつはこいつなりに悩んで答えを出したらしい。だとしたらゲロ吐かせた甲斐（かい）もある。頼まれたわけではないが。

「姫様の様子は？　何を言った？」

「さあてね」

　俺は肩をすくめた。あとはもうアルウィン次第だ。

「生き残ったら次はお前がやればいい」

　この国にとどまるのも『灰色の隣人（グレイ・ネイバー）』に帰るのもラルフ次第だ。

　そこでラルフは警戒心とも興味ともつかない目を向けてきた。

「……お前は何者だ」

「何だよ、今更」

　この期に及んで、俺の正体なんか知ってどうしようってんだ。

「前にも尋ねたが、まだ答えを聞いていない」

「何度聞かれようと、答えは同じだ」

　俺は言った。

「アルウィンの『命綱（ヒモ）』だよ」


　戻るとデズが既に準備をしていた。完全武装とまではいかないが、愛用の戦鎚（ウォーハンマー）『三十一番』まで持ってきている。こいつは心配ない。

　デズが聞いた。

「作戦はどうする？」

「籠城しかないだろう」

せめて女子供だけでも逃したいが、時間もルートもない。打って出るには味方の数が少なすぎる。それに、魔物の多くは夜行性だ。昼間は眠っている種族も多い。夜明けまで持ちこたえられれば勝機はある。

「朝まで耐えられると思うか？」

「耐えるしかねんだよ」

魔物がまともにぶつかってきたらここの塀くらい簡単にぶち壊せる。中に入り込まれたらあとは修羅場と惨劇のフルコースだ。山賊の略奪が可愛く見えるだろう。

そうしないためにも何とか食い止めるしかない。根性論は嫌いだし、作戦など立てる柄でもないが、やらないと死ぬ。だからやる。それだけだ。

この村は三方を山に囲まれている。天然の城塞代わりなので、登ってくるのは難しい。だから残り一方の東側を固めるのが一番だ。魔物自体、東側から攻めてくるコースを辿っている。

俺たちで激戦の東側を固める。その間に女子供を倉庫にかくまう。

「とりあえず、ノエルには伝書鳩で伯父様に連絡してもらっている。前々から進めていた国外脱出計画を実行するんだとよ」

西に向かい、荒野を通って国境を越える。道は比較的平坦だが、魔物も多いので危険極まりない。ラトヴィッジが護衛を手配するそうだが、どこまで頼れるかは疑問だ。

「ここは王都に近い分、魔物も多い上に村人の反対もあって難しかったが、こうなってはイヤとは言うまいよ」

「反対？　何故だ？」

ラルフが意外そうな顔をする。

「そりゃそうだろ。移動中に魔物に襲われる可能性が高いんだ。下手をすれば、丸腰の状態でだぞ。怖いに決まっている」

あとは生活の問題だろう。国外に逃げたところで難民生活だ。ラルフの家族のように自活できる能力や技術を持った人間ばかりではない。おまけにここの連中はほとんどが、農民だ。畑を捨てろ、と言われる苦しみは他人からすれば想像以上だ。本人たちとて理屈では分かっていても感情が付いてこない。だから嵐の日だろうと魔物が出ようと畑を見に行く。生活基盤そのものだからだ。

「詳しいな」

「出は農民だからな」

それも八歳の時までだが。

どのみちユーリア村の行く末は見えていたのだ。留まったところでいつかは食料が尽きるか、結界が壊れるかで滅んでいただろう。少々、早まっただけの話だ。

「ま、それもこれも生き延びてからの話だ」

魔物はどこまで迫っているか。背高のっぽらしく、見張り台にでも登ろうかと思っていると、ノエルが駆け寄ってきた。腕には白い包みを抱えている。

「武器はどうするのですか？」

「いらない」

今の俺には子供でも扱える程度の武器しか持てない。せいぜいナイフか短剣くらいだろう。二、三本もあれば十分だ。それだって、魔物相手に通用するかは疑問だが。

ノエルが白い包みを解くと、ロングソードが出てきた。それをうやうやしく差し出す。

「どうぞ、これをお使い下さい」

「もしかして、伯父様のところの？」

「宝剣『慈雨の剣（マーサフル・レイン）』です」

ほう、と感心しながらためつすがめつ見る。白い鞘（さや）から引っこ抜いて、月明かりにさらしてみる。光沢もあって、刃筋もしっかりしている。名工が鍛えた業物のようだ。それに独特な気配も感じる。宝剣、というだけあって何か魔法でもかかっているのだろう。

「その切れ味から敵を苦しませずに冥界に送る、慈悲を与えると名付けられたそうです」

名前に反して物騒な由来だ。

「伯父様からも許しは得ています。『いざという時には遠慮なく使え』と。ですから、これをあなたに……」

「俺はいいよ」

今の俺が持ったところで扱いきれない。

「しかし……」

「だったら、こっちの坊やにあげてくれ」

「俺に？」

ラルフが目を丸くする。

「その方が生き残る確率も上がる。だろ？」

さっきからうらやましそうにちらちら見ていたしな。それに、ラルフの剣もそろそろ限界だろう。俺の記憶が確かなら一年以上は使い続けている。物持ちがいいのは結構だが、乱戦では不覚を取りかねない。ラトヴィッジも俺なんかよりラルフが使った方がまだ納得するはずだ。

「わたしはもちろん構いませんが、それではあなたは……」

「俺は戦士じゃない。魔物相手に切ったはったは、業務外だ」

「では鎧（よろい）だけでも」

「意味がない」

逃げ回るのにジャマになる。鉄の鎧（よろい）なんぞ着込んだ日には、鈍足が余計のろまになるだけだ。

「俺は俺に出来ることをするよ」

と、ノエルの背負ったカバンを見る。

「さっきの武器をくれ。『番兵グモ』の糸だっけ？　地下通路でぶん投げたやつだ」

『忌毒術』の武器なら俺でもダメージを与えられる。

「しかし、あれは」

「君の判断は聞いていない。俺は『くれ』と言ったんだ」

姫騎士様のお名前に傷が付こうと、この村の連中に嫌われようと知ったことか。

生き延びるのが最優先だ。

カバンごと受け取り、足下に置く。取り出した白い球を布に巻いて。それをロープにつなぐ。即席の投石器(スリング)だ。これを振り回してから投げれば飛距離も伸びる。『忌毒術』の武器がなくなったら同じようにして石を投げればいい。

「あとは手槍(てやり)だ。ありったけよこせ」

武器庫にストックしてあったのは確認済みだ。コントロールには自信がある。村人よりも俺が使った方がいい。

「待て」

ラルフが横から俺の手をつかむなり逆にひねり上げる。痛えな。

「やっぱりか」

俺が文句を言う前に、忌々(いまいま)しそうに舌打ちする。

「お前、今は怪力が出せないんだな」

ラルフの声は確信に満ちていた。ああ、その通りだよ。今は夜だからな。日の光の下なら今頃、テメエは地面にキスしているところだ。

「何の話だ」

それでも、と念のために空とぼけてみたが、ラルフは更に俺の腕をひねりやがった。

「……お前の怪力はこの体で味わった。怪力を出すのに何か条件があって、それが今は使えないんだな。そうだろ？」

この忙しいときに勘づきやがって。まあ、あれだけ目の前でヒントを出していれば否が応でも気がつくか。認めてもいないのに、ラルフは話を先に進めていく。

「その腕力で投げたところで、届く前に落ちるのが関の山だ」

「お前、話下手だな」

要するに俺が投げても手槍をムダにするだけだと言いたいわけか。だったら最初からそう言え。回りくどいんだよ。

アホはアホなりに考えたのは褒めてやるが、やはり底が浅い。俺が何年貧弱坊やをやっていると思っているんだ。対策くらい、考えているに決まっているだろうが。

名前を呼ぶと、デズはすぐに察してくれた。お目当ての道具を手渡す。

突起の付いた、木の棒だ。中央がくぼんでいて、筒を半分に割ったような形になっている。

「何だ、それは？」

「『投槍器(アトラトル)』だよ」

　これに槍(やり)や矢を引っかけて投げれば、遠くに飛ばせる。当然、威力も増すって寸法だ。補助道具があれば、俺でも役に立てる。

「こうやって使うんだよ」

　試しに持ってきて貰(もら)った槍(やり)を突起の端にひっかけ、ぶん投げる。

　真新しい槍(やり)は壁の向こうへと飛び越え、見えなくなってから獣の断末魔のような声が聞こえた。

「準備しろ、お前ら」

　さっきの断末魔の叫びはリザード・オークか。

　本隊はまだ先のはずだから偵察ってところか。

「次が本番だ」

　地面を揺らす足音がやがて大音声(だいおんじょう)となって近づいてきた。

　見張り台に登ると、魔物の大群が濁流のように迫って来るのが見えた。大半はゴブリンやコボルトといった雑魚(ざこ)だが、中にはオーガやミノタウロスまで混ざっている。

　数にすれば千は超えているだろう。

普通、異なる魔物同士で協力するなどあり得ない。俺たちは『魔物』とひとくくりに呼んでいるが、連中にとって、同族以外は敵かエサでしかない。異種族同士で同じ行動を取るなど、ごく限られている。代表的なのが、『スタンピード』だ。

「やっぱり、マクタロード王国が滅びたのは『スタンピード』説が正解なのかね」

「口よりも手を動かせ！」

隣の見張り台からラルフが喚きながら矢を放つ。鋭い矢が風切り音を鳴らし、ゴブリンの脳天に直撃する。

「さすが猟師の息子だな。弓使いに鞍替えした方がいいんじゃないか？」

「だから手を動かせと言っているだろう！」

言われずともやっている。

ラルフが弓を構えるよりも早く、『投槍器』に矢を引っ掛け、放り投げる。放物線を描きながら走っていたコボルトの目玉を貫いた。

門の前では、ひげもじゃが大活躍だ。手製の武器を振り回し、向かってくる魔物を肉の塊に変えている。防御もクソもない。攻撃範囲に入り込んだ奴を手当り次第、『三十一番』で叩きのめし、すり潰す。

足は遅いから敵陣の中を駆け抜けるなんて柄ではないが、迎え撃つのは得意な奴だ。昔は俺もあいつも『攻撃役』だったが、戦い方はまるで違う。俺が敵陣に切り込んで引っ掻き回し、デズが向かってきた奴を叩きのめす。

昔の俺ならとっくに魔物の中に突っ込んで武器を振り回していただろう。力任せに、物量など構わず、何もかもを叩き潰していた。

今、ノエルがその代わりを務めている。

もちろん、力任せとはいかないが素早い動きと体術で魔物の間を駆け抜けながら斬り伏せていく。遊撃役としては優秀だ。それだけでは物量差に押しつぶされるだけだが、素早く逃げ回り、時には門の上を飛び越え、刃物を投げつけている。

俺たち四人の活躍でもう百体以上は倒したはずだ。正確にはほとんどがデズの活躍なのだが。

それでも後から後から魔物どもは突っ込んでくる。同族の死体を踏み越え、仲間や親兄弟の亡骸を冒瀆しながら俺たちで晩餐にしようと牙を向いて襲いかかってきた。

「さすがにまずいな」

最初に槍が尽きた。再利用しようにも投槍のほとんどが折れて曲がって使えない。続いて弓矢だ。矢は在庫切れだし弦まで切れた。

ラルフは矢がなくなると、火の付いた棒を矢の代わりに射る。ノエルも魔物の頭上に油を撒いて火を放つ。

「やるじゃねえか」

「だから手を動かせって！」

やっているよ、と言いながら魔物の大群に向かって『忌毒玉』をぶん投げる。当たった連中は毒にしびれ、血を吐き、あるいはクモの糸に絡まって動けなくなる。あとは後ろを走っていた魔物が踏みつけ、圧死させるのを待つばかりだ。

そう、仲間や同族がどうなろうと連中はお構いなしに突っ込んでくる。味方の被害も関係なしだ。

想像以上に武器の減りも早い。人間相手ならクソや小便でもぶっかければ怯んでくれるのだが、こいつらにはほとんど効果がない。

「どうすりゃいいんだ！」

「教えてやるよ。口だけじゃなく手も動かすんだ」

ラルフに有り難い講釈をしながら、俺は投石器で石を投げる。当たるには当たるが、やはり威力に欠ける。余計に怒らせる程度だ。

門の前では相変わらずデズがお得意の『三十一番』を振り回して、魔物を薙ぎ払っている。が、そこ以外がカバーしきれていない。

間合いの外をくぐり抜けて魔物どもが壁に張り付いてくる。

村人たちも槍で突き、火の付いた松明を投げつけてはいるが、焼け石に水だ。

このままではジリ貧だ、と思ったがそうはならなかった。

「北の壁が破られたぞ！」

叫び声が聞こえた。

破滅は唐突に訪れた。

村の中から奇矯な鳴き声が響く。

魔物が入り込んだようだ。クソッタレ。ラルフもノエルもデズも目の前の敵で手一杯だ。

「俺が行く」

と、見張り台から降りようとしたその時だ。

空気の流れが変わった。

体を揺らすほどの強い風が吹きすさぶ。

「なんだ、何が起こった？」

ラルフのとまどう声を聞きながら背中に冷や汗が流れるのを感じた。

俺は空を見上げた。

案の定だ。

雷のような嘶き（いなな）を上げながら巨大な塊が下りてくる。

「逃げろ！」

叫びながら俺は転がるようにしてその場を駆け出す。わずかに遅れて突風が巻き起こり、吹き飛ばされた。

数回転がってからどうにか立ち上がり、顔を上げる。

今しがたまで俺たちのいた門はそいつに踏み潰されていた。

緑色の鱗を月の光で反射させ、背中の翼を高々と広げてドラゴンは空高く咆哮を上げた。

おいおい、こいつは何の冗談だ？

いきなり現れた理由はすぐに分かった。

石の破片が胴体にめり込んでいて、そこから赤い血がにじんでいる。

間違いない。こいつは、俺がマクタロード王国の王都で出会ったドラゴンだ。

ゴーレムをぶつけられて横っ腹を傷つけられたのが、よほど腹立たしかったらしい。俺を探してあちこち飛び回り、ようやく発見したのだろう。

まずいな。『竜騎槍』ならこの村なんて一瞬で吹き飛ぶ。圧倒的な力の前では小手先の技術も小賢しい知恵も無に等しい。ノエルとラルフは結構遠くまで吹き飛ばされたようだ。

となればこういうときこそ、ひげもじゃの出番だ。

「デズ、返事をしろ。お前の出番だ！　戦え、もじゃひげ！」

「うるせえ！」

怒鳴り声とともにデズが破壊された門の側から手近にあった斧を放り投げた。叫び声とともにドラゴンが飛び上がる。巨大な斧が回転しながらドラゴンのいた空間を通り過ぎる。巨大な斧はそのまま一直線上にいた俺の方へ向かってきた。

あわてて飛び退いた瞬間、凄まじい勢いで俺の真横にあった壁をぶち抜いた。

もうちょいで俺の胴体が真っ二つになるところだった。危ねえな。

どっと冷や汗をかいていると、ドラゴンは鳴き声を上げながら村の上を飛び回っている。

逃げるつもりはないってことか。

見上げていると、足音がした。デズが俺のところに歩いてくるのが見えた。忌々しそうに鎖を引っ張っている。鎖の先にはさっき飛んできた斧が瓦礫や木片を巻き込みながら引きずられている。

「外したか。運のいい野郎だ」

「それ、ドラゴンに向かって言っているんだよな？」

「さあな」

相変わらず笑えない冗談を飛ばす奴だ。

「よりにも寄って大将格が出てきやがったか。あいつが親玉か？」

「かもな」

王都で戦って中指おっ立てた件は後でもいいだろう。

ドラゴンは本能的にデズを警戒しているが、いずれは下りてくるはずだ。

遠距離から火を吐くって手もあるだろうが、俺ならその手は取らない。さっきの斧はあいつも冷や汗をかいたはずだ。

動きの止まった瞬間に食らったらそこで終わりだ。だから上空を飛びながらちまちま仕掛けてくる、と俺は踏んでいる。事実、それをやられるとデズは不利だ。動きが鈍くて走り回るのが苦手だから。

「どうする？」

デズなら倒せるとは思うが、村まで守りきれるかは分からない。最悪、デズ以外は全滅って可能性もある。

好材料としては、さっきの雑魚どもが散り散りに逃げてしまった点だ。要はドラゴンさえ倒せば、朝まで持ちこたえられる。

「さすがにきついな」

予想に反して弱気なセリフが出てきた。

「今日の装備でドラゴン二匹を同時に相手するのはムリだ」

「へ？」

俺が間の抜けた声を上げた瞬間、空に一条の光が走った。

まばゆい閃光が駆け抜け、裏山の頂きが爆音とともに吹き飛んだ。

「なんだ、お前気づいてなかったのか？」

デズが飛んできた瓦礫を弾き飛ばしながら上を指差した。

「あのドラゴンはメスだ。体格から見て年頃だろう。ならオスがいてもおかしくねえだろ」

またも突風が吹いた。しかもさっきのよりも風が強い。続けて地震のような震動に膝をつく。

どうやら俺が傷つけたのはやっこさんの恋女房だったらしい。

一回り大きなドラゴンが、俺に殺意の目を向けていた。


「最悪だな」

ドラゴンが二匹も現れた以上、デズ以外全滅、という可能性がかなり現実味を帯びてきた。

村人は死に、ノエルもラルフも俺もアルウィンも生きては帰れない。

あとに残ったのは不機嫌なひげもじゃが一人だけ。短い足で土を掘り返し、瓦礫をひっくり返して死体でもまとめて火葬にした後は、遺品でも見つけて、冒険者ギルドにでも届けるのかね。そして俺の死をまた不機嫌な顔で『百万の刃』の仲間に知らせるのだろう。

なんか笑っちまった。

「まあ、やるしかねえか」

これ以上、面倒かけたらデズの白髪が増えちまう。

「お前は旦那の方を頼む。俺は女房の方をやるよ」

女房は負傷しているだけまだ勝機がある。

「いけるのか？」

「俺を誰だと思っているんだよ。三国一の色男・マシューさんだぜ」

心配そうなデズにウィンクしてやる。

「ドラゴンだろうとエルフだろうと、ちょいと色目使って口説けばすぐに腰振ってくる。女房を目の前で寝取ってドラゴンの旦那に血の涙流させてやるよ」

「オメエのバカは治しようがねえな」

これはデズ語で「死ぬなよ」の意味だ。死んだところで、バカは治りゃしねえからな。

「んじゃ、頼むわ」

肩を叩くと、鼻を鳴らし、のっしのっしと旦那の方に向かっていく。

デズの強さを警戒したのだろう。旦那は一声鳴くと、翼をはためかせて村から離れ、距離を取る。デズも小さい足で追いかけていく。

俺の方は俺の方で何とかしようじゃないか。幸いにも作戦も考えてくれている。

「下りて来なよ。お前さんの相手は俺だ。話ならベッドの中でゆっくり聞こうじゃないか」

旦那がいなくなると同時に女房に呼びかける。何とか接近戦に持ち込めれば、と思ったが甘い考えだった。

口元に光が集まるのが見えた。『竜騎槍』を放つつもりか。

「いきなり物騒だな。もっと話し合おう。旦那の愚痴ならいくらでも付き合うからさ」

俺の呼びかけにも反応せず、本格的に『竜騎槍』の体勢に入った。

「マジで？　ねえ、君さ。まだ若いんだから。そんなものはしまってさあ！」

光が収束していく。あと一呼吸で光の奔流が解き放たれ、俺たちはこっぱみじんに消し飛ぶ。

「さもないと……大変なことになるぜ。なあ、ノエル！」

俺の合図とともに横合いから二つの玉を投げつける。俺のお手製のボーラだ。飛んでいたドラゴンの口に絡み、閉じさせる。

ドラゴンの構造がどうなっているかは知らないが、口から物騒なものを出すのだ。出す直前に口を閉じればどうなるかなんて分かりきっている。村の上で爆風と爆音、昼間のような光が降り注いだ。

耳が遠くなる。体を揺さぶられ、倒れ伏す。家の壁に当たって止まった次の瞬間、重たいものが地面に落ちる音がした。

ドラゴンが口から黒い煙を吐いて倒れている。口も半分くらい吹き飛んで歯が見えている。歯もボロボロ。まだ若そうなのに、入れ歯の世話になりそうだ。『竜騎槍』は強力な攻撃手段だが、それが裏返れば自分の体をも傷つけてしまう。

「やりましたね」

ノエルが駆け寄ってくる。彼女の存在に気づき、何をしようとしているのか悟ったからこそこちらに注意をひくために呼びかけた。

「いや、まだだ」

俺は倒れたままドラゴンを指差す。

「まだ生きている。早くとどめを刺せ」

それから竜殺し……『ドラゴンバスター』の称号を手に入れて、ラルフのアホを羨ましがらせてやれ。

「いや、しかし」

「あの程度で死ぬやつをドラゴンなんて呼ばないんだよ」

咆哮が上がった。地に伏し、血を吐きながら尻尾で地面を叩き、爪で地面を削り、唸り声を上げている。

やっぱり生きてやがったか。瀕死のはずだが、人間とドラゴンとでは生命力が違う。死にかけでも人間百人を殺せるのがドラゴンだ。

「早く！」

ノエルは鉈のような剣を取り出し、ドラゴンめがけて走り寄る。だが、その動きは俺の記憶とはかけ離れていた。

「まずい、避けろ」

ドラゴンの尾が、ムチのようにしなり、ノエルを弾き飛ばした。かろうじて飛んで衝撃を半減させたようだが、完全には殺しきれず、紙くずのように宙を舞う。高々と夜空に舞い上がり、地面に叩きつけられた。

「ノエル！」

駆け寄って抱き起こす。気を失っている。かろうじて受け身は取ったようだが、肋骨は何本か折れているだろう。

「そういうことか」

俺が足を触ると、苦痛に顔を歪（ゆが）める。さっきドラゴンに吹き飛ばされた時に足を負傷していたのだろう。

ノエルの強みは身軽さと素早い動きだ。これでは戦力は半分以下だ。命に別状はないようだが、この傷ではもう立ち上がれまい。

そこに満身創痍（そうい）のドラゴンが俺たちめがけて突っ込んできた。ボロボロの口を開け、舌を伸ばす。

二人まとめて食い殺そうって算段か。

今の俺ではノエルを抱えて逃げるなど不可能だ。腕の一本でも犠牲にしてその間に逃れようかとも思ったが、わずかな時間稼ぎにしかならない。次の瞬間には食い殺されている。ほかに何か作戦はないのか、と考えている間にもドラゴンは傷だらけの口を大きく開き、牙を光らせる。その時だ。

「止めろおおおっ！」

俺たちとドラゴンの間にラルフが立ちふさがった。

横っ面（よこつら）を殴りつけるようにドラゴンへ斬りかかる。ドラゴンのまぶたなんて鉄も同然のはずだが、『慈雨の剣（マーサフル・レイン）』は深々と切り裂いていた。片目を潰され、方向感覚を見失ったドラゴンは俺たちを横切って地面を滑っていった。

「大丈夫ですか？」

その間にラルフはノエルを抱き起こす。

「命に別状はねえ」

「お前には聞いていない！」

「俺もノエルさんのことを言ったんだ」

相変わらず面倒くさい奴だ。

「それより早くとどめを刺せ。業腹だが譲ってやる。あいつをぶち殺して『ドラゴンバスター』でもなんでも好きに名乗れ」

「言われるまでもない！」

ノエルを優しく地面に置くと、剣を構え、ドラゴンに向かっていく。

ドラゴンは隻眼になってより凶暴になっていた。爪を振り回し、牙でかみつく仕草を見せ、尻尾で薙ぎ払う。

ラルフもうかつに近づけないでいる。たまりかねて後ずさった時だ。

ドラゴンが息を吸い込んだ。まさか、また『竜騎槍』か？

「させるか」

と、ラルフは必死の形相で突っ込んでいく。

ドラゴンが目の奥で笑った。

「よせ、ワナだ！」

ドラゴンは途中で向きを変え、俺とノエルの方を見た。そしてにやりと笑うと業火を撒き散らした。

「危ない！」

ラルフはとっさに身を投げ出し、俺たちの前に立ち、ヤケクソになったのか、デタラメに剣を振り回す。一瞬、炎が弱まった気もしたが、ラルフは全身に炎を浴びていた。

絶叫を上げて地面を転げ回る。俺はあわてて駆け寄り、火を叩き消す。

まだ息はある。ドラゴンの口に穴が空いていたお陰で威力が半減したようだ。あとは『慈雨の剣』が炎の威力を弱めてくれたのだろう。

「バカが、何やっている」

「お前のためじゃない。俺はノエルさんを守ろうと……」

「知っているよ」

おかげで二人は重傷。デズはもう一匹と戦闘中。残ったのは、半死半生のヒモが一人だけ。

ドラゴンは爪を地面に立てながらうずくまっている。おそらく傷の塞がらないうちに火を吐いたせいで傷が悪化したのだろう。

バカばっかりか。

とはいえもう時間はない。すぐにまた動き出すだろう。

ここは俺の『意地』……切り札を使うしかないか。戦える時間はほんのわずかだが、あれならドラゴンでも一撃だ。

俺は呼吸を整え、大きく息を吸い込む。意識を集中させ、腹の底から声を上げようとして息が詰まる。盛大に咳き込んだ。

「ダメか……」

元々神の『呪い』に逆らおうって技だ。肉体への負担が大きい。おまけに今朝から魔物とぶっ通しで戦い続けてきたせいで、体力も気力も限界を超えている。もう絞り出すだけの力も残ってねえ。情けないマシューさんだ。

切り札も失敗し、目の前には立ち上がりかけたドラゴンが敵意と殺意をみなぎらせている。

「どうだろう。ここはお互いに痛み分けっていうのは？」

ドラゴンの返答は、振り下ろした爪だった。やっとのことで飛び退いたが、爪にえぐられた土や石を浴びてひっくり返る。続けて片方の爪が来た。転がりながら回避しようとしたが、爪の先端が背中をかすった。痛え。

必死に立ち上がり、その場を離れる。なかなか仕留められないので業を煮やしたらしい。ドラゴンはその巨体で押し潰そうと迫ってくる。爪を地面に立て、這うように迫ってくる。

「え、何それ？　もしかしてワニに転職したの？　背中の羽根は飾りか？」

落ちた衝撃で翼を痛めたのだろう。飛び上がる様子はない。だが、デカブツが村の中を動き回るだけで建物は砂の城同然に吹き飛ばされ、瓦礫となって砕け散る。俺はといえば、痛む体を引きずりながら逃げ惑うだけだ。ノエルとラルフから距離を取らねえと、巻き添えにしちまうからな。

「今頃、旦那はひげもじゃと浮気の真っ最中だよ。ウロコばっかりの冴えない女より、ひげもじゃの方が素敵なんだってさ。よりにもよってドワーフの男に寝取られるとか、いや、災難だね、君も」

尻尾が飛んできた。かわしきれず、俺の体はハエ叩きのハエのように吹き飛ばされる。近くにあった馬小屋の壁を貫き、民家の壁をぶち抜いたところで地面を転がって止まる。目がくらむ。とっさに両腕で防いだのと、自分から飛び下がったお陰でダメージは最小限にしたはずだが、なかなかにきつい。旦那を寝取られたのが、よほど悔しかったと見える。

全身傷だらけで体力も限界。痛みどころかもう何も感じなくなってきた。これ以上戦ったら冥界行きは間違いない。ベッドの上でゆっくり寝ていたい。ついでに見舞いに来たお姉ちゃんの尻でも撫でたいところだが、やってきたのは人妻でしかも全身傷だらけのドラゴンだ。建物を吹き飛ばしながら俺の息の根を止めるべく迫ってきた。

かろうじて立ち上がるが、作戦が何も思いつかない。ドラゴンはもう目の前だ。観念するしかなさそうだが、黙って食い殺されるつもりはねえ。食われると同時に腕か足を犠牲にしてあいつの腹の中で大暴れしてやるさ。

「待て!」

聞こえるはずのない声がした。


振り返ると、寝間着姿のアルウィンがそこに立っていた。

胸には剣を抱いている。

倉庫から抜け出してきたのか?


「私が……」

苦しそうに、喉につっかえたものを吐き出すようにして、彼女は言った。

「私が相手だ!」

もう一度、深呼吸すると、拳を震わせながら叫ぶ。

「私の大切な者たちを、これ以上、失わせはしない……失いたくない!」

アルウィンは鞘(さや)から剣を抜き放つ。あれは、『暁光剣(ドーンブレード)』か? 馬車から取ってきたのか。

ドラゴンは方向転換してアルウィンの方へと歩いていく。

アルウィンを脅威と思っていないのは明らかだ。足取りには余裕すら感じられる。

一方のアルウィンは全身ががたがた震えて、涙目だ。『迷宮病』が治ったわけでもない。このままでは死体が一つ増えるだけだ。

それでも、今この場に駆けつけた。

せっかく舞い込んできたチャンスだ。

俺の使命を果たす時だ。

ようやく手を伸ばしてくれたんだ。

ちゃんとつかんでくれよ。

この『命綱』をさ。


「さあ来い！」

「違うよ」

俺は彼女に呼びかける。

「こういう時どう言えばいいか、教えただろう？　ほら、ローランドの屋敷(やしき)で」

そこでアルウィンは少し考えた後、小さい声でつぶやいた。

「……『くそくらえだ(Kiss my ass)』」

「声が小さい」

「『くそくらえだ！（Kiss my ass）』」

「もっと腹の底から」

「『くそくらえだ！（Kiss my ass）』」

「あと十回」

髪を振り乱し、身を捩（よじ）りながら連呼し続け、息を吐いた頃にはドラゴンはもう目の前に迫っていた。巨体を揺らしながら赤毛の女を見下ろす。

アルウィンは剣を一払いすると、真正面に構える。髪を風になびかせ、剣をぎゅっと握り、瞳に強い意志をみなぎらせて彼女は言った。

「『くそくらえだ！（Kiss my ass）』」

ドラゴンが爪を振り下ろす。瀕死（ひんし）ではあっても重量と速度は侮（あなど）れない。当たれば即死の一撃をひらりとかわすと、同時に腕に斬りつける。固い音がした。ドラゴンの鱗（うろこ）に弾（はじ）かれたのだ。

舌打ちをしながら横に移動する。俺たちを戦いに巻き込まないためだろう。どんどん遠ざかっていく。

ドラゴンはあとを追いかける。俺たちなどいつでも食えると判断したようだ。あるいは、もっと生きの良い食（い）い物に心を奪われたか。

さすがにもう火は吐けないようだが、ドラゴンの体格はそれを補って余りある。傷だらけの体を引きずりながら、若い女の肉を食むべく襲いかかる。

本来ならば絶好の機会のはずだが、アルウィンの動きが鈍い。『迷宮』で負傷して以来、ほとんど寝たきりのようなものだった。体もなまっているはずだ。意識に反して体が付いてこないのだろう。何度も切りつけているのにさっきから傷一つ付けていない。

でくのぼう太陽神の剣だけあって肝心なところで役立たずだなあ、おい！

「これを使え！」

俺はラルフへと駆け寄り、その手から『慈雨の剣』を借りる。投げるだけの体力はないので、足で蹴って地面を滑らせる。アルウィンはドラゴンの牙をかわしながらそれを拾うと、巨大な下顎を真っ二つに切り裂いた。

血しぶきと絶叫が上がる。

「とどめだ！」

「待て！」

ドラゴンの闘志はまだ衰えてない。咆哮を上げて、爪を振り上げる。

金属音とともに『慈雨の剣』がアルウィンの手から弾かれる。

仰向けに倒れたところに、ドラゴンが血を吐きながら口を開け、また閉じた。

俺は叫んだ。

硬いものがかみ合う音がした。

人間の腕ほどもある牙を『暁光剣（ドーンブレード）』がかろうじて防いでいた。だが拮抗（きっこう）していたのはほんの一瞬だ。体格も体重も何もかも違いすぎる。牙がアルウィンの眼前に迫る。

「逃げろ！」

「……なめるなよ」

白い足がドラゴンの鼻先にかかる。

「私を誰だと思っている。この程度の敵に負けていて、どうしてこの国を取り戻せる」

「だが」

「心配するな。……私は負けない。お前が……」

アルウィンは目を閉じて小声で何事か呟（つぶや）いた。その瞬間、均衡が崩れる。ドラゴンの口がアルウィンに覆（おお）い被（かぶ）さった。

時間が止まった気がした。

膝から崩れ落ちたところで、ドラゴンの口が不自然に持ち上がる。

「『太陽は万物の支配者（ソル・エスト・エクストリカ）』、『天地を創造する絶対の存在（アバソルス・イクス・テラ・クリエ）』」

その呪文は……まさか？

ドラゴンの口を押し上げていたのは、菱形（ひしがた）の、赤い鱗（うろこ）のようなものだった。アルウィンの腕から湧きだし、昆虫の大群のようにドラゴンの口に集っている。いや、違う。

口の中に突っ込まれているのは、アルウィンの腕だ。赤い鱗(うろこ)が集まり、巨大な手甲となって、ドラゴンの牙を防いでいた。


「『我らが敵に、哀れなる敗北と死を(トリスクラデ・モア・フォシストリス)』」


アルウィンが唱えたのは、太陽神の魔剣を使うための呪文だ。前にデズが一度だけ唱えたことがある。何故(なぜ)、あれを？

ドラゴンは逃れようとするが、赤い手甲はもう一回り大きくなっていた。赤い鱗(うろこ)がまとわりついて動けないでいる。その間にアルウィンは立ち上がった。ボロボロで泥だらけ、おまけに血まみれの寝間着姿で、赤く輝いた剣を振り上げる。

「終わりだ」

そのままドラゴンの脳天を貫いた。口から血を吐く。二度痙攣(けいれん)した後、目から輝きを失い、うつ伏せに倒れ込んだ。股間から小便を垂れ流している。

どうやら完全に死んだようだ。

アルウィンが『暁光剣(ドーンブレード)』から手を放した。同時に赤い鱗(うろこ)も雲散霧消する。そして数歩後ずさり、尻もちをついて倒れる。

しばし目の前の光景を確かめるように瞬(まばた)きをしていたが、やがて肩をふるわせ笑い出した。

「やったぞ、マシュー」

「やったじゃないよ」

ふらつきながら俺は彼女の元に歩み寄る。

「ムチャなマネばっかりするから、俺の心臓がもう破裂しちゃったよ」

「心配ない」アルウィンは言った。

「お前なら心臓くらい五つ六つはあるだろ」

「ないよ」

多分。確かめたことないけど。

「どうして、その剣を？　それとさっきの呪文は？」

「武器を探していたら馬車の荷台に置いてあったのを見つけた。呪文はこれだ」

アルウィンは柄にある赤い布の紋様を指さした。

「ここに書いてある」

「それ文字だったのか」

博識だね。

「とにかく無事で良かった」

安堵(あんど)しながらも俺の目は自然と『暁光剣(ドーンブレード)』に向いていた。

ナタリーに与えられたはずの剣をアルウィンが使った。使うだけならデズだって発動できたのだから、呪文さえ唱えられたなら使えても不思議ではない。不思議ではないのだが、嫌な予感は止まらなかった。ただの偶然であってくれりゃあいいのだが。

「アルウィン様！」

ノエルが感極まった様子で抱きつく。

「よくぞご無事で。本当に良かった……」

すすり泣いている。ラルフも泣いてやがる。

「心配を掛けたな、すまない。ありがとう」

その頭を撫でながらアルウィンは微笑んだ。

「よう、終わったか」

村の外から歩いてきたのはひげもじゃだ。

「そっちも上手くいったみたいだな」

ああ、とデズが振り返る。後ろには大きな轍が刻まれている。引きずってきたのは、ドラゴンの首だ。

「まさか、あのドラゴンをたった一人で？」

ラルフが目を丸くしている。

「あなたは一体……」

恐る恐る尋ねる。俺の時とは態度が違うじゃねえか。無論、デズは無視だ。

ほれ、と俺に手渡したのは、むしりとったばかりの草だ。

「もしかして、魔除け菊か？」

「そこで偶然見つけた。これでもうしばらくは保つはずだ」

一方的に言うと、村の入り口近くまで持って来たドラゴンの首を撫でさする。解体の準備だろう。ドラゴンなら牙や骨は高く売れる。並の腕力では傷一つ付けられないが、デズなので問題なしだ。

山の稜線が明るくなり、太陽の光が降り注ぐ。夜明けか。

「マシュー」

アルウィンが俺の名を呼んだ。

「色々話したいことも聞きたいことも山ほどあるが、まずは着替えたい。体も洗いたい。食事もしたい。手伝ってくれ」

「ああ、そのままで」

立ち上がろうとしたのを制する。アルウィンとて体力は残っていないはずだ。おまけに裸足だからね。歩かせたくはない。

俺としてはとにかく眠りたいのだがまだ仕事が残っている。

「よっと」

日の光を背中に浴びながらアルウィンを横抱きに抱え上げる。ラルフがうらやましそうな顔をしたが、絶対に代わってやらねえ。

「それでは、ただ今よりお城へお連れいたしましょう。しばしのご辛抱を、姫」

「うむ」

満足そうにうなずく。

「ケガはどうだ？　痛むか」

アルウィンが俺の頬に手を当てる。実際、昨日の朝から一日戦い続きで、あちこち傷だらけだし、あちこち骨にひびも入っているはずだ。

「今治った」

「バカを言うな」

「本当だよ。何なら今すぐワルツを踊ってもいい」

「止めろ、落ちる」

軽く一回転したら本気でしがみついてきた。可哀想なので回るのは止めてまた歩き出す。

「それより、どれを先にする？　食事？　風呂？　それとも、俺とベッドインかな？」

「バカモノ」

それから七日が経った。

その間に俺たちは村人たちを護衛しながら西の荒野を抜けて国境近くまで送り届けた。そこでラトヴィッジの手配した護衛兼案内役と合流し、村人たちを引き渡した。

アルウィンは道中、何度も謝罪を口にしていた。俺も頭を下げた。少ないながらも賠償もした。受け入れた者もいるし、最後まで許さなかった者もいる。土地と生活を奪われたのだ。ムリもない。

一生許されないかもしれないが、それもアルウィンは背負っていくのだろう。また彼女の荷物が増えちまった。ため息しか出ねえな、本当。

途中で魔物に襲われたり、怒り狂った村人たちと一悶着あったりしたが、そいつはまたの機会に話すとしよう。肝心なのは、結果だ。誰一人死なせずに王国の外へ連れて行った。死なせずに守り抜いた。

見送った後は俺たちの番だ。

再び『大竜洞（だいりゅうどう）』を通って、『灰色の隣人（グレイ・ネイバー）』へ戻る。

「せっかくの里帰りなんだからゆっくりしていけばいいのに」

そろそろ魔除（まよ）け菊も切れる頃だし、仕方がないとはいえ、あんなゴミ溜（た）めに帰りたいとは、奇特なお方だよ。ようやく調子を取り戻したと思ったら全力で走りたがる。

俺たちは廃墟（はいきょ）と化した村で帰り支度だ。朝っぱらから大忙しだ。

今は、馬の世話をしている。魔物の襲撃にもパニックを起こさず、おとなしくしていたのだが、やはりこいつは肝が据わっている。

「おい」

ラルフが声を掛けるなり俺の横に立つ。

「何の用だ？」

「別に」

それっきり黙りこくる。用がないなら話しかけるな、アホ。

腰には例の『慈雨の剣』を提げている。ノエルとも相談した結果、正式にもらい受けることにしたらしい。いいのかねえ。故買屋にでも叩き売るんじゃねえか、こいつ。俺ならそうする。

「姫様は……すごいな」

「何が？」

「……まさか、『迷宮病』を克服するなんて、やっぱりあの方は、俺なんかとは出来が違うっていうか、比べものにならないって……」

「アホか」

脳天気な奴だ。俺はラルフに向き直ると、その間抜け面に現実を叩き込む。

「お前、本当にアルウィンが『迷宮病』を克服できたと思っているのか？」

「どういうことだ？」

ラルフは目を白黒させる。

「現に、姫様は元に……」

「今のところはな」

色々あって、一時的に気持ちが高ぶっているだけ、ととらえることもできる。

「治療法も定かじゃねえんだ。完治したってどうして言い切れる。もしかしたらまた再発するかもって考えなかったのか」

「本当か？」

「もしもの話だよ」

いつ再発するかは、誰にも予測できない。アルウィン本人すらも。一年後か十年後か、もう二度と発症しないかもしれない。あるいは、明日か今日か今こうしている瞬間にも『迷宮病』が再発するかも知れない。体の傷と違って目に見えない分、治り具合は分からない。

安っぽい言い回しだが、人の心は『迷宮』より複雑だ。

ようやくその可能性に気づいたらしく、ラルフの顔が不安にこわばる。

「じゃあ……もし、再発したらどうするんだ？　お前は、どうするつもりだ？」

「決まっているだろ」

俺は言った。

「そしたら今度こそバカンスだよ。海で日光浴しながらお姉ちゃんナンパするんだよ」

ラルフはしばし呆けたような顔をしていたが、ひどくショックを受けたように項垂れた。それから悔しそうに顔を上げた。

「マクタロードに海はない！」

「そうだっけ？」

「なんでこんな奴が、こんな奴に……」

ラルフは負け惜しみのようにぶつくさ言いながら倉庫の方に歩いていった。

何がしたいんだ、あいつは。

馬の手入れを再開する。廃村の中はひっそりと静まり返っている。静かなのはいいけど、時々頭の上を魔物が飛んでいくので、冷や冷やする。

馬車には手土産もたんまり載せている。デズが仕留めたドラゴンの牙や血や鱗なんかもある。さすがに骨や肉やら入れたら馬車一台には載らないので、金になるごく一部だけだ。これだけでも一財産なのだが、デズの手元にはほとんど残らない。『大竜洞』の利用代金として物納するのだという。金がかかるのならそう言えばいいものを。知っていたら俺だって少しくらいは出したのに。今、財布に銅貨が七枚しかないけど。最初からそのつもりだったってあたりがひげもじゃの水くさいところだ。積みきれない骨や肉の一部は餞別と賠償金代わりにユーリア村の連中にくれてやった。ちなみに俺たちが協力して倒した方は損傷がひどくて、売り物にもならない。

「もったいねえよなあ」

せっかく大仕事なのに。

「欲かいても失敗するだけだ」

後ろから声をかけられた。振り返ると、ひげもじゃが困ったような顔で突っ立っている。片手で丸い石を弄んでいる。付いてこい、と俺を建物の陰へ誘った。住人が残していった木箱が山積みになっている。

「なんだよ。人目を忍んで逢い引きって仲でもねえだろ。そっちがその気にならまあ考えなくもないけど」

「これを見ろ」

俺をぶん殴ってからデズは木箱のフタを開けた。俺はうめいた。

入っていたのは、ドラゴンの目玉だ。気色悪い。瞳も白く濁って血の臭いがする。腐臭がするのはまだ先だろう。ドラゴンの生命力は強い。肉を食うにしてもそのままでは固くて歯の方が折れる。

デズは素手で目玉を取り上げ、俺に近づける。

「止めろ、なんの嫌がらせだよ」

「いいからよく見ろ」

デズにうながされて嫌々ながら目玉の奥を覗(のぞ)いた。俺は目を見開いた。

白濁とした瞳の奥に刻まれていたのは、あのインキンタムシ太陽神の紋章だった。

「どういうことだ？」

「俺が聞きてえよ」

デズは首を横に振った。

「解体している途中で気づいた。潰れちまっていたが、女房(にょうぼう)の方にもそれらしい紋様が見えた。夫婦であいつの手下だったってところか」

こいつはマクタロード王国をうろつきまわっている、ただのドラゴンじゃなかったのか？

以前倒した『伝道師』のローランドやジャスティンにも紋章が浮かんでいた。だが、このドラゴンは『伝道師』ではない。何より死体が黒い灰には変わらない。

「思ったんだがよ」

デズが言った。

「こいつはむしろ俺たちの同類じゃねえか？」

同類、という言葉の意味をすぐに理解した。『受難者』か。

強欲太陽神は力のある奴(やつ)を求めている。それが人間とは限らない。ドワーフのデズだって資格あり、と認められたのだ。最強クラスの魔物であるドラゴンならばお釣りが来るくらいだ。

「このドラゴンが試練だなんだをクリアしたってのか？」

「飛び級でもしたんじゃねえか？　そもそも、試す必要もねえだろ」

即戦力ってか。うらやましくもない。むしろ哀れみすら感じる。

「俺が言いたいのは、だ」

手に持った石をお手玉のように投げながらデズは言った。

「マクタロード王国の崩壊にも、太陽神が一枚嚙んでいるんじゃねえかって話だ」

とりあえずこの件については俺とデズだけの秘密にしておく。説明が難しいし、俺の秘密を話す必要がある。何より確証のない話で、またアルウィンの心をかき乱したくはない。

「ところで、ノエルはどうした？　まだ戻ってないのか」

もうすぐ出発だってのに、昨日から姿が見えない。

「まだだ。今朝には戻ると言っていたけど」

王国崩壊以後、ノエルは国中を旅して回っていた。その拠点の一つに寄りたい、と昨日一人で行ってしまった。まだ足の傷も治りきっていないのに。マクタロードの女はせっかちなのばかりだ。

「準備は出来たか」

そこへやってきたのが、我らがアルウィンだ。

鎧は身につけていないが、立ち居振る舞いだけでも勇ましく見える。

腰には、ノエルから譲り受けた剣を提げている。ルスタ家から持ち出した剣の一本だ。名前は忘れたが、『慈雨の剣（マーサフル・レイン）』に勝るとも劣らない名剣らしい。『暁光剣（ドーンブレード）』はまたデズに預けてある。アルウィンは使い勝手がいいと欲しがったけれど、友人の形見だからと断った。便所コオロギ太陽神の剣など持たせたくない。

「来たか」

アルウィンのつぶやきに振り返れば、ノエルが手を挙げてこちらに歩いてくるのが見えた。どうにか間に合ったか。

「お待たせしました」

ノエルは背中にでかい袋を背負っている。

「何それ」

「わたしの作った武器や道具です」

前の時は急いでいたのと、荷物がかさばるからと置いてきたそうだが、今回は馬車移動なので持ってきたという。

「これで少しはお役に立てるかと」

一体、何を持ってきたのやら。まあ、手持ちの武器は多い方がいい。

おそらく、『灰色の隣人（グレイ・ネイバー）』に帰ればあの不気味な『伝道師』ともう一度戦う羽目になるだろう。『スタンピード』を起こそうとしているのなら、絶対に避けては通れない敵だ。

見てろよ、クソ野郎。今度こそ、アルウィンには指一本触れさせせねえ。

テメエの目玉もぎ取って代わりに馬糞でも突っ込んでやるよ。

馬車に乗り、廃村を出る。

魔物よけの香草を焚いているとはいえ、またいつ魔物に出くわすかも分からない。行動は迅速に、だ。

廃村を出た馬車は元来た道をたどりながら山道を登る。

荷台に乗っていたアルウィンが振り返った。

「……必ず戻ってくる」

彼女のつぶやきは風に乗ってかき消えた。それでもきっとどこかに届いているはずだ。

三日掛けて旅をして、山の中から再び『大竜洞』に入る。駅で待つこと半日、ようやくやってきた『地竜車』に乗り込む。この前のとは違うモグラだが乗るのは前回と同じで、大蛇のように細長い箱だ。全部で五つ。

馬車の搬入作業や雑用をデズに任せ、一足先に先頭の箱に乗り込む。相変わらず薄暗いが、歩かなくていいのは楽だ。床に座り込み壁にもたれかかる。

ほっとしたせいだろう。なんだかひどく疲れた。まだ体が重い。風呂でも入りたい気分だ。

大変だったが来た甲斐はあった。懸案事項も一応は解決した。アルウィンの世話も行きに比べれば雲泥の差だ。左腕の調子もいいし、あとは酒でも飲みながら到着するのを待てばいい。そう考えると、まぶたが重くなってくる。

「マシュー」

目を開けると、俺の横にアルウィンがいた。目をそらしながら気まずそうな顔をしている。

「その、なんだ。お前に聞きたいことがあってだな、だが、その……」

言葉遣いもたどたどしい。ここ数日、何か言いたそうにしていたが、ようやく話す気になったようだ。

「はっきり言ったら？　今更、何聞かれたって驚きやしないよ」

そうか、とアルウィンは咳払いをしてから俺に向き直る。

「その、ノエルから聞いたのだが」

「うん」

「その、お前とデズ殿が恋仲だと……」

「待って待って待って！」

反射的に身を乗り出した。いきなり何を言い出すんだ、この姫騎士様は。

「いや、お前が告白したと……。それに、この前だって、私よりデズ殿を選んだじゃないか」

「冗談だよ。適当に言っただけ。あいつとは付き合い長いけど、その手の関係は君に誓って一切ない！」

　ノエルの前でうかつに冗談も言えないな。今度お尻ペンペンしてやる。

「そ、そうか」

　アルウィンは明らかにほっとした様子を見せる。それで納得したかと思いきや、俺の前に座ると、申し訳なさそうに項垂れ、自分の膝を見つめている。まるで懺悔するみたいだ。

「……すまなかった」

　絞り出すような声音だった。

「今の今まで言い出せず、謝罪が遅れてしまった。申し訳ない。色々と醜態をさらした。情けないことも恥知らずなマネもしてしまった。お前には迷惑も苦労も掛けたと思っている」

『迷宮病』も落ち着き、自分自身を取り戻して、今までのことを思い返して恥じ入っているらしい。気にしないでいいのに。

「お前は……私自身からも私を守ってくれた。それだけではない。お前のおかげで私は、母の気持ちに触れることが出来た。改めて礼を言いたい。いや、礼など言い切れない」

　一滴一滴、絞り出すように言葉を並べていく。

「お前には感謝している。だが、何をすれば、お前の貢献に報いるのか。どうすればいいのか、全然分からない。けれど、その」

　だんだんと言葉が熱っぽくなっていく。

「マシュー、私は……」

「その話、長くなりそう？」

「え？」

唐突に独白に割って入ったせいか、アルウィンが間の抜けた声を出す。

「ここのところ色々ありすぎて疲れちゃってね。急ぎじゃないならまた今度でいいかな。とりあえず、夕食まで一寝入りしたい」

ウソではない。長話を聞いたせいか、また眠気が蘇った。

「あ、ああ」

呆けたような返事だったが、許可も得た。

「それじゃ、お休み」

寝転がると、アルウィンの太股に頭を乗せて目を閉じる。思っていたより柔らかい。一瞬体を硬くする気配がしたが、はね除けたり、叩き起こされたりはしなかった。

姫騎士様の膝枕なんて、我ながら果報者だな。

アルウィンが俺の顔を覗き込む気配がした。髪が俺の鼻先にかかってくすぐったい。いい匂いもするので、睡魔はすぐにやってきた。

「あ、こら。貴様！」

いい気持ちでうとうとしたところでラルフの声がした。お邪魔虫め。

「姫様に膝枕をさせるとは何事だ、すぐに離れろ！」

騒がしい足音を立てて近づいてくる。俺を蹴り飛ばそうという魂胆のようだ。

「止めろ、ラルフ」

もう少しというところで、アルウィンが止めに入る。

「いいんだ」

柔らかい指先で俺の前髪を撫でる。闇の中で彼女の微笑みが見えた気がした。

「これで、いいらしい」

そういうこと。

俺たちを乗せた『地竜車』は『大竜洞』の中を静かに走る。

終章　二重遭難

「え、あの『深紅の姫騎士』様と知り合いなの」

「知り合いも何も。肉親より深い仲だよ」

「どんな人？　いつもバラのお風呂(ふろ)入っているって本当？」

「大げさだよ」

『大竜洞(だいりゅうどう)』を抜けて地上に出る。あとは元来た道を戻れば、『灰色の隣人(グレイ・ネイバー)』にたどり着く。

だが、油断は禁物だ。この物騒な世の中、どこで何に襲われるか分からない。

　夜、寝静まった時刻となればなおさらだ。だからこそ、行きと同様に帰りも野宿や夜営なんかもしなくちゃならない。

　その途中で旅人に出くわすこともある。それが見目麗(みめうるわ)しいご婦人方ばかりとあれば、余計気に掛けておくべきだろう。世間は物騒だ。

「ねえ、姫騎士様の話、もっと聞かせてよ」

　旅芝居の女優さんだという。くせのある黒髪が可愛(かわい)らしい。体つきも悪くない。

「いいよ。ただし、ここから先は有料でね」

女の肩に手を回す。

「続きはもっとゆっくり話そう」

「えー、やらしい」

けたけたと笑う。口とは裏腹に、嫌がる様子はなかった。

「ベッドの中でじっくりたっぷりと聞かせてあげ……」

話している途中で喉が詰まる。

間が悪いというのは、こういうことを言うのだろう。

気配を察して振り返ると、赤髪の姫騎士様が立っていた。

表情は見えなかった。わずかにうつむいていたのと、焚き火の明かりが届かず、顔の上半分に黒い影が差している。

「アルウィン？」

返事はなかった。彼女は手に提げていた荷物を足下に落とす。手に入れたであろう果実が地面に散らばる。剣呑な雰囲気を察して、女たちは逃げていく。

ただ一人取り残された俺の元にアルウィンが大股で近づいて来る。

「いや、違うんだよ、これはだね」

後ずさりながら言い訳を並べ立てるが、何の効果もないのは明らかだった。

アルウィンは早足で近づくと、剣の柄に手を掛けた。

「お前という奴は、どこまで腐っているのだ！」

昨晩、散々精神的にも肉体的にも絞り上げたというのに、姫騎士様はまだお冠のご様子。

「ちょっと目を離せばすぐこれだ」

「ここのところ君のことばかり考えていたからさ。気が抜けたら、つい」

「つい、でほかの女のところに行かれてたまるか！」

過ちは誰にでもあるものだよ。

「第一、私のことばかり考えていることで何の不都合がある」

「まあ、色々と」

口に出したら絶対成敗されそうなアレコレとか。

「それより今日こそ話してもらうぞ」

「またその話？」

もううんざりなんだけど。

「今のお前が、マクタロード王国の王宮へたった一人で行って帰ってきたなど、あり得ない。たとえ百の命があったとしてもだ！」

「だから言っただろ。命がけだったって。一度きりの命燃やして、魔物の脇を掻い潜って、命からがらようやくたどり着いたんだ」

「それで私が納得すると思うのか？」

「思うも何もそれが事実だよ。百回聞いたって同じ答えが百回出てくるだけだ」

こうなるだろうと予想はしていた。やむを得ない事態とはいえ、アルウィンには完全に怪しまれてしまった。俺のようなへなちょこが魔物の大群から生きて戻るなど、絶対にあり得ないからな。いくら世間知らずのアルウィンとはいえ、言いくるめるのは難しい。いっそ正直に話してしまおうかとも考えたが、まだ答えは出ていない。

「それだけではない。『迷宮』に現れたあの怪物のこともだ。あれは一体何だ？　何故お前は『首を狙え』と言った？　まだ答えを聞いていないぞ」

『伝道師』のことか。その直後に色々あったから忘れているかも、と思ったが世の中そう甘くはないようだ。こいつについても話していいものか、まだ決めかねている。下手をすれば俺の厄介事にアルウィンを巻き込んでしまう。

「正直に言え。お前、私に隠し事をしているだろう」

「うん」

俺は素直にうなずいた。

「『虹女神亭』のお姉ちゃんところに行ったのは、一回だけって言ったけど、実はもう七回は通っている」

「ふざけるな！」

アルウィンは頬を赤くして怒鳴りつける。

「分かっているよ、今度からもうちょい控えめにするから」

「私が『ふざけるな！』と言ったのはだな、お前がほかの女のところに行くのも、私に隠し事をしているのも、全部まとめてだ！」

俺の胸倉をつかんで大きく揺さぶる。脳震盪(のうしんとう)起こしそう。

「話をそらそうとしてもムダだ。今日こそは話してもらう」

勘弁してくれよ。

「だから、ほら、その、奇跡だよ。俺の愛の力でなんかいい感じの奇跡が起きて、背中から羽が生えて空をひとっ飛びして、それから、あれだ。空から虹色の光がぱーって降り注いでそれから、えーと、……もういいや」

「諦めるな！」

この調子で毎日質問されるんだからたまったものじゃない。もちろん、王都の惨状とか、『キャメロンの大樹』の様子とか、見た限りを話したけれど、最後は必ずこの話題に行き着く。

「君が何を期待しているのか見当は付くけどね」

俺はげんなりしながら言った。

「これだけは言っておくよ。俺はスタンピードを食い止める戦力にも『戦女神の盾(イージス)』の新メンバーにもならないしなれやしない。絶対にムリだ」

なまじっか期待させると、後が酷だからな。

「違う、私は……」

「騒がしいぞ、静かにしろ、マシュー」

アルウィンが何か言いかけたところで、生意気ラルフが御者台から大声を出してきた。俺だけ怒られるのか。

「もうすぐ、『灰色の隣人（グレイ・ネイバー）』だぞ」

馬車から身を乗り出してみれば、荒野の真ん中に灰色の壁がだんだんと大きくなってくる。

俺たちが街を出てからひと月と少しばかり。空は快晴だが、状況は悪化しているはずだ。

ここに来るまでに仕入れた情報によると、スタンピードの兆候は日に日に増している。地震は毎日のように起こり、『迷宮』の中からは、しきりに魔物の不気味な声や爪をひっかくような音が昼夜を問わず聞こえて来る。扉の近くでは饐（す）えたような腐臭が臭ってくるという。おまけに一足先に『迷宮』から抜け出してきたのか、街中で怪物や幽霊を見た者もいるという。いつスタンピードが起こっても不思議ではない。街を出る者も日に日に増えているそうだ。

「下手すれば戻る前に暴発しちまいそうだな」

「……」

ふと見れば、隣のアルウィンは浮かない顔をしている。

「どうしたんだい？　せっかくのご帰還だ。もっと自信たっぷりの笑顔の方がいい」

「……私が戻ったところで、街の者は喜ばないだろう。……あれだけの醜態をさらしたのだ」

『灰色の隣人（グレイ・ネイバー）』を出た事実はとっくに街中に広まっているはずだ。アルウィンはもう、みじめな負け犬扱いだろう。今までのようにはいかない。冒険者ギルドの中だって怪しいものだ。顔を出せばアホどもが寄ってたかってなぶり者にしようとするだろう。

「なら、結果を出すしかないね」

英雄に戻れるか、哀れな敗残者のままか。応援はいくらでもするけれど結局、最後はアルウィン次第だ。結果さえ出せば名声なんて後から付いてくる。敗北も物語を盛り上げるためのスパイスに早変わりだ。

冒険者連中なら叩（たた）きのめしてやれば、また前のように尻尾を振ってくるだろう。

「こういう時にはなんて言うんだっけ？」

「……『くそくらえだ！（Kiss my ass）』」

「お上手」

状況は芳（かんば）しくない。おまけにアルウィンに重傷を負わせた『伝道師』もまだどこかに潜んでいるはずだ。『スタンピード』を阻止しようとすれば、またどこからか現れるだろう。

けれど、今のアルウィンなら立ち向かえるはずだ。

「さあ、我らが姫騎士様のご帰還だ」

恐怖に震える民衆たちをその剣で勇気づけ、希望に変える『深紅の姫騎士』。

彼女がその役目を果たそうというのなら、俺も全力で支えるまでだ。

街が近づくにつれ、すれ違う馬車が多くなってきた。街を捨てて逃げ出したのかと思っていたが一様に明るい。振り返れば、馬車や旅人が列をなし、馬に乗った騎士らしき男が俺たちを追い越していく。

北の門を抜け、街に入る。

昼前の市場は賑(にぎ)わいを見せていた。大通りを埋め尽くすような人々に、屋台や露店から景気のいい掛け声がひっきりなしに聞こえてくる。道端では旅芸人が出し物をして衆目を集めている。時折失敗した笑い声が溢れ返る。

不安に怯(おび)える民衆はどこにもいない。

『灰色の隣人(グレイ・ネイバー)』は人の熱気であふれかえっていた。

ラルフやノエルだけでなく、デズさえも目を白黒させている。

「どうなっている？」

アルウィンのつぶやきにも答えられず、俺はただ異変を見逃すまいと人通りに目を配る。

商店は『建国祭』の文字と色とりどりの飾りで虹のようにまばゆい。街の連中もそのウワサ話ばかりだ。忘れていたが、もうすぐこの国一番のお祭りが開催される。『スタンピード』が起こるのなら祭りどころではないはずだが、どいつも祭の空気に浮かれきった表情をしていた。

衛兵どもの顔も華やいだ街を楽しんでいる余裕すら感じられた。街を出る前に漂っていた剣呑(けんのん)な空気は影も形も見当たらない。

『スタンピード』はどうなった？　俺たちのいない間に何があった？

作り物めいた賑(にぎ)やかさに俺は冷や汗が流れるのを感じた。

どこからか、あの『伝道師』の笑い声が聞こえた気がした。

あとがき

この度は『姫騎士様のヒモ』三巻をお読みいただき、まことにありがとうございます。今回も素敵なイラストを描いて下さったマシマサキ様をはじめ、お力添えいただいた関係者の方々にこの場を借りて厚く御礼申し上げます。

『異世界ノワール』と銘打ってきた本シリーズですが、この巻は一番、ファンタジー寄りの話になったかと思います。奇跡か偶然か、ご都合主義かは皆様の判断にお任せいたします。

次回はいよいよ後半戦です。『灰色の隣人（グレイ・ネイバー）』に戻ったマシューとアルウィンにどのような試練が待ち受けているのか。楽しみにお待ちいただけたら幸いです。

最後に私事になりますが、本巻を執筆中に我が家の猫が天国に旅立ちました。著者近影の子です。高齢のためかひどく痩せて、いつもふらつきながら家の中を歩いていました。それでも死ぬ数日前まで食欲だけはしっかりしており、私が原稿を書いている途中に何度もおやつをねだってきました。物欲しげに鳴くことも、肉球で私の腕を叩（たた）くことも、もうありません。そんな彼女ですから献辞の代わりに、好きだったドライタイプのおやつを今度、彼女の墓に捧（ささ）げたいと思います。食べ過ぎてまた戻さないようにね。

白金透（しろがねとおる）

次巻予告

姫騎士様のヒモ

He is a kept man for princess knight.

―第4巻―

Story

スタンピードで混乱する迷宮都市に帰還したアルウィンとマシューだが、
街は平穏そのもの、予想に反し『建国祭』の空気に酔いしれていた。
しかし――その裏で暗躍する『伝道師』の魔の手が
ヒモと飼い主に牙を剥くことになる。

加速する異世界ノワール第4弾!!

2023年春発売予定

◉白金　透著作リスト

「姫騎士様のヒモ」（電撃文庫）
「姫騎士様のヒモ2」（同）
「姫騎士様のヒモ3」（同）

本書に対するご意見、ご感想をお寄せください。

ファンレターあて先
〒 102-8177　東京都千代田区富士見 2-13-3
電撃文庫編集部
「白金 透先生」係
「マシマサキ先生」係

本書は書き下ろしです。

電撃文庫

姫騎士様のヒモ3

白金 透

2022年11月10日　初版発行

発行者　山下直久
発行　株式会社KADOKAWA
〒102-8177　東京都千代田区富士見2-13-3
0570-002-301（ナビダイヤル）
装丁者　荻窪裕司（META＋MANIERA）
印刷　株式会社暁印刷
製本　株式会社暁印刷

ISBN978-4-04-914584-7　C0193　Printed in Japan

電撃文庫　https://dengekibunko.jp/

電撃文庫創刊に際して

文庫は、我が国にとどまらず、世界の書籍の流れのなかで〝小さな巨人〟としての地位を築いてきた。古今東西の名著を、廉価で手に入りやすい形で提供してきたからこそ、人は文庫を自分の師として、また青春の想い出として、語りついできたのである。

その源を、文化的にはドイツのレクラム文庫に求めるにせよ、規模の上でイギリスのペンギンブックスに求めるにせよ、いま文庫は知識人の層の多様化に従って、ますますその意義を大きくしていると言ってよい。

文庫出版の意味するものは、激動の現代のみならず将来にわたって、大きくなることはあっても、小さくなることはないだろう。

「電撃文庫」は、そのように多様化した対象に応え、歴史に耐えうる作品を収録するのはもちろん、新しい世紀を迎えるにあたって、既成の枠をこえる新鮮で強烈なアイ・オープナーたりたい。

その特異さ故に、この存在は、かつて文庫がはじめて出版世界に登場したときと、同じ戸惑いを読書人に与えるかもしれない。

しかし、〈Changing Times,Changing Publishing〉時代は変わって、出版も変わる。時を重ねるなかで、精神の糧として、心の一隅を占めるものとして、次なる文化の担い手の若者たちに確かな評価を得られると信じて、ここに「電撃文庫」を出版する。

1993年6月10日
角川歴彦